U0165076

本书由天津市宣传文化"五个一批"人才项目资助

现代中国小说史学的兴起

——以鲁迅、胡适为中心

鲍国华 著

中华书局

图书在版编目（CIP）数据

现代中国小说史学的兴起：以鲁迅、胡适为中心/鲍国华著. ——
北京：中华书局，2024.6
　　ISBN 978-7-101-16644-6

　　Ⅰ. 现… Ⅱ. 鲍… Ⅲ. 小说史-研究-中国-现代
Ⅳ. I207.409

中国国家版本馆 CIP 数据核字（2024）第 109847 号

书　　名	现代中国小说史学的兴起：以鲁迅、胡适为中心
著　　者	鲍国华
责任编辑	葛洪春
责任印制	管　斌
出版发行	中华书局
	（北京市丰台区太平桥西里 38 号　100073）
	http://www.zhbc.com.cn
	E-mail:zhbc@zhbc.com.cn
印　　刷	三河市鑫金马印装有限公司
版　　次	2024 年 6 月第 1 版
	2024 年 6 月第 1 次印刷
规　　格	开本/880×1230 毫米　1/32
	印张 8⅛　插页 2　字数 200 千字
国际书号	ISBN 978-7-101-16644-6
定　　价	49.00 元

目　录

导言　现代中国小说史学的兴起：恰当学术与关键人物

　　小说在文学文类的等级秩序中居于中心地位，这一现象得到了当今绝大多数人(包括学者、作家和普通读者)的认可，并已成为一个毋庸置疑的事实和常识。然而，小说位居要津，与其他类似的"常识"一样，并不是亘古有之、不证自明之事，而是历史的产物。在中国文学的语境中，小说地位的上升，迄今也只有百余年的历史。其由"小道末流"到"登堂入室"的命运转化，肇始于20世纪初，确立于20年代。这不是文学文类的自行调整，实有赖于晚清与"五四"两代学人的大力倡导与极力推进。

　　小说文类在20世纪中国获得了前所未有的价值提升。晚清与"五四"两代学人对于小说文类的重视与推崇，对这一提升起到了至为关键的作用。以梁启超为代表的晚清一代学人，奉小说为"文学之最上乘"，在奉诗文为正统的士大夫阶层中提升了小说的地位。以鲁迅与胡适为代表的"五四"一代学人则将小说纳入学术视野，使之进入现代大学制度和学术生产机制之中，成为学术研究对象，并建立起具有学科性质的中国小说史学。在短短数年中，小说史学一跃成为文学研究中的一大显学，吸引了大批杰出学人投入其中，产生了重要的研究著作，是20世纪中国学术史上的一个突出现象，甚至可以作为一个文化事件来解读。一方面，作为俗文学文类的小说的价值提升，是新文学倡导者实现其文化主张的需要。"五四"一代学人激扬民间文化的生命活力，作为颠覆正统的思想资源，力图借此建立新的文化与文学秩序。小说在中国古代文学体系中长期处于边缘地位，民间性至为突出，成为实现上述文化主张的有效工具。另一方面，随着小说、戏曲等俗文学文类逐渐由边缘走向中心，又反过来影响并重新绘制了中国人对于"文学"的理解与想象的图景，改变了既有的"文学常识"。小说由边缘走向中心，逐渐取代了诗文的正统地位，成为作家的思想载体和读者的主要阅读对象。中国作家也逐渐改变了视小说创作为正业之余的悠闲笔墨这一观念，小说家的文学地位空前提高。在20世纪以降的中国文学史上，因小说创作而名世者，其数量远超前代。时至今日，小说家几乎成为作家的代名词。可见，中国小说史学的兴起，其意义不仅在于对某一学科的奠基作用，还在于中国学人第一次将小说纳入学术研究的视野，并采用西来之文学史（小说史）的研究体式，预示并最终实现了一种新的学术认同与文化选择。小说成为学术研究对象，其影响也不限于学科内部，还包含对"文学"概念的重新建构，对一种新的文学研究思路与阅读趣味的倡导和发扬。现代中国小说史学的兴起，其价值不限于文学史和学术史，还可以视为一个重要的思想史现象。

基于此，本书以中国小说史学的开创期——即"五四"新文化运动期间的小说史研究为研究对象，将"小说成为学术"作为20世纪中国学术史和思想史上的一个文化事件，进行发生学层面的考察，通过分析小说史学开创期学人的研究思路与方法、理论贡献及遗留问题，凸显小说史学之兴起在20世纪中国学术史和思想史上的意义。之所以限定在新文化运动时期，而不是此前的晚清民初，并不是因为后者成就乏善可陈，而是出于以下考虑。对小说的关注与提升，始于晚清，得益于梁启超、邱炜萲、林琴南等人的理论探索和创作实践。在这些先驱者的视野中，小说不是作为一种文学文类，而是承担着独特的政治使命和道德诉求。也就是说，晚清学人对小说的关注与提升，基于价值层面，注重的并非事实的厘清，而是价值的宣扬。虽得风气之先，但其象征意义大于实际功效。而且，晚清学人对于小说研究、特别是小说史研究的理论建构明显不足（当时尚不具备成熟的条件）。相对而言，新文化倡导者对小说的关注，超越了单一的价值层面，而转向更为客观系统的知识层面，并融入自家的趣味与情怀，既注重小说价值的提升，又强调学理的深入探讨，通过对中国小说之历史的重建，承载对其价值的宣扬。加之现代中国学术制度的建立与日趋完善，也使晚清学人开创的小说研究前景得到了制度性的保障，从而使小说专学

（包括小说史学）的创生成为可能。据此，本书将中国小说史学的开创期定位于新文化运动。中国小说史学伴随着新文化运动而兴起，除学人的努力外，也和新文化的历史背景和时代潮流密切相关。中国小说史学契合了新文化倡导者对白话文学、平民趣味和边缘处境的想象和追求，因缘际会，成为顺应时代潮流、引领思想风尚的"恰当学术"。①

　　由于历史面貌的错综复杂，为了便于有效还原和清晰论述，本书选取鲁迅和胡适这两位新文化运动的先驱者作为研究的切入点，将二人视为中国小说史学开创期的"关键人物"。作为"章门弟子"的鲁迅，治学借鉴"清儒家法"，从史料钩沉入手，逐步建立起中国小说史的研究框架。作为小说家杰出的艺术感受力，又使鲁迅得以对作品的审美价值和文化内涵做出精确而深刻的评价。《中国小说史略》作为中国小说史学的"开山之作"，改变了中国小说"自来无史"的局面，奠定了中国小说史写作的基本格局，得到后世学人的广泛推崇。胡适作为现代中国学术之新范式的建立者，其大部分学术著作都具有"教人以方法"的典范意义。"中国章回小说考证"系列论文亦如是。中国小说史学之于胡适，首先是其倡导的"整理国故"运动的重要组成部分。"考证"视野下的古代小说，首先也是作为史料，而不是以一种具有审美价值的文学文类的身份，进入胡适的研究视

---

① 这一论断受到陈平原《小说史学的形成与新变》一文的启发，见陈平原：《文学的周边》，北京：新世界出版社2004年7月版，第151—188页。

野。"谈艺"既非胡适之所长,亦非其所愿。虽然上述思路在胡适的中国小说史研究中只是初露端倪,但经其弟子和学术追随者顾颉刚、孙楷第、周汝昌等人的进一步倡导与发挥,逐渐蔚为大观,也进一步确立了中国小说史研究的史学归属。鲁迅与胡适对中国小说史学的贡献,不仅奉献出划时代的学术名作,一举奠定了中国小说史研究的学术品格,还借助自家的影响力,辐射周边,通过与同时代人的交往与互动,形成了一个学术共同体。这一学术共同体包括学人陈独秀、钱玄同、刘半农、周作人、傅斯年、俞平伯、顾颉刚、郑振铎、孙楷第,以及出版人汪孟邹、汪原放等。以上同人在通力合作中逐渐形成的默契与共识,是中国小说史学成为显学的关键,还使中国小说史研究的价值超越了单一的学术层面,成为促进现代中国思想文化建设、实现新文化的凝聚与传播的重要动力。以鲁迅与胡适为"关键人物",既可以勾连中国小说史学创立期的诸多人物、事件、现象和文本,又可以涉及著述、交游、教育、出版等促成现代中国小说史学之兴起的关键因素,丰富对中国小说史学的认识。

　　迄今为止,与本书相关的研究,学术界屡有创获,对本书产生了极大的启发与促进意义。首先,对作为小说史家的鲁迅与胡适的个案考察,成果颇多。陈平原《作为文学史家的鲁迅》和《胡适的文学史研究》(均收录于王瑶主编《中国文学研究的现代化进程》,北京大学出版社1996年12月版)有筚路蓝缕之功,既关注鲁迅与胡适书于纸上的学术创见,又体贴其压在纸背的心性与情怀。吴俊《鲁迅评传》、章清《胡适评传》(均列入"国学大师丛书",百花洲文艺出版社1992年8月版)和耿云志编《胡适评传》(上海古籍出版社1999年7月版)则以学术评传的形式,致力于对两位传主学术成绩的全面梳理,不限于中国文学史和小说史研究。此外,有关鲁迅和胡适的各类传记和比较研究著作,均不同程度地涉及学术研究,因为数量众多,暂不一一举证。其次,出于学科视角的中国小说史学史研究,成绩斐然。胡从经《中国小说史学史长编》(上海文艺出版社1998年4月版)和黄霖等著《中国小说研究史》(浙江古籍出版社2002年7月版)均对中国小说史学的百年历程进行了整体性的描述,总结并评价了众多学术名家的观点与成就,并对鲁迅与胡适进行了专门论述。陈曦钟、段江丽、白岚玲合著《中国古代小说研究论辩》(百花洲文艺出版社2006年5月版)详细讨论了中国小说史研究中若干引起广泛论争的话题,对各家立场和论点予以检讨评判。刘勇强、潘建国、李鹏飞合著《古代小说研究十大问题》(北京大学出版社2017年8月版)总结了中国古代小说研究领域的十个专门问题,展开反思与开掘。以上均属于整体研究,个案考察也有多部论著问世。高日晖、洪雁合著《水浒传接受史》(齐鲁书社2006年7月版)、竺洪波《四百年〈西游记〉学术史》(复旦大学出版社2006年12月版)、郭豫适《红楼研究小史稿》(上海文艺出版社1980年1月版)和《红楼研究小史续稿》(上海文艺出版社1981年8月版)、白盾主编《红楼梦研究史论》(天津人民出版社1997年7月版)、苗怀明《风起红楼》(中华

书局2006年4月版）和《红楼梦研究史论集》（辽宁人民出版社
2019年1月版）、陈维昭《红学通史》（上海人民出版社2005年
9月版）、赵建忠《红学流派批评史论》（中华书局2021年10月
版）等均结合某一部中国古代小说名著的研究史展开分析，视
野广阔，史料翔实，论断精辟。苗怀明《二十世纪中国小说文献
学述略》（中华书局2009年4月版）则细致梳理和估价了中国小
说文献学的研究状况。再次，宏观的学术史研究和对中国现代
学术史上某些重要问题的个案考察，虽然未必涉及中国小说史
学，却提供了重要的学术背景和理论支撑。特别是近年来随着
福柯、布尔迪厄等后现代主义理论大师的著作在中国的广泛迻
译与传播，中国内地和港台地区学人开始关注制度、主要是现
代教育制度和学术生产机制对学科建制的作用。港台地区学
人的相关著作，在内地出版并引起较大反响的，有王汎森《中国
近代思想与学术的系谱》（河北教育出版社2002年11月初版，
吉林出版集团2011年1月增订再版）和《权力的毛细管作用》
（北京大学出版社2015年9月版）、陈以爱《中国现代学术研究
机构的兴起——以北大研究所国学门为中心的探讨》（江西教
育出版社2002年10月版）和刘龙心《学术与制度——学科体制
与现代中国史学的建立》（新星出版社2007年8月版）等；内地
学人的代表性著作有：陈平原《中国现代学术之建立——以章
太炎、胡适之为中心》（北京大学出版社1998年2月版）、罗志田
《权势转移——近代中国的思想、社会与学术》（湖北人民出版
社1999年7月版）、《国家与学术——清季民初关于"国学"的思

想论争》(生活·读书·新知三联书店2003年1月版)和《20世纪的中国:学术与社会·史学卷》(山东人民出版社2001年1月版)、桑兵《国学与汉学:近代中外学界交往录》(浙江人民出版社1999年11月版)、《晚清民国的国学研究》(上海古籍出版社2001年10月版)和《晚清民国的学人与学术》(中华书局2008年3月版)、左玉河《从四部之学到七科之学——学术分科与近代中国知识系统之创建》(上海书店出版社2004年10月版)和《移植与转化——中国现代学术机构的建立》(大象出版社2008年7月版)等。具体到文学史领域,陈平原的研究可谓着其先鞭,《文学史的形成与建构》(广西教育出版社1999年3月版)和《中国大学十讲》(复旦大学出版社2002年10月版)等均具有开拓性,《作为学科的文学史》(北京大学出版社2011年2月版)一书对相关问题有更为全面深入的阐述。海内外学人的代表性著作还有:陈伯海《中国文学史之宏观》(中国社会科学出版社1995年12月版)、戴燕《文学史的权力》(北京大学出版社2002年3月版)、董乃斌、陈伯海、刘扬忠主编《中国文学史学史》(河北人民出版社2003年1月版)、陈国球《文学史书写形态与文化政治》(北京大学出版社2004年3月版)和《文学如何成为知识?——文学批评、文学研究与文学教育》(生活·读书·新知三联书店2013年5月版)、贺昌盛《晚清民初"文学"学科的学术谱系》(中国社会科学出版社2012年4月版)等。不过,以上成果对现代中国小说史学的兴起之意义的研究,尚缺乏足够的重视,即便有所涉及,也多是点到为止,未能予以全面论述(因为不是用力的主要方向）。因此，本书具有一定的创新性，在已有研究成果的基础上，对中国小说史学的兴起之于现代中国学术史、思想史和文化史的意义，尚能提出几点新见，以弥补现有研究之不足。

本书除导言外，共分六章。第一章《小说如何入史——鲁迅〈中国小说史略〉与中国小说史学的兴起》和第四章《小说怎样考证——胡适"中国章回小说考证"与中国小说史学的兴起》分别以鲁迅《中国小说史略》和胡适"中国章回小说考证"系列论文为个案，考察二人的研究对中国小说史学之兴起的重要意义。第二章《史料作为方法——鲁迅〈小说旧闻钞〉与中国小说史料建设》关注与《中国小说史略》共生的小说史料专书《小说旧闻钞》，旨在挖掘其超越单一史料的方法论意义，将史料的搜集、梳理和编排视为小说史的书写方式，从而考察该书对中国小说史料建设的意义。第三章《鲁迅和盐谷温——中日小说史学交流的一个经典个案》选取现代中国学术史上一桩公案——鲁迅《中国小说史略》"抄袭"日本学者盐谷温《中国文学概论讲话》展开论述。所谓"抄袭"并不属实，但几位当事人的态度却颇为耐人寻味。在诬陷、误解与申辩的背后，对小说史学的不同理解成为导致这场公案的关键因素。本章力图追问的并不是学术公案的是非曲直，而是在表面的人事纠葛的背后，研究者学术观念的重大分歧，借此展现中国小说史学兴起之初，中日两国研究者不同的学术思路与文化选择。第五章《鲁迅与胡适的学术交往——以中国小说史研究为中心》致力于考察鲁迅与胡适在中国小说史研究领域的学术交往，重点不在于罗列事实、比较异同或判断优劣，而在于呈现交往过程中呈现出的学术共同体效应，以凸显中国小说史研究背后的思想史价值。第六章《小说史如何讲授——大学课堂与中国小说史学的兴起》由对学人的考察转向对制度的关注，讨论现代大学制度与中国小说史学兴起之关联。中国现代大学制度建立以来，小说逐渐成为大学教学与研究的对象。特别是蔡元培长校的北京大学，将小说与戏曲等原本"不登大雅之堂"的俗文学文类纳入大学课程之中，有效地提升了其文学与文化地位。周作人、刘半农、胡适、鲁迅、马廉、俞平伯、孙楷第等学人先后在北京大学开设小说专题讲座和小说史课程，不仅使小说文类进入最高学府，而且培养了以小说史为研究对象的新一代学人，实现了学术的传承。小说史学成为显学，与几代学人的薪火相传密切相关。本章还通过还原北京大学国文门研究所小说科从设立到终止的全过程，追忆和阐释其作为北京大学最早的研究生教育和中国现代学术研究机构之雏形的历史意义。

第一章 小说如何入史

——鲁迅《中国小说史略》 与中国小说史学的兴起

在众多涉足中国小说史研究的学人、特别是具有新文学背景的学人中,鲁迅的学术贡献与成就极为突出。《中国小说史略》开创了中国人独立撰写小说史的先河,以宏大的学术视野和精辟的理论概括,改变了中国小说"自来无史"的局面,奠定了中国小说史写作的基本格局。在鲁迅之后撰写小说史者,代不乏人,在资料占有上较之中国小说史学的发生期有很大提高,研究方法也不断更新,力图实现超越。唯小说史体例和叙述框架仍多因袭《中国小说史略》,鲜有突破。对作家作品的论断,更是奉《中国小说史略》为圭臬。之所以如此,除基于鲁迅杰出的艺术感受力和深厚的学术积累外,也和鲁迅对小说史这一研究体式进行了成功的理论设计密切相关。作为现代中国学人对小说史写作的最初尝试(尽管是最初尝试,却凭借鲁迅杰出的理论才能和深厚的学术积累,成为中国小说史研究的一座高峰),《中国小说史略》的学术思路和研究方法在中国小说史学的发生时期具有典范意义。本章将《中国小说史略》的出现视为现代中国学术史和思想史上的一个文化事件,对该书进行发生学意义上的考察,通过分析《中国小说史略》的学术思路和研究方法,凸现鲁迅中国小说史研究背后的文化选择。

一

1923年10月,鲁迅为北京大学第一院新潮社初版《中国小说史略》撰写序言,开篇即称:

中国之小说自来无史;有之,则先见于外国人所作之中国文学史中,而后中国人所作者中亦有之,然其量皆不及全书之什一,故于小说仍不详。①

视自家著作为第一部由中国人撰写的较为成熟的小说专史,鲁迅的这一论断,充满了学术自信,并得到后世研究者的认可。②

---

① 鲁迅:《中国小说史略·序言》,《中国小说史略》上卷,北京:北京大学第一院新潮社1923年12月版,《序言》第1页。

② 黄霖等著《中国小说研究史》指出"在鲁迅《中国小说史略》之前出现的小说史著作尚无严谨的体例与科学的指导思想,显得较为稚嫩"(杭州:浙江古籍出版社2002年7月版,第244页)。胡从经《中国小说史学史长编》亦认为《中国小说史略》"发前人未发之覆,于'自来无史'的空白中进行首创"(上海:上海文艺出版社1998年4月版,第403页)。胡著第五章论及包括《中国小说史略》在内的十五种小说史论著,称"其中有三种问世于鲁著之前,十一种出版于鲁著之后"(第373—374页)。(转下页)

尽管在《中国小说史略》之前出现的由中国学人撰写的冠以"小说史"名称的著作,尚有王钟麒《中国历代小说史论》和张静庐《中国小说史大纲》二种,但前者实际上是一篇论文,仅以数百字概括中国小说几千年的发展变革,而将主要篇幅用于分析古人作小说的原因,体现出鲜明的宣传色彩,意不在于学术,尚不具备小说专史的性质和规模;后者则在"小说"概念下兼及戏曲,并且在资料的准确性和论断的科学性上均嫌不足。最初的几种由中国人撰写的文学史,诚如鲁迅所言,专论小说的篇幅极其有限。其中"第一部"——林传甲著《中国文学史》[①],鲜见对小说的正面评价;稍后出现的黄人(摩西)著《中国文学

(接上页)依胡著的论述顺序,"三种"当指张静庐《中国小说史大纲》(上海:泰东图书局1920年6月初版)、郭希汾编译《中国小说史略》(上海:中国书局1921年5月初版,系日本人盐谷温所著《支那文学概论讲话》之一节)和庐隐《中国小说史略》(1923年6—9月连载于《晨报》附刊《文学旬刊》3—11号)。可见,胡著判定《中国小说史略》的问世时间,是以该书的初版本(北京大学第一院新潮社1923年12月初版上卷)为据。而在此之前问世的铅印本《中国小说史略》(1921—1922年由北京大学印刷科陆续排印),小说史体例和基本论断已大体确立。而且郭希汾编译《中国小说史略》是译著而非原创著作。由此可知,《中国小说史略》之前出现的中国人所著之小说史,仅张静庐《中国小说史大纲》和胡著中未提到的王钟麒《中国历代小说史论》(1907年发表于《月月小说》第一年第十一号,署名"天僇生")二种。

① 初为光绪三十年(1904)京师大学堂优级师范馆中国文学史课程讲义,宣统二年(1910)武林谋新室出版,是中国人独立撰写的第一部中国文学史。

史》[1]，虽然著作规模和理论深度上均超越林著，但仍以诗文为论述中心，对小说较少涉及。文学史家对小说的态度，既体现在若干具体论断之中，亦通过文学史著作留给小说的论述空间得以彰显。可见，《中国小说史略》之前的小说史写作，之所以成就不高，不仅受到著者学术水平的限制，更是其学术观念使然。在中国古代以诗文为中心的文学批评体系中，很难有小说的生存空间。小说尚不被正统的诗文评所接纳，遑论入史。传统的小说评点，尽管不乏精辟的见解与独到的发现，但整体观之尚不能望诗文研究之项背，而且印象式的批评毕竟无法取代以系统严密见长的小说史研究。对鲁迅及其同时代人而言，小说如何成为学术、如何入史，在中国几无先例可循，基本上是从头做起。这一方面使其学术成绩比较容易获得凸显[2]；另一方面，由于缺乏可供借鉴的本土学术资源，小说史的理论框架和术语都需要重新创制。早期研究者多采取借鉴乃至直接移植西人成说的方式解决这一问题，把中国小说纳入西人现成的理论框架之中。然而真正卓有成就的学人，却在借鉴西人研究成果的同时努力突出自家的理论创见，保持中国小说史学独立的

---

[1] 系作者任教于东吴大学时所编之讲义，国学扶轮社印行，约1905年前后出版。

[2] 陈平原《小说史学的形成与新变》指出："正因为'中国之小说自来无史'，鲁迅、胡适等人的实绩便更容易凸显。不仅如此，日后几代学人孜孜以求，耕耘于小说研究这一园地，且大都有所收获，也跟其起点较低有关。"见陈平原：《文学的周边》，北京：新世界出版社2004年8月版，第160页。

学术品格。这一努力自鲁迅及其同时代学人开始，并在他们手中收获了第一批学术成果。因此，前引鲁迅《中国小说史略》序言中的文字，可以作为一种学术史观来解读。对他人小说史著作的评价，往往依据论者眼中"小说史应该怎样"的理论设计。鲁迅对既往研究成果的褒贬取舍，实隐含着对自家著作的理论设计与期待——探索并总结适用于中国小说史研究的理论体系、批评方法和概念术语。这一理论设计与期待，显示出鲁迅创建中国小说史学的独立研究体系的理论勇气与学术自觉。由此可见，《中国小说史略》的学术生命力，首先植根于鲁迅对小说史的学术定位，植根于对以下几个关键问题的理论设计：何谓"小说"，何谓"小说史"，小说如何入史。

　　小说作为"散文体的叙事性虚构文类"这一定义在今天已成共识，何谓"小说"似乎构不成一个理论命题。[1]但如果考虑到中国古代文学理论体系中"小说"概念的宽泛与流动，以及近代以来在西学参照下产生的种种歧见[2]，对今人"文学常识"中的"小说"概念在中国的确立就有进一步追问的必要。"小说"一词在中国古代文献中的最初出现，指非关大道的琐屑之言，

------

[1] 参见童庆炳主编：《文学概论》（修订本），武汉：武汉大学出版社1995年9月版，第200页。

[2] 黄霖等著《中国小说研究史·引言》指出中国古代的"小说"概念过宽，而现代某些学人"以有完整故事的唐代传奇开始，甚至以个人独立创作的《金瓶梅》开始才承认其为'小说'的观点"则又过严。（杭州：浙江古籍出版社2002年7月版，《引言》第1页。）

与今人作为文学文类的定义相去甚远。[①]"小"既包含着价值判断，也是对其篇幅短小的文体特征的形象概括，本身即具有贬义。这在相当长的时间里成为文人的普遍观念。小说也因此一直处于文学的边缘地位。尽管历代不乏肯定和推崇小说者，但究竟如凤毛麟角，未能占据主流。[②]将小说置于文学体系的中心地位而提升其价值，自晚清始。梁启超等人接受自日本转道传入的西方文学观念，发起"小说界革命"，将小说纳入文学范畴之中，实为中国小说理论史上的重要事件。小说从此获得了承载"大道"的文化职能和地位，并逐渐成为最受重视的文学文类。不过，晚清学人主要强调小说的知识传播作用和社会影响力，首先在小说的功能层面立论，对其作为文学文类的艺术本质缺乏透辟的认识。而且，"小说界革命"实际上也包括对戏曲的革新，在"小说"概念的理解上仍有汗漫不清之处。[③]即如当时最具理论深度的小说研究论著——管达如《说小说》一文，借鉴西方小说理论，论及小说价值和功能时不乏卓识，而对小说"文学上之分类"，则断为"文言体""白话体"和"韵文体"，后者包括作为戏曲的传奇及弹词。"小说"概念兼及戏曲，是清末民

---

① "小说"一词最早见于《庄子·外物》："饰小说以干县令，其于大达亦远矣。"并不是对后世理解的一种文学文类的概括。

② "小说"概念在中国古代的流变及其地位的升沉，可参见陈洪：《中国小说理论史》，合肥：安徽文艺出版社1992年9月版。

③ 参见黄霖：《近代文学批评史》，上海：上海古籍出版社1993年2月版，第380页。

初的普遍观念。① 可见,晚清学人实现了对小说价值的前所未有的提升,但对其文学本质的探索和总结,尚有不尽如人意之处。五四学人在晚清学术积累的基础上,通过对西学更直接、更透彻的理解和接受,克服了晚清小说理论的不足,注重考察小说的文学本质,并将戏曲摒除于小说概念范畴之外。至此,作为独立的文学文类的小说概念,在中国终获确立。综上可知,今人"文学常识"中"小说"概念的形成,历经晚清至五四两代学人的理论探索和学术创建。晚清学人的理论贡献主要在于奠定了小说在文学体系的中心地位,并尝试建立系统的中国小说学,为后世提供了深厚的学术积累。五四学人则进一步将小说纳入学术研究的视野中,通过创建具有学科意义的中国小说史学,重新绘制中国文学的历史图景,进而实现对中国文化与文学秩序的重建。小说概念更因中国小说史的出现,获得了充分的历史依据和坚实的理论支撑,逐渐成为常识,深入人心。

　　由于知识背景和学术理念的相对一致,鲁迅与其新文学同道对小说概念的理解近似。而这一理解上的近似又有助于在他们小说史研究中形成合力。20世纪初的小说史研究,成就最著者当推鲁迅与胡适。同为新文学代表人物,鲁迅以《中国小说史略》开中国人著小说史之先河,对中国小说的发展历程进

---

① 民国初年问世的几部小说理论著作,蒋瑞藻《小说考证》、钱静方《小说丛考》、张静庐《中国小说史大纲》均兼及戏曲。参见陈平原:《鲁迅以前的中国小说史研究》,见《陈平原小说史论集》下卷,石家庄:河北人民出版社1997年8月版,第1394—1399页。

行了史的概括,创建了中国小说史写作的科学体系;胡适则凭借其"中国章回小说考证"系列论文,辨正了中国小说史实上的若干疑难,并以历史的眼光考察了多部章回小说的情节、版本由初创到最终确立的演进过程,提供了一种具有典范意义的研究方法。[①]两人在研究思路和成就上交相辉映,形成学术上的默契,共同奠定了中国小说史学的研究格局。此后的小说史研究者,几乎都是在鲁、胡二人开创的研究格局中继续开拓。以上论断,建立在整体观的基础之上,倘若做细部考察,鲁迅与胡适及其他学术同行,对"小说"概念的理论设计仍有区别。

　　周作人曾对《中国小说史略》的学术贡献和成就做出以下概括:"其后研究小说史的渐多,各有收获,有后来居上之概,但那些成绩似只在后半部,即明以来的章回小说部分,若是唐宋以前古逸小说的稽考恐怕还没有更详尽的著作。"[②]这一评价是否准确客观尚可进一步讨论,值得关注的是,上述评价提供了一个颇有价值的观察视角:即《中国小说史略》前半部对先秦至唐代文言小说的研究,更能凸显鲁迅小说史研究的理论特色。如前文所述,小说在中国古代被排斥在正统的文学研究范畴之

---

① 参见[美]余英时:《中国近代思想史上的胡适——〈胡适之先生年谱长编初稿〉序》,见[美]余英时:《重寻胡适历程——胡适生平与思想再认识》,桂林:广西师范大学出版社2004年9月版,第157—220页。
② 周作人:《关于鲁迅》,见鲁迅博物馆鲁迅研究室《鲁迅研究月刊》编辑部选编:《鲁迅回忆录》(专著)中卷,北京:北京出版社1999年1月版,第884页。

外,在最初由中国人撰写的文学史中也未能占据一席之地。晚清至五四两代学人参考西方文学理论,试图重建中国人对"小说"的理解与想象,主要依据小说的俗文学性质立论,这决定了他们对白话小说的格外关注,在文学史著作中留给白话小说的篇幅也逐渐增多。①两代学人对小说的重视和推崇,主要针对白话而言。综上可知,小说在晚清前后的文学研究中经历了或弃或取的不同际遇,但在这一弃一取之中,被遗漏的恰恰是文人创作而又受文人轻视的文言小说。较之晚清以降渐受重视的白话小说,文言小说在中国文学史上的地位显得更为尴尬。首先,尽管出自文人之手,但在古代仍被视为与大道相对的琐屑之言和诗文之外的游戏之作②;即使如唐传奇那样得到文人称

①以两代学人的代表——梁启超和胡适为例。梁启超在"小说界革命"的纲领性文章《论小说与群治之关系》(最初发表于1902年《新小说》第一号,署名"饮冰")中,主要依据白话小说(兼及同属"说部"的戏曲)立论,对小说"熏、浸、刺、提"四功效的概括,也针对白话小说的作用而言。晚清学人强调小说的知识传播功能,文言小说显然不适用。胡适在新文学的"开山纲领"《文学改良刍议》(最初发表于1917年1月《新青年》第二卷第一期)中,强调白话文学在中国文学史上的正宗地位;旨在为新文学主张寻求历史依据的《白话文学史》(上海:新月书店1928年6月版)一书,尽管只完成上卷,至唐代而绝,但却体现出概括并总结中国文学史中白话文学的发展线索这一研究思路;其小说考证,也只涉及明清两代的章回小说。至于五四之后出现的各种中国文学史,虽然观点和体例不一,但论述小说、尤其是白话小说的章节,却逐渐呈增加之势。参见陈玉堂:《中国文学史书目提要》,合肥:黄山书社1986年8月版。
②参见浦江清:《论小说》,见浦江清:《浦江清文录》,北京:人民文学出版社1958年10月版,第181—182页。

赏，也是就其文章价值而言，作为小说的特质仍不被看重。其次，晚清至五四学人注重小说的俗文学价值，白话小说显然更符合他们的这一理论期待，更容易成为立论的依据，文言小说因此仍被排除在学术研究的视野之外。可见，晚清至五四，对白话小说的认识，基本上达成共识，而对文言小说的态度，则尚有分歧。在中国小说史学的发生时期，对文言小说的研究，鲁迅差不多是孤军深入。鲁迅对"小说"概念异于同时代人的理论设计，集中体现在《中国小说史略》对唐前文言小说的命名之中。

　　《中国小说史略》作为一部以小说为论述中心的专门史，对小说概念的理解，是决定其立论的关键。鲁迅通过小说类型的划分和命名，承担对不同时期小说创作形态的历史定位。[①]《中国小说史略》中对小说类型的命名，或借用前人成说，如"志怪""传奇"等；或出于自创，如"神魔小说""人情小说""谴责小说"等。对于唐代"叙述宛转，文辞华艳"的小说，鲁迅袭取明人胡应麟《少室山房笔丛》中的概念，命名为"传奇文"；而唐前"粗陈梗概"的丛残小语，则依题材分为两类："张皇鬼神"者名为"志怪"，仍借用胡应麟说，记时人言行流品者则名为"志人"，系自创。以上都是小说史意义上的命名。鲁迅对唐前文言小说尚有一总称，曰"古小说"。

---

① 陈平原《鲁迅的小说类型研究》一文中指出《中国小说史略》"把中国小说(尤其是元明清三代的章回小说)的艺术发展理解为若干主要小说类型演进的历史"这一学术思路，载《鲁迅研究月刊》1991年第9期。

　　1901至1912年间，鲁迅辑录唐前小说佚文三十六种，汇为长编，题名《古小说钩沉》。[①]"古小说"这一称谓，自该书始。与鲁迅对小说类型的命名相比，"古小说"似乎缺乏对特殊的历史和文化语境中小说创作形态的概括力，小说史意味不甚突出。事实上，"古小说"并不是类型学层面的概念，而是鲁迅旨在揭示中国小说的发展特质的理论设计。晚清以降的中国学人开始借鉴西方小说理论，总结中国小说的特色和价值。但是，中国古代小说毕竟有着相对独立的发展形态。对多数研究者而言，西方小说理论所提供的思路和方法，扩大了他们的学术视野，而中西文化差异造成的理论盲点，又限制了他们对中国小说之独特性的认知，在促进研究者发现问题的同时，也可能遮蔽一些问题。如前文所述，有研究者从西人小说概念出发，将中国小说的发生，限定为作者立意虚构且有完整情节的唐传奇。而唐前小说由于创作理念和艺术形态与上述标准存在出入，被多数研究者排除在小说史研究视野之外。鲁迅将无意虚构并且呈只言片语形态的唐前文言小说纳入小说史叙述的框架之中，体现出以研究对象为中心的学术理念：根据研究对象的特点调整理论，而不是从理论出发对研究对象进行取舍，在借鉴西人成说的同时，保持了必要的冷静与审慎。鲁迅为探索和总结中国小说的发展形态、为创建独立的中国小说史学的理

[①]《古小说钩沉》的辑录时间及成书过程，参见林辰：《关于〈古小说钩沉〉的辑录年代》，载《人民文学》1950年第3卷第2期。

论话语开辟了广阔的空间，奠定了小说史写作的中国形态：既是中国"小说"的历史，又是"中国"的小说史。

之所以特别强调《中国小说史略》的"中国"形态，意在揭示鲁迅小说史研究的一个重要思路：通过对中国小说的历史概括，突出其独有的艺术特质与发展形态，进而探索并总结适用于中国小说史研究的理论体系和批评方法。这一思路，决定着鲁迅对"小说史"概念的理论设计，以及对"小说文类如何写入历史"这一问题的处理方式。作为近代思想与文化的产物，文学史（小说史）以19世纪以来形成的"民族—国家观念"为基础。以历史的方式概括一个民族国家的文学创作及其发展过程，实现对民族精神的揭示，是其主要文化职能之一。[①]晚清以降的中国学人开始关注并尝试撰写文学史，也正是出于探索民族国家的历史定位这一政治诉求与文化期待。五四一代学人，多将文学史纳入文化史范畴之中，力图重新绘制中国文学的历史图景，进而实现重建文化与文学秩序的思想主张。小说的俗文学性质使之在新的文学秩序中占据中心地位，无论是进入大学课堂，还是入史，都使之获得了文化价值的空前提升，为小说由边缘走向中心提供了历史依据和理论支撑。鲁迅对"小说史"的学术定位，即体现出上述思路。这决定了《中国小说史略》在分析具体作家作品，突出小说的艺术本质的同时，格外重

---

①参见戴燕：《文学史的权力·前言》，北京：北京大学出版社2002年3月版，《前言》第2页。

视一个时期的政治环境、社会风尚以及文人心态等文化因素，着力于穿越纷繁复杂的文化现象透视时代的精神。这样，小说就以一种文化形态的身份进入历史。《中国小说史略》通过若干小说类型的演进概括小说艺术的发展历程，对不同类型的命名，不仅是对一个时期小说艺术的总结，也是对小说创作所代表的文化精神的揭示。

以"神魔小说"这一类型为例。"神魔小说"是对明代奇幻怪异题材小说创作的概括。这一类型在《中国小说史略》最初的油印本中，名为"历史的神异小说"：

> 至于取史上之一事或一人，而又不循旧文，出意虚造，以奇幻之思，成神异之谈，则至明始有巨制，其魁杰曰《西游记》。①

在油印本中，《西游记》与《英烈传》等"讲史"（油印本称为"英贤小说"）列入同一篇，"历史的神异小说"这一命名，主要针对这类作品在借用历史事件的基础上，敷衍出具有奇幻色彩的情节这一创作理念。《西游记》《封神演义》等作品尽管将历史事件植入情节之中，但主要作为故事发生的背景，讲述历史并不是小说创作的初衷，小说叙述主要建立在对天上人间各种奇幻怪异故事的想象之上。因此，"历史的神异小说"这一命名并不准确。铅印本《中国小说史略》易名为"神魔小说"，与"讲史"分

---

① 单演义标点：《鲁迅小说史大略》，西安：陕西人民出版社1981年4月版，第76页。

离,独立成篇。这一处理方式在《中国小说史略》以后的各版本中不复更改。

《中国小说史略》在论述"神魔小说"出现的文化背景时说:

> 奉道流羽客之隆重,极于宋宣和时,元虽归佛,亦甚崇道,其幻惑故遍行于人间,明初稍衰,比中叶而复极显赫,……且历来三教之争,都无解决,互相容受,乃曰"同源",所谓义利邪正善恶是非真妄诸端,皆混而又析之,统于二元,虽无专名,谓之神魔,盖可赅括矣。①

可见,"神""魔"并举,突出以道教为代表的中国本土宗教神秘文化和佛教为代表的外来宗教文化的合流②,正是基于明中叶特殊的文化趋向和小说创作环境。"神""魔"相对,又是对这类以正邪之争为主要情节的小说创作倾向的形象概括。由此可见,"神魔小说"是中国古代奇幻怪异题材的小说创作发展到明代的一种特殊形态,具有鲜明的小说史意味和文化内涵。这一命名,较之"神异""神怪"等更能反映出一个时期的社会风尚和

---

① 鲁迅:《中国小说史略·序言》,《鲁迅全集》第9卷,北京:人民文学出版社2005年11月版,第160页。以下引用《中国小说史略》中的文字,无特别注明者,均出自这一版本。

② "神"是宗教及神话中所指的超自然体,是源出中国本土的概念。见罗竹风主编:《汉语大词典》第7卷,北京:汉语大词典出版社1991年6月版,第855页。"魔"则是梵文māra的音译,"魔罗"的略称。佛教把一切扰乱身心、破坏行善者和一切妨碍修行的心理活动均称作"魔",是源于佛教的外来语。见罗竹风主编:《汉语大词典》第12卷,北京:汉语大词典出版社1993年11月版,第473页。

文化精神对小说创作的影响。

从《中国小说史略》对小说类型的命名不难看出,鲁迅重视小说创作背后的文化因素,借此寻求建立中国小说史学的理论体系;同时,避免使用现实主义、浪漫主义等西人成说,保持中国文学研究的独立的命名权。小说类型的命名,既是对小说艺术特质的概括,又是对其产生的文化环境的还原。以上思路使《中国小说史略》不仅是一部中国小说的艺术史,也是一部中国小说的文化史,为建立中国小说史学的理论体系做出了有益的探索,显示出鲁迅独特的小说史运思方式。

二

与晚清至五四时期许多学术经典著作一样,《中国小说史略》最初也是作为大学讲义。尽管鲁迅在辛亥革命爆发前就曾辑录《古小说钩沉》,但当时未必有研究小说的想法;即便有此想法,也未必采用小说史的书写方式。鲁迅撰小说史,很大程度上是在大学授课的需要。[①]不过,考虑到鲁迅在离开大学讲坛后仍反复对《中国小说史略》做出修改,足可见其将《中国小说史略》作为专著经营的用心。这使该书成为一部介乎教材与

---

① 参见陈平原:《作为文学史家的鲁迅》,见《陈平原小说史论集》下卷,石家庄:河北人民出版社1997年8月版,第1771页。

专著之间的文学史,具备双重的学术职能。①讨论《中国小说史略》这方面的理论特征,有助于进一步考察鲁迅对"小说史"的理论设计,以及背后的学术价值取向。

韦勒克、沃伦在《文学理论》一书中,列专章讨论了文学理论、文学批评和文学史相互区别而又相互包容的关系。②文学史首先作为一种文学研究体式,与文学理论和文学批评相区别,分别代表不同的研究思路,以及相应的著述体式。18世纪,文学史的写作开始由罗列作家和作品名称的百科全书式的大纲向历史描述转移。这次转移进一步强化了其作为独立的文学研究体式的理论个性,并担负起民族意识的教化任务。③教育功能开始成为文学史的文化职能之一。可见,文学史在其诞生地西方,教育功能只是其诸多文化职能之一,而且还是一种后

①　陈平原:《小说史:理论与实践》第三章《独上高楼》,根据学人撰史时对"拟想读者"的不同认定,将文学史的书写形态划分为研究型、教科书型和普及型三类,是恰当的划分。见《陈平原小说史论集》下卷,石家庄:河北人民出版社1997年8月版,第1201—1202页。但考虑到《中国小说史略》问世之初,各种文学史著作主要作为大学讲义,供大众阅读的功能尚未显露,故本文将普及型文学史暂且搁置,仅讨论研究型和教科书型两类。
②　参见［美］韦勒克、沃伦:《文学理论》第四章《文学理论,文学批评和文学史》,刘象愚等译,北京:生活·读书·新知三联书店1984年11月版,第30—39页。
③　参见［德］赫·绍伊尔:《文学史写作问题》,章国锋译,见［英］赫尔塞等:《重解伟大的传统》,黄伟等译,北京:社会科学文献出版社1999年1月版,第74—79页。

来追加的职能。而中国古代不存在文学史这一研究体式，以之取代传统"文章流别"，实有赖于晚清以降对西方学制的引进，对近代日本及欧美文学教育思路的移植。[①] 这使文学史的理论个性在传入中国过程中发生了微妙的偏转，教育功能进一步突出，教材成为其主要书写形态。因此，由中国人撰写的文学史一经出现，即先天地具备教材性质，承担教学职能，并逐渐形成弥漫于学界的"教科书心态"。[②] 以中国人撰写的第一部"中国文学史"——林传甲《中国文学史》为例。林著本是京师大学堂优级师范馆中国文学课程的授课报告书。尽管著者自陈以日本人笹川种郎《支那文学史》为蓝本，但将笹川著作中论述戏曲、小说的内容一并弃置，而大体上以文体递变为中心，兼及文字和文法，使西来之文学史与中国传统的"文章流别"这两种研究思路相错杂，讲述历史与应用写作的功能相并置。之所以产生这样复杂的写作思路和形态，除体现出新旧交替之际，传统文学观念的巨大惯性在林氏身上的投影外，也是他严格遵从1903年颁布的《奏定优级师范学堂章程》对中国文学课程的基本定位的结果。[③] 林著虽冠以"文学史"的名目，本质上却更接

---

① 参见陈平原：《新教育与新文学——从京师大学堂到北京大学》，见陈平原：《中国大学十讲》，上海：复旦大学出版社2002年10月版，第112—113页。

② 参见陈平原：《小说史：理论与实践》第三章《独上高楼》，见《陈平原小说史论集》下卷，石家庄：河北人民出版社1997年8月版，第1204页。

③ 参见夏晓虹：《作为教科书的文学史——读林传甲〈中国文学史〉》，载陈平原、陈国球主编：《文学史》（第二辑），北京：北京大学出版社1995年10月版。

近于"国文讲义"①,照章办事的教科书心态,使其基本上不敢放手发挥,将该书作为个人独立的著述来经营。这使该书无论在学术思路还是书写形式上均与后世的文学史大相径庭。不过,像林传甲《中国文学史》这样亦步亦趋地遵循教学章程的文学史毕竟还是少数。在与林氏同时代的研究者中,已经有人开始注意到"教科书"与"专家书"的区分。②只是在经营自家著述时极少采用文学史这一书写形式。③可见,即使依据欧美学制设置了文学史课程,若非完成教学章程所规定的任务,绝大多数研究者是不愿意、也不善于采用文学史体式的。这一方面与对文学史的思路和体式不尽熟悉,暂时采取谨慎回避的态度有关;另一方面,"教科书"与"专家书"的严格区分,亦包含对两种著述类型之高下的价值评判。毕竟普及知识的"教科书"无法像立一家之言的"专家书"那样引起研究者的兴趣,前者对具体学术运作的严格规定,也可能限制研究者学术专长的充分发

---

① 林著于宣统二年(1910)由武林谋新室出版,封面标有"京师大学堂国文讲义"的字样。陈国球《"错体文学史"——林传甲的"京师大学堂国文讲义"》亦指出该书"主要目标是编'国文讲义'多于撰写'文学史'"。见陈国球:《文学史书写形态与文化政治》,北京:北京大学出版社2004年3月版,第59页。

② 参见陈平原:《新教育与新文学——从京师大学堂到北京大学》,见陈平原:《中国大学十讲》,上海:复旦大学出版社2002年10月版,第118页。

③ 林氏之后任教大学堂的林纾、姚永朴等人,均在讲义基础上形成自家著述。但初为讲义的《春觉斋论文》《文学研究法》等,虽然其中不乏精彩的文学史论断,却都没有采用文学史的书写方式。

挥。何况,京师大学堂的管理者和教员,多为清廷官员和旧派读书人。尽管依据欧美学制为"文学"设科,但对"文学"概念的设定却往往"别具幽怀"。^①对绝大多数人而言,为适应新学制的要求,不得已对西方文学观念和著述体式采取俯就的态度,其内心仍保持着对传统意义上的"文学",尤其是经学与文章的高度自信,认为这些才是可以传之后世的"学问"。这也使他们无法以平静的心态接纳文学史。

之所以率先讨论林传甲《中国文学史》这一不甚成功的文学史写作实践,意在指出在西方学制及文学史研究思路初入中国时,研究者反应的不甚积极和自身选择的被动性。这也是作为"专家书"的文学史迟迟不得以面世的主要因素之一。上述局面,自蔡元培执掌北大,特别是"章门弟子"和刘师培等人陆续登上北大讲台之后,始有根本性的改观。

新文化运动之后的北京大学,在文学课程设置上较之大学堂章程有相当大的调整和突破,其中最突出的是"中国文学史"和"中国文学"课程的分置。^②此举使二者的学术分界渐趋

---

① 陈平原《新教育与新文学——从京师大学堂到北京大学》一文详细梳理了"文学"学科在京师大学堂学制中逐渐确立的过程;陈国球《文学立科——〈京师大学堂章程〉与"文学"》对晚清新学制设立过程中"文学"概念的流变及其背后的政治诉求与文化期待亦有深入考辨,见陈国球:《文学史书写形态与文化政治》,北京:北京大学出版社2004年3月版。
② 参见陈平原《新教育与新文学——从京师大学堂到北京大学》中引录的1917年《北京大学中国文学门课程表》。该文未指出两门课程内容上的区别。见陈平原:《中国大学十讲》,上海:复旦大学出版社(转下页)

明朗,开始形成各自独立的学术视野和理论个性。这两门课程的边界,类似于后来高等院校文学专业的"文学史"和"文学作品选"的区分,前者讲历史演变,提供文学知识和研究思路;后者重艺术分析,培养鉴赏能力和写作水平。[①]课程分置改变了晚清学制中"文学史"概念上的混沌局面,使之逐渐摆脱了中国传统"文章流别"的干扰,理论个性得到更充分的发挥。文学史概念的正本清源,是提升其学术价值的基本条件之一。同时,为长期被排除在学术视野之外的小说和戏曲单独设课,也使具有西学背景或偏好小说戏曲的研究者有了用武之地。这一时期进入北京大学的刘师培、"章门弟子"等学人,既有深厚的国学基础,又对西方文学理论非常熟悉,在经营文学史方面有着前辈学人不可比拟的理论优势。他们往往依据自家的研究兴趣与学术水平,对教学大纲中规定的文学史教学内容及书写形式有所调整和自由发挥,植入研究者本人的理论个性,促进了文学史由教科书向个人著作的转化。此外,蔡元培掌校时期的北大,在为各门课程选择教师时,特别注重其学有所长与术业专攻,延请刘师培讲授中国中古文学史,周作人讲授欧洲文学史,吴梅讲授戏曲

(接上页)2002年10月版,第131页。在一篇学术随笔中,陈平原先生依据巴黎法兰西学院汉学研究所收藏的北京大学讲义,论述了两门课程的分界,并有精彩的发挥。陈平原《在巴黎邂逅"老北大"》,载《读书》2005年第3期。"中国文学史"和"中国文学"课程的分置,体现出两种不同的文学研究思路,并规定了各自的学术对象和方法,使前者逐渐趋向史学。

① 参见陈平原:《在巴黎邂逅"老北大"》,载《读书》2005年第3期。

史,鲁迅讲授小说史,俱为一时之选。其中小说史课程的设置,最初由于找不到合适的人选,而暂时搁置。1920年国文系预备增加小说史课,拟请周作人讲授。周作人考虑到鲁迅更为适合,就向当时的系主任马幼渔推荐。鲁迅于是受聘北大,开设小说史课,并因此成就了其小说史的撰写。[①]可见,在北京大学的课程设置和教师遴选中,体现着因人设课,因课择人的办学理念。这既保证了各门课程的学术水平,又促使学人将其学术思路与研究成果以文学史的书写方式落实到文字,公之于世。

综上可知,晚清至五四的学人选择文学史这一著述体式,大都与在学院任教的经历有关。而且随着对文学史概念理解的深入,以及具有西学背景的研究者加盟,文学史开始由教材式的书写形态向专著化发展,学术价值获得了明显的提升。在讲义基础上形成的文学史著作,不乏在观点和体例上卓有创见者,不仅显示出作者的学术个性,而且实现了对文学史这一著述体式的学术潜质的创造性发挥。可见,衡量一部文学史著作学术价值的高下,除作者学术水平的因素外,也有赖于作者对自家著作的学术定位。教材型的文学史,以知识的传授为主,汇集各家学术观点,避免自家见解的过分突出,强调材料的准确和论述的稳健。专著型的文学史,则避免滞着于知识的介绍,而重在研究思路与方法的展示,以及个人学术创见的充分发挥。依上述标准

---

① 参见周作人:《知堂回想录·一三七·琐屑的因缘》,《知堂回想录》下卷,石家庄:河北教育出版社2002年1月版,第467页。

考量《中国小说史略》，不难看出鲁迅经营自家小说史专著的明确意识。与刘师培、黄侃、吴梅等学人一样，鲁迅登北大讲坛，是因为在某一学术领域中的非凡造诣，而不是为课程的开设，涉足新的专业。这保证了他们从事研究的主动性和学术特长的发挥。鲁迅在讲授小说史之前，在这一研究领域中浸淫已久。凭借深厚的学术积累撰写讲义，一出手便不同凡响。同时，小说史作为选修课，不同于必修课在内容上有明确的规定，讲授者可根据自家的学术兴趣和研究水平调整课程的内容，选择讲述的方式，可进可退，拥有更大的自由度。鲁迅个人的学术创见因此得到了更充分的发挥。应北大之请讲授小说史，为鲁迅学术思路的系统梳理和研究成果的全面展示提供了一个难得的契机。

鲁迅将《中国小说史略》作为专著经营，还有赖于他对文学史这一著述体式的学术定位。首先，鲁迅非常重视文学史的学术职能。在厦门大学中文系讲授中国文学史期间，他曾致信许广平，介绍自己授课和编写讲义的情况：

> 我的功课，大约每周当有六小时，因为语堂希望我多讲，情不可却。其中两点是小说史，无须豫备；两点是专书研究，须豫备；两点是中国文学史，须编讲义。看看这里旧存的讲义，则我随便讲讲就很够了，但我还想认真一点，编成一本较好的文学史。①

---

① 鲁迅：《两地书·四一》，《鲁迅全集》第11卷，北京：人民文学出版社2005年11月版，第119页。

这段自述,体现出鲁迅对自家著作的学术期待:不仅满足教学需要,更要在学术上有所创获,希望奉献流传后世的学术经典,而非只供教学的普通讲义。这使他对文学史的撰写精益求精,下笔极为谨慎。鲁迅晚年屡有撰写中国文学史的想法,并做了较长时间的准备,但终未着手。①除过早去世不及动笔,远离学院的研究环境,以及晚年的创作心态等因素外②,多少也与其过于求精的治学态度有关。其次,鲁迅考量文学史的眼界甚高,对同时代人著作的评价极严。③在中国学人撰写的诸多文学史著作中,得鲁迅激赏者仅刘师培《中国中古文学史》。不仅向友

---

① 鲁迅在与友人的通信中,多次表达出撰写文学史的想法。如《320413 致李小峰》:"文学史不过拾集材料而已,倘生活尚平安,不至于常常逃来逃去,则拟于秋间开手整理也。"《鲁迅全集》第12卷,北京:人民文学出版社2005年11月版,第298页。《320514② 致许寿裳》:"而今而后,颇欲草中国文学史也。"《鲁迅全集》第12卷,北京:人民文学出版社2005年11月版,第305页。《320509(日) 致增田涉》:"今后拟写小说或中国文学史。"《鲁迅全集》第14卷,北京:人民文学出版社2005年11月版,第204页。1928年以后的日记中也多有购买商务印书馆版《四部丛刊》和《二十五史》的记载。

② 关于鲁迅晚年文学史著述的"中断"现象及其文化意义,可参见陈平原《作为文学史家的鲁迅》中的有关分析,见《陈平原小说史论集》下卷,石家庄:河北人民出版社1997年8月版,第1770—1776页。

③ 鲁迅在《331220① 致曹靖华》中推荐若干种文学史著作,包括谢无量《中国大文学史》,郑振铎《插图本中国文学史》,陆侃如、冯沅君《中国诗史》,王国维《宋元戏曲史》,鲁迅《中国小说史略》。但评价为:"这些都不过可看材料,见解却都是不正确的。"《鲁迅全集》第12卷,北京:人民文学出版社2005年11月版,第523页。

人大力推荐①，而且在自家关于魏晋文学的演讲中，明示以刘著为参考文献，详其所略并略其所详，对魏晋文学特色的概括，也明显师承刘氏②。这与鲁迅对郑振铎《插图本中国文学史》的评价恰堪对照。在致台静农信中，鲁迅批评郑振铎"恃孤本秘笈，为惊人之具"的做法，称其文学史著作为"资料长编"。③这一评价道出了鲁迅考量文学史的独特眼光——对"史识"的特别看重。推崇刘师培，正是出于对其史识的钦佩，对其文学史写作思路的认同。同信中，鲁迅谈及《中国小说史略》的修改：

> 虽曰改定，而所改实不多，盖近几年来，域外奇书，沙中残楮，虽时时介绍于中国，但尚无需因此大改《史略》，故多仍之。④

这段话值得仔细玩味。在鲁迅看来，尽管新史料层出不穷，但不足以撼动《中国小说史略》的学术框架和基本论断。维系《中国小说史略》学术生命的不是对史料的占有，而是在"史识"基

---

① 鲁迅在《280224　致台静农》中说："中国文学史略，大概未必编的了，也说不出大纲来。我看过已刊的书，无一册好。只有刘申叔的《中古文学史》，倒要算好的，可惜错字多。"《鲁迅全集》第11卷，北京：人民文学出版社2005年11月版，第103—104页。

② 鲁迅：《而已集·魏晋风度及文章与药及酒之关系》，《鲁迅全集》第3卷，北京：人民文学出版社2005年11月版，第524—525页。

③ 鲁迅：《320815　致台静农》，《鲁迅全集》第12卷，北京：人民文学出版社2005年11月版，第321—322页。

④ 鲁迅：《320815　致台静农》，《鲁迅全集》第12卷，北京：人民文学出版社2005年11月版，第322页。

础上对史料的重新"发现"——在取舍之间体现学术眼光。一部《中国小说史略》，稀见史料不多，尽管时人对其考证方面的成绩大加赞赏①，但该书其实并不以此见长。论史料上的成就，郑振铎并不在鲁迅之下，甚至对一些具体问题的研究还有过之。鲁迅的优势，在于"史识"——通过寻常的作品和寻常的史料，能够产生不同寻常的发现。对史识的注重，使鲁迅在《中国小说史略》中着力突出自家的理论创见，而将知识性的内容以资料长编的形式，单独成书，既体现出"先从作长编入手"②的治学理念，又使小说史著作获得了准确的学术定位。《中国小说史略》超越于教材的学术个性与魅力，也因此得以凸显。

以《中国小说史略》中对《儒林外史》的分析为例。

《中国小说史略》第二十三篇《清之讽刺小说》中，在"讽刺小说"概念辐射下只讨论了《儒林外史》一部作品。这是不同于同时代及后世小说史的处理方式，貌似与小说史的写作规范有违，实体现出独特的理论设计。"讽刺小说"这一类型在《中国小说史略》最初的油印本中尚未出现，《儒林外史》归入"谴责小说"范畴中。铅印本对此做出调整，《儒林外史》从"谴责小说"

---

① 胡适《〈白话文学史〉自序》评《中国小说史略》曰："搜集甚勤，取裁甚精，断制也甚谨严，可以为我们研究文学史的人节省无数精力。"阿英《作为小说学人的鲁迅先生》一文称《中国小说史略》"实际上不止是一部'史'，也是一部非常精确的'考证'书"。都在史料价值上立论，虽言之凿凿，但有些不得要领。

② 鲁迅：《330618② 致曹聚仁》，《鲁迅全集》第12卷，北京：人民文学出版社2005年11月版，第404页。

中分离，作为"清之讽刺小说"独立成篇，并获得极高评价："秉持公心，指擿时弊"，"戚而能谐，婉而多讽"，成为对作品讽刺精神及艺术特质的定评。该篇对"讽刺小说"类型的概念及特征有如下概括："寓讥弹于稗史者，晋唐已有，而明为盛，尤在人情小说中。"① 可见，"讽刺小说"古已有之，并非自《儒林外史》始。以《儒林外史》为"讽刺小说"的唯一代表，基于鲁迅衡量"讽刺小说"思想和艺术价值的最高标准——"公心讽世"和"婉曲"之美。完全符合这一标准的仅此一部作品，自该书问世"说部中乃始有足称讽刺之书"②。仅以一部作品概括一种小说类型，看似不符合小说史写作的常规，而且上述标准似乎也过于严苛。但《中国小说史略》中独特的小说史运思方式恰恰体现于此：类型的设计与命名，体现对小说创作观念和审美取向的历史定位与价值评判；选取某一类型的代表作品，反过来又对类型的小说史意味做出准确的概括与诠释。鲁迅对"讽刺小说"价值标准的认定，以及对《儒林外史》的推崇，表面上将同类型中其他作品排除于理论视野之外，但实质上却通过一部代表作品的参照，完成了对其他作品的小说史定位，而无需做一一评述，从而

① 鲁迅：《中国小说史大略》（铅印本），许寿裳保存，见鲁迅博物馆鲁迅研究室编：《鲁迅研究资料》第17辑，天津：天津人民出版社1986年9月版，第135页。
② 鲁迅：《中国小说史大略》（铅印本），许寿裳保存，见鲁迅博物馆鲁迅研究室编：《鲁迅研究资料》第17辑，天津：天津人民出版社1986年9月版，第135页。

超越了务多求全的"教科书心态",超越了作品罗列式的静态
研究。

综上可知,《中国小说史略》作为专著型小说史的学术个性
在于:对作品和史料的选择不求多多益善,而在取舍之间凸显
作者的学术眼光。鲁迅最初应授课之需,编写教材,但出于杰
出的理论才能和对自家著作的学术期待,在此过程中显示出经
营个人著作的明确意识。鲁迅对小说史的学术定位,使之超越
了单一的教学职能:一部《中国小说史略》,用于讲坛则是教材,
供同行阅读则为专著,在教材和专著之间自由出入,形成一种
学术张力,实现了对小说史学术价值的提升。

三

晚清以降,中国传统的循环论的文学史观念模式开始为
进化史观所取代,后者更因五四时期胡适等人的大力倡导,逐
渐成为20世纪中国文学史观之主流。① 同为五四学人的鲁迅,
与其同道具有相近的学术兴趣与文化追求,加之早年亦曾深受
进化论观念的影响,在学术研究与文化批评中均不免此理论印
记。② 然而,就鲁迅的小说史观而言则与占据主流的进化史观判

---

① 参见陈伯海:《中国文学史之宏观》,北京:中国社会科学出版社1995年
　12月版,第166—185页。
② 鲁迅在南京求学时期阅读严复译《天演论》、留日时期阅读日本人丘浅
　治郎著《进化论讲话》,由此开始接触进化论学说。参见鲁迅:(转下页)

然有别。

　　1924年7月，鲁迅应邀到西安做关于中国小说史的讲演，记录稿经本人整理后，题作《中国小说的历史的变迁》，次年刊于西北大学出版部印行的《国立西北大学、陕西教育厅合办暑期学校讲演集》(二)。在开场白中，鲁迅说：

> 　　我所讲的是中国小说的历史的变迁。许多历史家说，人类的历史是进化的，那么，中国当然不会在例外。但看中国进化的情形，却有两种很特别的现象：一种是新的来了好久之后而旧的又回复过来，即是反复；一种是新的来了好久之后旧的并不废去，即是羼杂。然而就并不进化吗？那也不然，只是比较的慢，使我们性急的人，有一日三秋之感罢了。文艺，文艺之一的小说，自然也如此。[1]

这一论断常为研究者引用，作为论证鲁迅与进化论相关而又相异的文学史观的重要依据。然而仔细体味上述论断，似乎还包括另一重内涵：对文学史这一研究体式的理论预设。在鲁迅看来，文学史研究的基本思路在于考察不同时代文学现象的变

（接上页）《朝花夕拾·琐忆》，《鲁迅全集》第2卷，北京：人民文学出版社2005年11月版，第296页；周启明：《鲁迅的青年时代·鲁迅的国学与西学》，见《鲁迅回忆录》(专著)中卷，北京：北京出版社1999年1月版，第821页。鲁迅在介绍西方生物进化学说的《人之历史》和阐述浪漫主义文艺思潮的《摩罗诗力说》等论文中均论及进化学说，至于杂文中关涉进化论之处更是不胜枚举。

[1] 鲁迅：《中国小说的历史的变迁》，《鲁迅全集》第9卷，北京：人民文学出版社2005年11月版，第311页。

迁过程,这是由其先在的理论视野决定的,"史总须以时代为经"①。同时,文学史和文学现象并不仅仅是研究方法与研究对象的关系。文学现象的复杂性使之呈现相对独立的存在方式,而不完全遵循研究者的理论认定。因此,对文学现象的任何一种考察方式,都只是研究者基于自家学术观念的一种研究思路和言说方式而已,其阐释的有效性和有限性往往同时存在。鲁迅在《中国小说的历史的变迁》开场白中明确交代以历史的眼光考察中国古代小说这一理论出发点,力图"从倒行的杂乱的作品里寻出一条进行的线索"②,正是基于对自家学术思路的功效与局限的理论自觉。这一自觉使鲁迅突破了进化史观的先在局限,而是依照已成的事实,对中国小说的变迁过程予以详细的梳理和准确的把握,从而对文学史观念模式做出了独立的理论选择。鉴于进化史观在20世纪中国文学史写作中的重要地位,本章首先对晚清至五四文学史观中的进化论因素进行一番正本清源式的梳理,以凸现鲁迅的理论选择的学术背景。

---

① 鲁迅:《351105　致王冶秋》,《鲁迅全集》第13卷,北京:人民文学出版社2005年11月版,第576页。该信中,鲁迅还对"文学史"与其他文学研究体式的边界做出了明确限定:"讲文学的著作,如果是所谓'史'的,当然该以时代来区分,'什么是文学'之类,那是文学概论的范围,万不能牵进去,如果连这些也讲,那么,连文法也可以讲进去了。"从中可见鲁迅对"文学史"理论视野的基本预设。
② 鲁迅:《中国小说的历史的变迁》,《鲁迅全集》第9卷,北京:人民文学出版社2005年11月版,第311页。

　　韦勒克、沃伦在《文学理论》一书中介绍了两种进化概念：一是由蛋成长为鸟的进化过程，二是由鱼脑到人脑的进化过程，并指出后者不仅"假定有变化的系列"，还"假定这变化系列有它的目的"，因此更接近"历史"进化的观念。[①]以之作为文学史写作的假定性前提，可以把文学史解释为向一个特殊目标进化的一系列文学作品与文学现象的序列。这使进化论的文学史观念模式具备了鲜明的决定论和目的论色彩。进化论的文学史观在晚清以降大行其道，主要原因有二：一是在19世纪后半叶的西方，实证主义成为最主要的历史和文化思维模式之一，对文学史写作产生了决定性的影响，体现为向后者输入自然科学的规律性思维，突出进步与发展的历史观念。[②]作为进化史观的思想基础，实证主义被当时热衷引进西学的中国人作为最新的历史与文化观念而接纳。二是晚清的政治危局，促使中国知识分子寻找强国保种的思想动力和文化资源。进化论对发展与进步的强调，非常切合晚清的这一政治期待与文化诉求。被后人誉为"介绍西洋近世思想的第一人"[③]的严复，通过

　　———————

[①] 参见［美］韦勒克、沃伦：《文学理论》第十九章《文学史》，刘象愚等译，北京：生活·读书·新知三联书店1984年11月版，第294—296页。

[②] 参见［德］赫·绍伊尔：《文学史写作问题》，章国锋译，见［英］赫尔塞等：《重解伟大的传统》，黄伟等译，北京：社会科学文献出版社1999年1月版，第81—82页。

[③] 胡适：《五十年来中国之文学》，见欧阳哲生编：《胡适文集》第3卷，北京：北京大学出版社1998年11月版，第211页。

翻译《天演论》介绍进化学说[1]，影响了晚清至五四两代学人的历史观念。在文学史观上的影响，则见于两代学人对"一代有一代之文学"这一命题的反复申说。

王国维《宋元戏曲史·序言》开篇有云：

> 凡一代有一代之文学：楚之骚，汉之赋，六代之骈语，唐之诗，宋之词，元之曲，皆所谓一代之文学，而后世莫能继焉者也。[2]

王国维这一论断首先是对清人焦循（理堂）观点的转述。焦循《易余籥录》卷十五提出"一代有一代之胜"说，并在《与欧阳制美论诗书》中加以发挥：

> 故五代之词。六朝初唐之遗音也。宋人之词。盛唐中唐之遗音也。诗亡于宋而遁于词。词亡于元而遁于曲。[3]

对此，钱钟书《谈艺录》第四评曰：

---

[1] 《天演论》是英国人赫胥黎《进化论与伦理学》的中文译本，但严复在翻译过程中进行了大量的增删。在翻译过程中随意发挥本是晚清译界之风尚，但严复的改写中突出"物竞天择，适者生存"的理念，进一步将生物进化学说引入社会文化领域，体现出晚清知识分子寻求富强的文化诉求。参见〔美〕本杰明·史华慈：《寻求富强：严复与西方》，叶凤美译，南京：江苏人民出版社1989年7月版。

[2] 王国维：《宋元戏曲史》，上海：华东师范大学出版社1995年12月版，第1页。

[3] 焦循：《与欧阳制美论诗书》，见氏著：《雕菰集》（下），第235页，北京师范大学图书馆藏商务印书馆国学基本丛书本，书无版权页，出版地及时间不详。

　　若用意等于理堂,谓某体限于某朝,作者之多,即证作品之佳,则又买菜求益之见矣。元诗固不如元曲,汉赋遂能胜汉文,相如高出子长耶。唐诗遂能胜唐文耶。宋词遂能胜宋诗若文耶。[①]

焦氏此论,是一种以文类衰变为中心的退化论文学史观[②],这在中国古代文论中并不鲜见。钱钟书《谈艺录》中即从各种古籍中摘引多则相似的论断,并加以辨析。王国维转述焦循观点,并未持肯定态度,看法却和钱钟书相近。[③]《宋元戏曲史》第十二节《元剧之文章》有云:

　　焦氏谓一代有一代之所胜,欲自楚骚以下,撰为一集,汉则专取其赋,魏晋六朝至隋,则专录其五言诗,唐则专录其律诗,宋专录其词,元专录其曲。余谓律诗与词,固莫盛于唐宋,然此二者果为二代文学中最佳之作否,尚属疑问。[④]

可见,王国维只是借用焦循的表达方式,文字虽同,观念实异。焦循依朝代立论,以历朝新见之文类为文学史之主流,忽视其

① 钱钟书:《谈艺录》(补订本),北京:中华书局1984年9月版,第31页。
② 参见陈伯海:《中国文学史之宏观》,北京:中国社会科学出版社1995年12月版,第175页。
③ 王国维"一代有一代之文学"说常被研究者等同于焦循的观点,高恒文《读〈管锥编〉〈谈艺录〉札记》较早对此提出不同看法,并对二者的区别有精辟的辨析,可参见,载《文艺理论研究》2001年第6期。
④ 王国维:《宋元戏曲史》,上海:华东师范大学出版社1995年12月版,第120页。

他文类的存在，简化了文学史的复杂性。王国维则依文类立论，某一文类在某一朝代达到其高峰，所谓"后世莫能继焉者"即指文类自身的发展状况而言，各文类之间不存在相互取代的关系。《宋元戏曲史》以戏曲这一中国古代的边缘文类为研究对象，借用"一代有一代之文学"的命题，意在突出其文学史地位。王国维借用焦循观点，而剔除其文类以朝代为限的批评观和退化论因子，部分地体现出进化论的理论倾向。

王国维提出"一代有一代之文学"之命题，主要还是借以突出戏曲的地位，进化论对其文学史观而言，只是多种理论元素之一，尚不具备方法论的决定性意义。进化史观真正大行其道并深入人心，还有赖于五四时期胡适等人的大力倡导。

与王国维借用"一代有一代之文学"说的研究姿态不同，胡适则明确地赋予这一命题以方法论的意义，体现出鲜明的进化论色彩。首先，在新文学开山纲领——《文学改良刍议》中，胡适基于重建中国文学秩序的新文化立场，重申"一时代有一时代之文学"这一命题，力图提升白话文学的文学史地位。在"文学因时进化，不能自止"①的观念下，中国文学史被胡适解释为白话文学不断进化，逐渐占据文学发展的主流，动摇并最终取代古文文学正宗地位的过程，强化了中国文学史的目的性和方向性。其次，历史进化的文学史观，还体现出一种方法论的意

①胡适：《文学改良刍议》，见欧阳哲生编：《胡适文集》第2卷，北京：北京大学出版社1998年11月版，第7页。

义。胡适承认在治学方法上受到赫胥黎进化论和杜威实验主义哲学的影响。[①]在他看来"一切学说都必须化约为方法才能显出它们的价值"[②]，其大部分学术著作也都具有教人以"拿证据来"的思想方式和治学方法这一终极目的。[③]进化史观的建立，一方面从中国文学史的发展趋势上肯定白话文学的正宗地位，为新文学的合理性与合法性提供了历史依据[④]；另一方面则便于把复杂的文学现象系统化与知识化，形成一种简单可行、操作性强的文学史写作思路。进化史观由此成为中国文学史学

[①] 参见唐德刚译：《胡适口述自传》，北京：华文出版社1992年8月版，第102—109页。

[②] ［美］余英时：《中国近代思想史上的胡适——〈胡适之先生年谱长编初稿〉序》，见［美］余英时：《重寻胡适历程——胡适生平与思想再认识》，桂林：广西师范大学出版社2004年9月版，第199页。

[③] 对此胡适曾多次予以承认。《〈胡适文存〉序例》中称："我的唯一的目的是注重学问思想和方法。故这些文章无论是讲实验主义，是考证小说，是研究一个字的文法，都可以说是方法论的文章。"见欧阳哲生编：《胡适文集》第2卷，北京：北京大学出版社1998年11月版，第1页。《介绍我自己的思想》中还特别强调："我的几十万字的小说考证，都只是用一些'深切而著明'的实例来教人怎样思想。"见欧阳哲生：《胡适文集》第5卷，北京：北京大学出版社1998年11月版，第517页。

[④] 胡适在《〈中国新文学大系·建设理论集〉导言》中称："我们特别指出白话文学是中国文学史上的'自然趋势'，这是历史的事实。……我们再三指出这个文学史的自然趋势，是要利用这个自然趋势所产生的活文学来正式替代古文学的正统地位。简单说来，这是用谁都不能否认的历史事实来做文学革命的武器。"《中国新文学大系·建设理论集》，上海：良友书局1935年10月版，第20—21页。

（小说史学）发生阶段被绝大多数研究者所接受的一种观念模式。五四以后多有冠以"发展史"或"发达史"名目的著作出现，一些虽不以此命名，但也以进化论为基本思路。在破旧立新的历史阶段，进化论为中国文学史的价值重建提供了可借鉴的理论资源，在特定的历史与文化语境中具有重要意义。但是，进化史观自身的理论缺陷，如强调文学史变迁的连续性和方向性，热衷于总结规律与建立联系，使这一观念模式体现出明显的先验性。而且，胡适等人对进化论的宣扬，现实功利目的过强，在特定历史阶段具有阐释的有效性，但随着时间的推移，其弊端也就日益显露出来。

　　以上简要论述了晚清至五四文学进化史观的基本状况，意在揭示鲁迅小说史研究的学术背景及其相对独立的理论选择。如前文所述，鲁迅曾深受进化论的影响，在学术研究和文化批评中均体现其理论印记。但是，进化论只是构成鲁迅精神世界与思维方式的诸多因素之一，而不是唯一的决定性因素，在接受并阐释这一理论的过程中也时有质疑与反思。特别是某些文化和社会现象的反复，使鲁迅产生一种"回到过去"的历史轮回之感。[1]在考察历史时，也就对各种"反复"和"羼杂"的现象格外敏感。同时，鲁迅的小说史研究，始终以研究对象为中心，依其特点选择研究方法，而不是依据方法对文学现象做出

---

[1] 参见鲁迅：《集外集拾遗·又是"古已有之"》，《鲁迅全集》第7卷，北京：人民文学出版社2005年11月版，第239页。

取舍，从而祛除个人主观的好恶成见，避免了先验性的思维模式。上述研究姿态使鲁迅的小说史著述超越了进化史观的理论局限。

《中国小说史略》对进化史观的超越集中体现在两个方面：一是对小说史时间性的独特处理，二是"拟"与"末流"等小说史论断的提出。

文学史作为对既往文学现象的回顾式的研究，对时间有着先在的依赖。"史"的眼光首先将研究对象置于时间线索之上，在时间流程中展现文学现象的演变过程。尤其是进化史观，更加突出文学史写作的时间意识，强调文学史变迁的连续性与方向性，把复杂的文学现象落实在因时进化的规律之中，显示出线性的思维模式。新与旧、进步与倒退也都是以时间性为基本前提的理论预设。可以说，进化论是一种维系在单一的时间性基础上的文学史观。鲁迅的小说史观与此不同。首先，以中性的"变迁"而非"发展""演进"等具有明显方向性的称谓命名自家的小说史著作，正是出于对进化史观过于明确的方向感的警惕。其次，《中国小说史略》（包括《中国小说的历史的变迁》）对于小说的历史演化不仅进行历时性的描述，还予以共时性的考察。该书以朝代为经，但只作为小说产生的时间背景，对创作观念与审美趋向没有决定性作用。[①]以类型为中心，突出小说创

---

① 鲁迅在《中国小说史略·题记》中说："即中国尝有论者，谓当有以朝代为分之小说史，亦殆非肤泛之论也。"这里"论者"即指郑振铎。该《题记》手稿作："郑振铎教授之谓当有以朝代为分之小说史，亦殆（转下页）

作背后的文化因素,同一时代的各种小说类型共同构成这一时代整体的艺术成就与文化面貌。可见,《中国小说史略》中每一小说类型都是一个相对独立的空间性存在,其章节设置因此体现出空间意识。同一时代的若干小说类型,无论省略其中的任何一种,对小说史知识的全面性可能有所影响,但都不会造成历史线索的中断。鲁迅小说史研究的空间意识,打破了进化史观对时间性的单一依赖。这样,小说史不再滞着于对连续性与规律性的主观想象之上,不再被视为向某一终极目标演进的包含若干阶段性的序列,从而对每一时代每一类型小说创作的特色与价值,都做出了准确而清晰的理论概括。

　　《中国小说史略》对进化史观的突破还体现在部分小说史论断上。该书大体上是以朝代为经,小说类型为纬,用类型概括某一朝代主要的小说创作趋向,尤其是新出现的趋向。但并不局限于此。对个别不适合用单一类型概括者,鲁迅宁可放弃类型化的命名方式,如"明之拟宋市人小说""清之拟晋唐小说""清之以小说见才学人"等。如果说后者是对清代独有的以"文章经济"为宏旨的小说创作风尚的概括,本身仍具有类型化

　　(接上页)非肤泛之论也。"据增田涉回忆,《中国小说史略》付印时,郑振铎知道点了他的名字,要求不要点出,因此,校正时改作"尝有论者"。鲁迅对此的解释是:"'殆非肤泛之(浅薄之)论',实际上正是'浅薄之论',所以郑本人讨厌。"参见[日]增田涉:《鲁迅的印象·三三·鲁迅文章的"言外意"》,钟敬文译,见《鲁迅回忆录》(专著)下卷,北京:北京出版社1999年1月版,第1405—1406页。由此可见,鲁迅对以朝代为小说史变迁的决定因素这一研究思路并不认同。

命名的理论特征的话，前两者则针对古已有之，经过一段时间的消遁后重新进入作家创作视野的小说类型，并使用"拟"字概括小说史上的这类"反复"现象。《中国小说史略》中的"拟"字，除在引文及叙述语中出现外，作为判断语出现者，凡14次，含义有二，而又彼此关联。一是对摹拟前人，缺乏独创精神的创作趋向的批评，如"拟古且远不逮，更无独创之可言矣"（第十二篇），"惟后来仅有拟作及续书，且多滥恶"（第二十七篇）等，是一种基于创作经验和审美趣味的价值判断，体现出鲁迅的小说审美观和批评观。一则如前述，概括中国小说史上某一创作类型中断后复又盛行的现象，主要承担历史判断，体现出鲁迅的小说史观。以《中国小说史略》第二十二篇《清之拟晋唐小说及其支流》为例。志怪和传奇至元代渐趋消亡，明初复有文人仿效，因朝廷禁止而衰歇，至明末又盛行，清代依旧，并产生了《聊斋志异》和《阅微草堂笔记》这样的优秀作品。明清两代文人创作志怪和传奇，在小说类型上已非新创。因此，鲁迅不再另设新词，而使用"拟晋唐小说"这一命名方式（《中国小说的历史的变迁》中命名为"拟古派"，作为"清小说之四派"之一）。依进化史观看来，这类消遁后复又盛行的创作现象和文本形态，是对小说史发展链条的中断和倒退，违反了进化的基本原则。《中国小说史略》则依据创作的具体情况立论，没有将这一现象视为小说史的"逆流"，对其代表作有较高评价。特别是对于《阅微草堂笔记》这部取法六朝，创作观念及审美趣味更趋古雅的作品，评价不在由下层文人本传奇而作的《聊斋志异》之下，实现了对五四"民间本位的进化史观"的超越。[①]可见，作为历史判断与作为价值判断的"拟"，尽管存在理论上的关联，但仍需做必要的区分。前者无疑更能体现《中国小说史略》作为小说史著作的学术特色。

《中国小说史略》中另一突破进化史观的小说史论断是"末流"。"末流"在《中国小说史略》中出现凡三次，用以概括摹仿前人而又缺乏创新，以致丧失原作精神的创作趋向。和"拟"相比，"末流"一词在历史判断中蕴含着更为明确的价值判断。在鲁迅看来，部分小说家借用某种久不为文人采纳的小说类型，融入自家的创作观念和审美理想，不仅不失独创，而且使这一类型在小说史上重放光彩，获得新生，可谓"名"旧而"实"新。这一创作趋向为鲁迅所认可，以"拟"概括之，主要作为历史判

---

① 新文化运动时期"民间文学本源说"的理论特色及得失，参见陈伯海：《中国文学史之宏观》，北京：中国社会科学出版社1995年12月版，第181页。鲁迅在《340220　致姚克》中说："歌，诗，词，曲，我以为原是民间物，文人取为己有，越做越难懂，弄得变成僵石，他们就又去取一样，又来慢慢的绞死它。譬如《楚辞》罢，《离骚》虽有方言，倒不难懂，到了扬雄，就特地'古奥'，令人莫名其妙，这就离断气不远矣。词，曲之始，也都文从字顺，并不艰难，到后来，可就实在难读了。现在的白话诗，已有人掇用'选'字，或每句字必一定，写成一长方块，也就是这一类。"《鲁迅全集》第13卷，北京：人民文学出版社2005年11月版，第28页。这一论断表面基于五四时期民间本位的文化价值观，但本质上是不满于新诗创作的日渐僵化，批评束缚文学创作的各种清规戒律，论述的中心实在最后一句。这是一种基于创作观念的文学批评观，而不是一种文学史观，与"民间本位的进化史观"无涉。

断。而部分小说家，慕他人作品之高格，或仿照或续写，由于小说观念和艺术水平上的差距，加上一味因袭的创作态度，不仅未能发挥原作的优长，反而益显其弊恶，成就较原作相去甚远。对这类追赶潮流而又等而下之的跟风之作，鲁迅以"末流"断之，在历史判断中凸显价值判断。上述小说史论断的提出，避免了将中国小说史的变迁过程处理为一个"代变而代胜"线性序列，揭示出小说史演化的复杂性，克服了进化史观过度强调连续性与方向性的理论缺陷。

综上可知，鲁迅的小说史观很难用进化、退化或循环等任何一种文学史观念模式加以概括。研究者可以从《中国小说史略》中找到一些模式的理论痕迹，但任何一种模式都无法提供唯一合理的解释。这基于鲁迅小说史研究的学术思路。鲁迅对作品与现象的评价，首先从自家的真实感受出发，而不为任何既定标准所左右。鲁迅的学术视野，也不为模式自身的理论盲点所遮蔽。这样，《中国小说史略》作为一部客观地概括中国小说演化过程及其艺术特征的文学史，而不是一部观念史，其学术生命力也不会因为任何一种观念模式的衰落而丧失。

第二章 史料作为方法

——鲁迅《小说旧闻钞》

与中国小说史料建设

　　鲁迅校录《小说旧闻钞》作为一部小说史料专书，百年来与《古小说钩沉》《唐宋传奇集》同为学界推重，每与《中国小说史略》相并置，被视为后者的学术准备和副产品。①与《古小说钩沉》《唐宋传奇集》主要收录小说文本不同，《小说旧闻钞》则专收小说史料。该书1926年8月由北新书局初版，时值《中国小说史略》合订本（北新书局1925年9月）问世后不久。可见《小

---

① 其中《古小说钩沉》的辑录时间较早（据林辰考证，约在1909年6月至1911年末或1912年初期间完成，参见林辰：《关于〈古小说钩沉〉的辑录年代》，载《人民文学》1950年第3卷第2期），正式刊行则迟至1938年（收入鲁迅先生纪念委员会编20卷本《鲁迅全集》第8卷），并非鲁迅为撰写《中国小说史略》而专门辑录的史料。《小说旧闻钞》和《唐宋传奇集》则校录于鲁迅在北京大学讲授"中国小说史"课程期间，与《中国小说史略》的撰写同步，出版时间略迟，是与中国小说史著作共生的史料集和作品集。

说旧闻钞》的印行，正当其时，与《中国小说史略》及1927年12月和1928年2月分上、下册出版的《唐宋传奇集》一并构成"史料——史论——文本"相结合的完整的中国小说史研究体系。《小说旧闻钞》自刊行以来，一直广受好评。[①]但备受同时代和后世学人关注的是其作为史料专书的文献价值和作为《中国小说史略》问世前的学术积累的基础性意义。事实上《小说旧闻钞》的学术特色和价值，不限于此。在该书的校录和出版过程中，鲁迅有意借助史料承载并呈现自家的小说史观，这使《小说旧闻钞》超越了一般意义上的小说史料读本，成为小说史的

[①] 相关文献有赵景深：《中国小说史家的鲁迅先生》，载《大晚报》1936年10月22日；张若英（阿英）：《作为小说学者的鲁迅先生》，载《光明》（半月刊）1936年11月25日第1卷第12期；郑振铎：《鲁迅的辑佚工作——为鲁迅先生逝世二周年纪念而作》，载《文艺阵地》（半月刊）1938年10月16日第2卷第2期；孔嘉（台静农）：《鲁迅先生整理中国古文学之成绩》，载《理论与现实》（季刊）1939年11月15日第1卷第3期。关于《小说旧闻钞》的专论，则有陈登原：《读了鲁迅〈小说旧闻钞〉后关于〈三国演义〉的补充》，载《文史哲》1952年第2期；赵淑英：《〈小说旧闻钞〉版本琐谈》，见唐弢等著：《鲁迅著作版本丛谈》，北京：书目文献出版社1983年8月版，第86—93页；王永昌：《锐意穷搜　精心编纂——略谈〈小说旧闻钞〉的编辑特色》（上、下），载《出版工作》1987年第8、9期；顾农：《从〈小说考证〉到〈小说旧闻钞〉》，载《中华读书报》2014年12月14日第014版。此外，胡从经《中国小说史学史长编》（上海：上海文艺出版社1998年4月版，第196—198页）、黄霖等著《中国小说研究史》（杭州：浙江古籍出版社2002年7月版，第239页）、潘建国《中国古代小说书目研究》（上海：上海古籍出版社2005年10月版，第272—273页）等著作均对《小说旧闻钞》做出较高评价。

另一种书写方式。该书不仅是《中国小说史略》的史料准备，还成为后者学术思路的延展。鲁迅的小说史研究，力图在诸多本章、史料和现象之间建立一种有效的关联，从而展现出中国小说的历史变迁的线索。①以小说史观为引领，史料得以超越其自身，成为一种方法，使原本各司其职的史料、史论和文本，突破其单一属性与职能，在小说史研究中既彼此独立，又相互支撑，以互文性和共生性的姿态发挥作用。通过建构史料和文本、史料和史论，以及史料和史料之间的小说史关联，小说文本得以凸显，小说史论得以呈现，史料亦因此成就其自身，由处于分散状态的原始材料转化为小说史料。由此可见，在小说史料与史论之间，并非单一向度的先后或因果关联。《小说旧闻钞》和《中国小说史略》在鲁迅的中国小说史研究体系中体现为一种互为因果的共生关系。本章讨论《小说旧闻钞》超越单一史料的方法论意义，将史料的搜集、梳理和编排视为小说史的书写方式，从而考察小说史料建设之于中国小说史学之兴起的意义。

---

① 鲁迅所处的时代，主导性的文学史观（小说史观）以实证主义和进化论为基础。鲁迅身处其间，不能完全避免这类思维模式，但他的小说史观很难以进化、退化或循环等任何一种文学史观念模式加以概括。参见鲍国华：《进化与反复——鲁迅〈中国小说史略〉与进化史观》，载《东方论坛》2009年第2期。

一

　　鲁迅《小说旧闻钞》初版本共收录38种小说的相关史料，自宋代《大宋宣和遗事》起，至晚清《二十年目睹之怪现状》讫；另有《源流》《评刻》《禁黜》《杂说》4篇，涉及宋元以降关于小说的若干史料和评论。目录页前有鲁迅自撰《序言》，书末附《引用书目》，其中包括目录、方志、笔记、诗话、日记等各类书籍71种。1935年7月，《小说旧闻钞》由上海联华书局再版。再版本新增鲁迅自撰《再版序言》，置于初版本《序言》之前；新增有关《绣榻野史》《闲情别传》《花月痕》三部小说的史料，使《小说旧闻钞》涉及的小说增至41部；有关《水浒传》的史料则借助"案语"略作增补；引用书籍增至75种，补充了王骥德《曲律》、谢章铤《赌棋山庄文集》《课余续录》、陈康祺《郎潜纪闻》《郎潜纪闻三笔》等5种，删除王侃《江州笔谈》。联华书局1937年2月重印《小说旧闻钞》再版本时①，在《引用书目》中恢复《江州笔谈》，使引用书籍增至76种。需要说明的是，《小说旧闻钞》1935年再版本虽然在《引用书目》中删除《江州笔谈》，但在收

①民国时期的书籍，每重印一次即称为一版。因此上海联华书局1937年重印《小说旧闻钞》再版本时，版权页注明"民国二十六年二月二版"，名曰"二版"，实为"第二次印刷"，而该版封面仍署"1935"。见鲁迅辑录：《小说旧闻钞》，上海：联华书局1937年2月版，版权页、封面。因此称该版为"重印再版本"似乎更为准确。

录的有关《三国志演义》的史料中，仍包含采自该书的一段文字，与1926年初版本和1937年重印再版本一致。可见，《江州笔谈》不见于1935年再版本之《引用书目》，很可能是排版时的遗漏，并非鲁迅主动删除，也不存在复杂的政治或思想原因。①鲁迅校录、增订《小说旧闻钞》的版本情况，大体如是。1937年重印再版本虽然刊行于鲁迅去世之后，但恢复《江州笔谈》，实

---

① 赵淑英《〈小说旧闻钞〉版本琐谈》在介绍《江州笔谈》失收于1935年再版本《引用书目》时，指出："但初版《小说旧闻钞》中录有王侃的《江州笔谈》二卷，再版时不知何故被删去了。""收入1938年《全集》的《小说旧闻钞》，内容与1935年版基本相同。所不同者，只是后者目录中的《阅微草堂笔记五种》，收入《全集》时将'五种'二字去掉，改为《阅微草堂笔记》；引用书目中的'王侃《江州笔谈》二卷'，在1935年版中已被鲁迅先生去掉，收入《全集》时又被补上。这显然是后人编辑时所作的改动。"见唐弢等著：《鲁迅著作版本丛谈》，第90—91页。其中"已被鲁迅先生去掉""后人编辑时所作的改动"等结论并不准确。这些结论的得出恐怕是未参校《小说旧闻钞》1937年2月重印再版本之故。此外，现存鲁迅手稿中有《采录小说史材料书目》6页，收录书籍58种，其中《四库全书总目》二百卷、强汝询《求益斋文集》八卷二种不见于《小说旧闻钞》之《引用书目》，与《小说旧闻钞》1937年2月重印再版本相比，缺少20种。见北京鲁迅博物馆、上海鲁迅纪念馆合编：《鲁迅辑校古籍手稿》第四函第五册，上海：上海古籍出版社1993年3月版。这部手稿可能是鲁迅为校录《小说旧闻钞》所做的准备。《小说旧闻钞》在考证《水浒后传》作者陈忱生平时，对《四库全书总目》中的史料和观点予以辨析（《小说旧闻钞》[重印再版本]，上海：联华书局1937年2月版，第80页）；《禁黜》篇则采用《求益斋文集》中的史料一则，记录清代小说之禁毁情况（上书，第139—140页）。书后《引用书目》中未列入这两部著作，恐怕是鲁迅本人的遗漏。

际上是纠正上一版的错误,恢复《小说旧闻钞》再版本的原貌,因此重印再版本可以纳入鲁迅自订《小说旧闻钞》的版本序例之中。

鲁迅在《小说旧闻钞》初版本《序言》中交代了校录该书的缘起:

> 昔尝治理小说,于其史实,有所钩稽。时蒋氏瑞藻《小说考证》已版行,取以检寻,颇获稗助;独惜其并收传奇,未曾理析,校以原本,字句又时有异同。于是凡值涉猎故记,偶得旧闻,足为参证者,辄复别行迻写。历时既久,所积渐多;而二年已前又复废置,纸札丛杂,委之蟫尘。其所以不即焚弃者,盖缘事虽猥琐,究尝用心,取舍两穷,有如鸡肋焉尔。今年之春,有所怅触,更发旧稿,杂陈案头。一二小友以为此虽不足以饷名家,或尚非无稗于初学,助之编定,斐然成章,遂亦印行,即为此本。[①]

鲁迅的这段表述,态度谦逊,用语谨慎,却对积累的众多史料是否全部编入《小说旧闻钞》未予说明。事实上《中国小说史略》中引述的各类书籍,远不止《小说旧闻钞》所及之70余种。前者涉及宋以后小说(包括小说集)140余部,与之相较,《小说旧闻钞》所收小说尚不及三分之一。诸多在《中国小说史略》中予以专门论述的小说,如《大唐三藏取经诗话》《儿女英雄传》《海

---

① 鲁迅:《〈小说旧闻钞〉序言》,见鲁迅辑录:《小说旧闻钞》(初版本),北京:北新书局1926年8月版,《序言》第1页。

上花列传》《老残游记》《孽海花》的相关史料,均未被《小说旧闻钞》收录;且该书1935年再版本新增《绣榻野史》《闲情别传》二种,不见于《中国小说史略》。即使是在两书中均有涉及的小说,《中国小说史略》中引述的个别史料亦不见于《小说旧闻钞》,如论述《西游记》作者时提到的清人阮葵生《茶亭客话》。①可见在该书的校录过程中,鲁迅对掌握的史料有所取舍。《小说旧闻钞》初版本印行一年后,北新书局刊出的一则广告可以证实以上判断:

> 鲁迅先生编著《中国小说史略》时,凡遇珍奇材料,均随手择要摘录,书成,积稿至十余巨册。今将明清两代关于小说之旧闻遗事,选取精要者纂集成册。取材审慎,考据精密,凡读过先生所著小说史略者,不可不读此书。②

由此可知,鲁迅在校录《小说旧闻钞》时对多年累积的史料并非全部收录,而是有所选择,即主要采撷明清两代小说的史料(这则广告中所谓选取"明清两代关于小说之旧闻遗事"精要之说

---

① 鲁迅:《中国小说史略》,《鲁迅全集》第9卷,北京:人民文学出版社2005年11月版,第167页。《小说旧闻钞》在有关《西游记》的史料中引录清人丁晏《石亭记事续编·〈淮阴艎录〉自序》,其中提及阮葵生《淮故》一书,而未及《茶亭客话》。见鲁迅辑录:《小说旧闻钞》(初版本),北京:北新书局1926年版8月版,第41页。

② 《二版〈小说旧闻钞〉》(书刊介绍),原载《北新》(周刊)1927年10月1日第49、50期合刊,引自中国社会科学院文学研究所鲁迅研究室:《鲁迅研究学术论著资料汇编(1913—1983)》第1卷,北京:中国文联出版公司1985年10月版,第282页。

不甚严谨，因为《小说旧闻钞》还收录了宋代小说《大宋宣和遗事》的史料），并"选取精要"。但这则广告对鲁迅在编选过程中如何取舍史料，即史料入集的标准语焉不详。从收录史料所属的年代看，《小说旧闻钞》上承《古小说钩沉》和《唐宋传奇集》。由于该书主要涉及章回小说、话本小说集和笔记小说集，数量众多，卷帙浩繁，其文本不便于汇集，且所及小说大多存世，无须专门汇集，故转而校录史料，汇为一书，意在通过史料的编排和案语的论述，呈现宋元以降的中国小说史的面貌。由此可见，《古小说钩沉》《唐宋传奇集》和《小说旧闻钞》虽然对文本和史料各有侧重，但彼此间具有明显的序列性，既可以和《中国小说史略》相参照，构成一个文本、史料和史论相结合的完整的中国小说史研究体系，亦可分别成书，呈现独立的学术品格。其中《小说旧闻钞》作为鲁迅正式出版的唯一一部小说史料专书，其学术价值和在鲁迅的中国小说史研究体系中的地位，自不待言。

对中国小说史研究而言，史料的重要价值毋庸置疑。同样，对中国小说史的研究者而言，史料更是史论必不可少的前提和基础。特别是在20世纪初，中国小说史学尚处于草创阶段，史料的发现在学术发动的过程中更是起到不可或缺的关键性作用。而且小说史研究的进程，往往是史料在先，史论在后，史料与史论由此被赋予先后、甚至因果的关联。这在《小说旧闻钞》和《中国小说史略》的出版过程中确实有所体现。如前文所述，《中国小说史略》合订本于1925年9月出版，次年8月《小说旧闻钞》初版本印行,两书的出版几乎同步。1935年7月《小说旧闻钞》再版,新增小说《花月痕》及其相关史料二则。彼时鲁迅已定居上海,远离学界,成为自由撰稿人,并无出版学术著作的现实需求,增补《小说旧闻钞》的目的,除"学子得此,或足省其复重寻检之劳焉而已"①,还与鲁迅对《中国小说史略》的再次修订有关。1935年6月,《小说旧闻钞》再版前夕,北新书局也再版《中国小说史略》,是为鲁迅生前最后一次修订的版本,即"北新书局第十版"再次修订本。②《小说旧闻钞》再版本从清人谢章铤《赌棋山庄文集》《课余续录》两书中采撷有关《花月痕》作者魏秀仁的史料,对其生平及创作的基本情况有详细的记录。③《中国小说史略》再次修订本对《花月痕》作者姓名和生平的论述亦有明显的调整。合订本目录中"魏子安《花月痕》"④,再次修订本中改为"魏秀仁《花月痕》"⑤(魏氏名秀仁,字子安,再次修订本不再以字行)。合订本第二十六篇《清之

<hr />

① 鲁迅:《〈小说旧闻钞〉再版序言》,见鲁迅辑录:《小说旧闻钞》(再版本),上海:联华书局1935年7月版,《再版序言》第Ⅰ页。
② 鲁迅《中国小说史略》的版本流变,参见鲍国华:《论〈中国小说史略〉的版本演进及其修改的学术史意义》,载《鲁迅研究月刊》2007年第1期。
③ 见鲁迅辑录:《小说旧闻钞》(再版本),上海:联华书局1935年7月版,第117—123页。
④ 鲁迅:《中国小说史略》(合订本),北京:北新书局1925年9月版,《目录》第Ⅹ页。
⑤ 鲁迅:《中国小说史略》(再次修订本),上海:北新书局1935年6月版,《目录》第14页。

狭邪小说》正文介绍魏子安时，引用民国佚名作者之《小奢摩馆
脞录》（该书未列入《小说旧闻钞》之《引用书目》，亦不见于鲁迅
《采录小说史材料书目》手稿），曰"子安名未详"，对其生平的描
述较为简略。[①]再次修订本则引用前述谢章铤的两部著作，指
出"子安名秀仁"，对其生平的介绍文字也近乎合订本的一倍，
相较而言更为准确详尽。[②]这恰与《小说旧闻钞》再版本中的史
料增补相对应。由此可见，《小说旧闻钞》和《中国小说史略》的
修订过程仍体现出明显的同步性。然而，两书之地位及关联不
限于此。一方面，正是由于对新史料的不断发现，促成鲁迅对
小说史论著的修改；另一方面，虽然不再有出版学术著作的现
实需求，但鲁迅对中国小说史研究的持续关注，体现出一种念
兹在兹的执著，而提升《中国小说史略》学术价值的期待，又使
他不断搜集、努力发掘有关小说的新史料，进而促成《小说旧闻
钞》的再版。这样看来，在作为史料的《小说旧闻钞》与作为史
论的《中国小说史略》之间，并非单一向度的先后或因果关联，
而是呈现出一种互为因果的共生关系。如果将两书之关联单
纯地归纳为由史料到史论，也许在表面上强化了《小说旧闻钞》
的学术地位，甚至可能由此得出无史料则无史论、无《小说旧闻
钞》则无《中国小说史略》的结论，却可能掩盖该书更为丰富的
价值内涵。《小说旧闻钞》的价值，不限于《中国小说史略》的史

---

① 鲁迅：《中国小说史略》（合订本），北京：北新书局1925年9月版，第302页。
② 鲁迅：《中国小说史略》（再次修订本），上海：北新书局1935年6月版，第
　　328页。

料积累和学术准备,视其为后者的副产品或衍生物,无异于将
史料置于史论的从属地位。同时,作为公开出版物,《小说旧闻
钞》与《中国小说史略》的几次印行都近乎同步,两书连同《唐宋
传奇集》(1927年12月、1928年2月北新书局初版上、下册本,
1934年5月上海联华书局合订本),彰显出一种有意识的出版
行为,即在同一时段中出版彼此相关的一系列小说史著作,从
而建立起具有整体性与共生性的中国小说史研究体系。在这
一研究体系中,史料和史论各有其独立价值,彼此间呈现共生、
而非从属或依存的关系。

《小说旧闻钞》以作品为主线,搜集相关史料,置于每一部
小说名下,与蒋瑞藻《小说考证》等史料专书体例相近。不过,
该书仍有其独异之处,体现在前述《源流》《评刻》《禁黜》《杂说》
四篇中。这四篇以中国小说史上的若干具体现象与话题为中
心,在作品之外另辟蹊径,从而打破了一般史料专书的并列式
结构,向小说史研究的纵深处推进。尤其是《禁黜》篇,较早收
集中国古代小说禁毁的史料,虽然数量不多,但以小说史上的
重要话题为线索,爬梳史料,其视角和眼光均属不凡。同时,
《小说旧闻钞》收录史料,不避重复,而以呈现小说史现象与话
题为旨归。史料重复,本为史料专书之大忌,在《小说旧闻钞》
中却屡有出现。鲁迅在《序言》中自述其因由:"凡所录载,本拟
力汰复重,以便观览,然有破格,可得而言:在《水浒传》,《聊斋
志异》,《阅微草堂笔记》下有复重者,著俗所流传之迹也;在《西
游记》下有复重者,揭此书不著录于地志之渐也;在《源流篇》

中有复重者,明札记肮说稗贩之多也。"①由此可见,《小说旧闻钞》以小说史观为引领,对史料进行了取舍和编排,不仅不以重复为忌,反而借助重复彰显出更为突出的小说史特质。该书还在史料之外,并加案语,对史料予以辨正和阐释,进一步植入鲁迅的小说史观。

如此"史料+案语"的著述体例,在现代中国学术史上并非个例,与之相近者还有刘师培的名著《中国中古文学史讲义》。在中国学者撰写的文学史中,鲁迅对刘著颇为赞赏,不仅向友人大力推荐②,而且在自家关于魏晋文学的演讲中,参考其思路,借鉴其观点。③鲁迅推崇《中国中古文学史讲义》,出于对刘师培之史识的钦佩和文学史写作思路的认同。刘著之体例,不同于一般意义上的以史论为中心的文学史,而采用摘引史料,附以案语的形式。《中国中古文学史讲义》表面上以史料为主,阐释为辅,近乎史料汇编。然而在不同话题下选择哪些史料,怎样对史料进行编排,都以作者的文学史观为依托。刘师培将自家对中古文学的理解与阐释蕴含在史料的取舍和编排之中,

---

① 鲁迅:《〈小说旧闻钞〉序言》,见鲁迅辑录:《小说旧闻钞》(初版本),北京:北新书局1926年8月版,《序言》第1—2页。

② 鲁迅在《280224　致台静农》中说:"中国文学史略,大概未必编的了,也说不出大纲来。我看过已刊的书,无一册好。只有刘申叔的《中古文学史》,倒要算好的,可惜错字多。"《鲁迅全集》第12卷,北京:人民文学出版社2005年11月版,第103—104页。

③ 鲁迅《而已集·魏晋风度及文章与药及酒之关系》,《鲁迅全集》第3卷,北京:人民文学出版社2005年11月版,第524—526页。

完成了一部别开生面的文学史。鲁迅《小说旧闻钞》采用同样的著述体例,并非偶然。该书虽以史料专书为归属,但与刘著相近,以史料为方法,史料与史论互现而共生。

二

　　鲁迅的中国小说史研究、特别是《中国小说史略》一直得到同时代和后世学人的高度评价。鲁迅去世后,蔡元培在所撰挽联中着力突出其学术贡献:"著述最谨严非徒中国小说史。"①胡适《〈白话文学史〉自序》对《中国小说史略》有如下赞誉:"搜集甚勤,取裁甚精,断制也甚谨严,可以替我们研究文学史的人节省无数精力。"②阿英《作为小说学者的鲁迅先生》则评价该书:"实际上不止于是一部'史',也是一部非常精确的'考证'书,于'史'的叙述之外,随时加以考释,正讹辨伪,正本清源。"③以上判断,均着眼于《中国小说史略》在史料层面的成就,对《小说旧闻钞》而言,也颇为适用。这不仅体现出中国

① 蔡元培:《挽联》,原载鲁迅先生纪念委员会编:《鲁迅先生纪念集》,上海:文化生活出版社1937年10月版,引自中国社会科学院文学研究所鲁迅研究室编:《鲁迅研究学术论著资料汇编(1913—1983)》第2卷,北京:中国文联出版公司1986年8月版,第431页。

② 胡适:《〈白话文学史〉自序》,见欧阳哲生编:《胡适文集》第8卷,北京:北京大学出版社1998年11月版,第145页。

③ 张若英(阿英):《作为小说学者的鲁迅先生》,载《光明》(半月刊)1936年11月25日第1卷第12号。

小说史学草创阶段研究者对史料工作的重视，还与其对小说史学的定位密切相关。在研究者看来，小说史学是史学的一个分支，注重史料自是题中应有之义。[①]在众多研究者中，关注鲁迅在史料以外的贡献的是郑振铎。《鲁迅先生的治学精神》一文指出："他（引者按：指鲁迅，下同）是最精密的考据家校订家。他的校订的工夫是不下于顾千里、黄荛圃他们的；而较他们更进步的是，他不是考据，校订为止境。""他是在根本上做工夫的，他打定了基础，搜齐了材料，然后经过了尖锐的考察，精密的分析，而以公平的态度下判断。"[②]《鲁迅的辑佚工作——为鲁迅先生逝世二周年纪念而作》则进一步强调："他生平最看重'学问'，惟不大看得起'校勘家'、'目录家'，象傅增湘等诸人，因为他们所致力的不是'学问'的某一部门而是为'书'所奴役，无目的的工作着。""鲁迅所做的校辑工作都是有目的、有意义的工作。"[③]将鲁迅对小说史料的搜集整理，视为小说史研究的起点而非终点。郑氏对鲁迅的小说史研究的理解和评判，较之蔡元培、胡适、阿英等人更为深入。不过，郑振铎仍将《小说旧

①　顾颉刚《当代中国史学》一书在第四章《俗文学史与美术史研究》中设专节讨论小说史研究。见顾颉刚：《当代中国史学》，上海：胜利出版公司1947年1月版，第118—121页。

②　郑振铎：《鲁迅先生的治学精神》，载《申报》1937年10月19日第2张。

③　郑振铎：《鲁迅的辑佚工作——为鲁迅先生逝世二周年纪念而作》，原载《文艺阵地》（半月刊）1938年10月16日第2卷第1期，引自中国社会科学院文学研究所鲁迅研究室编：《鲁迅研究学术论著资料汇编（1913—1983）》第2卷，北京：中国文联出版公司1986年8月版，第963页。

闻钞》视为"写作《中国小说史略》时的副产品"①,对该书在鲁迅的中国小说史研究体系中的独立地位和价值缺乏更为有效的阐释。

对小说史研究而言,史料的缺乏可能影响史论的提出,甚至造成误断,但这并不意味着拥有史料就一定能产生有价值的论断。史论的提出,固然有赖于史料的发现,但史料的发现同样有赖于研究者的学术眼光。各类小说史料数量众多,散落在浩如烟海的典籍之中,处于一种汗漫无序的自然状态,只有借助中国小说史学的研究视角和观念,才能被发掘出来,从而以"小说史料"的身份进入一种历史结构之中。小说史料不仅需要搜集整理,还需要通过研究者的阐释,成为小说史研究体系中不可或缺的重要环节,获得学术生命力。正是由于小说史学的研究视角和观念的存在,使若干史料被重新发现与激活。在鲁迅看来,史料是小说史研究的底线,甚至是一条不可逾越的底线,这从他著史"先从作长编入手"②的治学理念中可见一斑。但小说史研究的上限则取决于研究者的史识。在致台静农信中,鲁迅批评"恃孤本秘笈,为惊人之具"的做法,称这类文

---

① 郑振铎:《鲁迅的辑佚工作——为鲁迅先生逝世二周年纪念而作》,引自中国社会科学院文学研究所鲁迅研究室编:《鲁迅研究学术论著资料汇编(1913—1983)》第2卷,北京:中国文联出版公司1986年8月版,第963页。

② 鲁迅:《330618② 致曹聚仁》,《鲁迅全集》第12卷,北京:人民文学出版社2005年11月版,第404页。

学史著作为"资料长编"①。也就是说,"资料长编"固然必不可少,但倘若缺乏史识,则可能流于一般意义上的史料汇编,作为读本尚可,却无法起到史论的作用。在同一封书信中,鲁迅谈及《中国小说史略》的修改:

> 虽曰改定,而所改实不多,盖近几年来,域外奇书,沙中残楮,虽时时介绍于中国,但尚无需因此大改《史略》,故多仍之。②

这与鲁迅在《〈小说旧闻钞〉再版序言》中的观点相近:

> 此十年中,研究小说者日多,新知灼见,洞烛幽隐,如《三言》之统系,《金瓶梅》之原本,皆使例来凝滞,一旦豁然;自《续录鬼簿》出,则罗贯中之谜,为昔所聚讼者,遂亦冰解,此岂前人凭心逞臆之所能至哉! 然此皆不录。所以然者,乃缘或本为专著,载在期刊,或未见原书,惮于转写,其详,则自有马廉郑振铎二君之作在也。③

在《中国小说史略》和《小说旧闻钞》出版后,小说史研究日渐繁荣,新的史料和史论不断出现,但在鲁迅看来,却未必有增补、修改两书的必要。表面上看是由于这些成果或已公开发表,便

---

① 鲁迅:《320815①　致台静农》,《鲁迅全集》第12卷,北京:人民文学出版社2005年11月版,第321—322页。
② 鲁迅:《320815①　致台静农》,《鲁迅全集》第12卷,北京:人民文学出版社2005年11月版,第322页。
③ 鲁迅:《〈小说旧闻钞〉再版序言》,见鲁迅辑录:《小说旧闻钞》(再版本),上海:联华书局1935年7月版,《再版序言》第Ⅱ页。

于搜寻，或未及寓目，须避免误用，实质上却体现出鲁迅对自家研究的高度自信，即新出现的史料和史论，不足以撼动鲁迅中国小说史研究体系之框架和根基。对《小说旧闻钞》而言，新史料的增补可以促进量的积累，却未必能够实现质的提升。鲁迅对自家小说史研究的学术期待，是从零到一，填补空白，而非从一到十，锦上添花。将该书与前后问世的小说史料专书相比，更能看出鲁迅对《小说旧闻钞》的学术定位。

前引《〈小说旧闻钞〉序言》中对《小说考证》之得失评价曰："昔尝治理小说，于其史实，有所钩稽。时蒋氏瑞藻《小说考证》已版行，取以检寻，颇获裨助；独惜其并收传奇，未曾理析，校以原本，字句又时有异同。"[1]该书问世较早，且取材广泛，卷帙浩繁，但将古代小说与戏曲、弹词及晚清翻译小说史料并收于一书，且较多转引，不辨出处，文字亦有误植。《小说考证》为后世研究者诟病，盖源于此。不过，《小说旧闻钞》较之《小说考证》的学术优势不仅在于采摭史料的丰富[2]，或专收小说史料，概

---

[1] 鲁迅：《〈小说旧闻钞〉序言》，见鲁迅辑录：《小说旧闻钞》（初版本），北京：北新书局1926年8月版，《序言》第1页。

[2] 蒋瑞藻《小说考证》全书近40万字，但有关小说（不包括晚清翻译小说）的史料不足五分之一，仅6万余字。《小说旧闻钞》凡8万字，采摭史料之条目及字数均多于前者，引用书籍的种类尤多，在史料的丰富性上胜于《小说考证》。

念的界定更为准确①，或对史料"皆摭自本书，未尝转贩"②，引
录的文本更为可靠，还在于鲁迅对史料专书的学术定位。在鲁
迅看来，《小说旧闻钞》之前的史料专书，如《小说考证》，每以
广收博采为旨归，难免贪多务得，作为史料读本尚可提供查阅
之便利，但贯穿其中的小说史观却含混不清。《小说旧闻钞》出
版后，小说史料专书渐多。时间相距较近者，是孔另境辑录的
《中国小说史料》（上海：中华书局1936年9月版）。该书延续
了《小说旧闻钞》收录史料的标准，专务小说，篇幅则大为扩展，

---

① 在"小说"概念下涵盖戏曲、弹词，是晚清士人之"通识"。严复、夏曾佑
《本馆复印说部缘起》和梁启超《论小说与群治之关系》等名作，在"说
部""小说"名目下均兼及小说和戏曲。稍早于蒋瑞藻《小说考证》出版
的钱静方《小说考证》亦如是。直到民国建立后的1927年，范烟桥著
《中国小说史》出版，仍并论小说、戏曲及弹词。范氏在《引》中自陈："金
鹤望师即《孽海花》之造意者尝诏余，小说实包括戏曲弹词也，盖戏曲与
弹词，同肇于宋元之际，而所导源，俱在小说，观其结构即可知，有韵无
韵不过形色上之分别，犹之文言与白话，其精神则一也。窃承其指，乃
纳戏曲弹词于其间，故较以前一切中国小说史书为广漠。"范烟桥：《中
国小说史》，苏州：秋叶社1927年12月版。该书正文前之《序》《引》及
《目录》均无页码，《引》中标点偶有缺失，引录时略作补充。小说与戏曲
分途，实以西来之文学四分法为理据。以"小说"之名目下辖戏曲，本可
别谓一说，而遭诟病，是"新文学"观念深入人心的结果。对小说和戏曲
概念的界定，在今天已成为常识，较少争议，但晚清至民国时期小说与
戏曲的分合，在文学史以外，还具有文化史和思想史的意义。这并非本
章讨论的中心问题，暂不赘言。
② 鲁迅：《〈小说旧闻钞〉序言》，见鲁迅辑录：《小说旧闻钞》（初版本），北
京：北新书局1926年8月版，《序言》第1页。

全书近15万字，引用各类书籍、报刊等140余种。郑振铎为之作序，予以表彰云："蒋瑞藻氏的《小说考证》用力殊勤，而内容芜杂。鲁迅先生的《小说旧闻钞》取材最为可靠，但所收的'小说'不多。现在孔另境先生的这部《中国小说史料》，是就鲁迅先生的《旧闻钞》而加以扩充的。费了好几年的功夫，所得已在不少。可以省掉我们许许多多的翻书的时间。这是我们所不得不感谢他的。"①史料搜集在数量和规模上超越前人，后来居上，并非难事。孔氏该书，虽步武《小说旧闻钞》，甚至全部收录后者采撷之史料，但与新史料一起重新编排，并删除鲁迅案语，不易于彰显史料之间的小说史关联。因此在郑振铎看来，其价值主要是为研究者提供更为丰富的史料，减少翻检书籍之辛劳。可见《中国小说史料》面临的问题，不是史料缺乏，而是史料过多，难以被一种小说史观所引领与整合，在学理层面未能超越《小说旧闻钞》。而在校录《小说旧闻钞》的过程中，鲁迅植入了自家的小说史观，体现在对史料的取舍和编排之中，使该书超越了一般意义上的小说史料读本，成为小说史的另一种书写方式。

　　鲁迅的小说史研究，力图"从倒行的杂乱的作品里寻出一条进行的线索来"②，这一观念也融入《小说旧闻钞》的校录中，

① 郑振铎：《郑序》，见孔另境辑录：《中国小说史料》，上海：古典文学出版社1957年5月版，《郑序》第2页。
② 鲁迅：《中国小说的历史的变迁》，《鲁迅全集》第9卷，北京：人民文学出版社2005年11月版，第311页。

成为对史料进行取舍和编排的标准。鲁迅在研究中国小说史的过程中,积累了众多史料。前引北新书局广告中所谓"十余巨册",并非虚言。这些史料在编入《小说旧闻钞》之前,仍处于分散的状态。《小说旧闻钞》不足8万字,可见鲁迅对史料进行了大幅度的删减,从而将杂乱纷繁的史料整合为一部系统的史料专书。由史料到史料专书,是一个做减法的过程。史料在进入史料专书之前还不能被称为史料,只能被称为原始材料。在小说史观的整合下,由原来各自所处的自然结构进入《小说旧闻钞》(包括《中国小说史略》)建立的整体性的历史结构之中,才得以摆脱原始材料的身份,获得史料的属性,参与小说史的构成。在这一过程中,对史料的剪裁取舍极为关键。《小说旧闻钞》之优长不在于多,而在于精,体现在从小说史观出发对史料的精心选择之中。以有关《水浒传》的史料为例。《小说旧闻钞》初版本采摭《水浒传》史料凡20则,另有案语四则,涉及作者生平、小说的情节来源和人物原型等话题。其中据《茶香室丛钞》转引宋人周密《癸辛杂识》载"龚圣与作宋江等三十六人赞"[1]事,再版本则新增案语直接引用《癸辛杂识续集》原文[2],以保证史料的可靠性,是为取。舍则见于鲁迅的杂文《马上支日记》中从宋人洪迈《夷坚甲志》、宋人庄季裕《鸡肋编》、元人

---

[1] 见鲁迅辑录:《小说旧闻钞》(初版本),北京:北新书局1926年8月版,第13页。

[2] 见鲁迅辑录:《小说旧闻钞》(再版本),上海:联华书局1935年7月版,第6页。

陈泰《所安遗集》引录的三则史料，主要涉及《水浒传》的情节来源。①《马上支日记》作于1926年6月末至7月初，恰好是鲁迅校录《小说旧闻钞》的关键时期。三则史料的抄稿是"已经团入字纸篓里的了，又觉得'弃之不甘'"②，故而移录于杂文。鲁迅对舍弃史料的原因未予说明，大约是《小说旧闻钞》中收录的同类型史料较多，这三则不甚关键，而且对《水浒传》情节来源的追溯，较为隐曲，因此舍弃。可见，鲁迅对史料的取舍，以是否能够有效地揭出小说史话题为标准，承载并呈现其小说史观。

　　《小说旧闻钞》还对史料进行了精心的编排。表面上看，该书"不但按小说名称排列次序，而且对摘录的各条材料，也按时代先后大体作了编排。即使同一个人的各种著作，也尽可能按各书的刊印先后分序"③。实质上，鲁迅对史料的编排主要依照小说史时序，而非史料出现的自然时序，从而在不同史料之间建立起一种结构性的关联。以有关《西游记》的史料为例。《西游记》的作者曾被误认为丘处机，经过胡适、鲁迅等人的考证，著作权始归属于吴承恩。④《小说旧闻钞》借助多则史料和案语

---

① 鲁迅：《华盖集续编·马上支日记》，《鲁迅全集》第3卷，北京：人民文学出版社2005年11月版，第340—342页。

② 鲁迅：《华盖集续编·马上支日记》，《鲁迅全集》第3卷，北京：人民文学出版社2005年11月版，第340页。

③ 王永昌：《锐意穷搜　精心编纂——略谈〈小说旧闻钞〉的编辑特色》（下），载《出版工作》1987年第9期。

④ 关于《西游记》的作者，迄今仍有争议。参见黄霖等著：《中国小说研究史》，杭州：浙江古籍出版社2002年4月版，第229、317—319页。

加以论证:先采摭《天启淮安府志》对吴承恩生平及著作的记载(其中有《西游记》);次引录《同治山阳县志》中的相关史料(其中无《西游记》),并加案语云:"《西游记》不著于录自此始,《光绪淮安府志》卷二十八《人物志》,卷三十八《艺文志》所载,并与此同。"①之后从《晚学集》《石亭记事续编》《冷庐杂识》《山阳志遗》诸书中采录史料,辨正该书非丘处机著,并通过案语分析前人误断的起因及以讹传讹的过程。将上述史料和案语一并观之,不啻为一篇论点明确、论据充分、论证精准的论文,使小说史料专书同样能够起到小说史的学术职能。

综上可知,经过鲁迅的取舍和编排,史料经历了一个陌生化的过程,超越了被引用书籍的原初语境,被纳入鲁迅的中国小说史研究体系之中。作为小说史料专书的《小说旧闻钞》由此获得了独立的学术价值与生命力。

本章通过对《小说旧闻钞》的阐释,试图呈现小说史料的另一种可能性。作为一部深深地浸润着鲁迅的小说史观的史料专书,《小说旧闻钞》的学术价值与生命力不仅在于细致严谨的治学态度,更在于将史料塑造为一种方法。小说史的原始材料可能存在诸多缺陷与矛盾,然而在小说史观的引领下,通过取舍和编排可以达到一种相对的和谐与平衡,史料由此诞生,并

---

① 见鲁迅辑录:《小说旧闻钞》(初版本),北京:北新书局1926年8月版,第40页。

成为方法。作为方法的史料,呈现乃至创立了中国小说史的悠久传统,让原本零散的现象与话题有了意义。相对于作为目的与结果的史论而言,史料可能只是过程,但对中国小说史研究而言,过程有时候比目的与结果重要得多,也有趣得多。

第三章　鲁迅和盐谷温

——中日小说史学交流的一个经典个案

　　1923年10月，鲁迅为北京大学第一院新潮社初版《中国小说史略》撰写序言，开篇即称："中国之小说自来无史；有之，则先见于外国人所作之中国文学史中，而后中国人所作者中亦有之，然其量皆不及全书之什一，故于小说仍不详。"①鲁迅序言中所谓"外国人所作之中国文学史"，包括［俄］瓦西里耶夫《中国文学简史纲要》(1880)、［日］古城贞吉《支那文学史》(1897)、［英］翟理斯《中国文学史》(1897)、［日］笹川种郎(临风)《支那文学史》(1898)、［德］顾鲁柏《中国文学史》(1902)等。②这些撰著于世纪之交的文学史著作，尽管各有其成就，但均未能及时译为中文，因此在当时的中国声名不著。倒是稍后

---

① 鲁迅:《中国小说史略》上卷,北京:北京大学第一院新潮社1923年12月版,《序言》第1页。
② 参见郭延礼:《19世纪末20世纪初东西洋〈中国文学史〉的撰写》,载《中华读书报》2001年9月19日第22版。

问世的盐谷温著《中国文学概论讲话》，大有后来居上之势。①
盐谷氏的著作之所以声名远播，除本身的学术价值较高，并且
多次译为中文、为国内读者所熟知外②，也和该书与鲁迅《中国
小说史略》之间的一场涉及"抄袭"的学术公案密切相关。两
部著作之关联，至今仍引起纷纭众说。本章力图"回到历史现
场"——首先对近百年前的这桩学术公案进行详细梳理与论
析，进而通过比较两部著作的学术思路与方法，廓清二者之关
系，以此接近并还原历史的本来面貌，从而在实证研究的基础
上，使对"抄袭"之论的批驳，超越为鲁迅本人的辩诬，而从学理
层面探讨同时代学人对《中国小说史略》的历史评价，进而展现
"中国小说史学"建立之初，中日两国学人不同的学术思路与文
化选择。

---

① 该书据盐谷温1917年夏在东京大学的演讲稿改写而成，于1918年12
月完稿，1919年5月由大日本雄辩会出版。《中国文学概论讲话》虽不
是严格意义上的文学史，但对中国的影响却超越了此前及同时代的文
学史著作。

② 郭希汾节译该书小说部分，题名《中国小说史略》，上海：中国书局1921
年5月版。后有陈彬龢节译本，题名《中国文学概论》，北平：朴社1926
年3月版；君左节译本，题名《中国小说概论》，载《小说月报》第17卷号
外《中国文学研究》（下册），上海：商务印书馆1927年6月版；孙俍工全
译本，题名《中国文学概论讲话》，上海：开明书店1929年6月版。

一

鲁迅《中国小说史略》最初作为在北京大学、北京高等师范学校等院校开设中国小说史课程的讲义，从1920年12月起陆续油印编发，共17篇；后经作者增补修订，由北京大学印刷所铅印，内容扩充至26篇。1923年12月，该书上卷由北京大学第一院新潮社出版，下卷出版于次年6月。《中国小说史略》至此得以正式刊行。[①] 作为中国小说史研究划时代的著作，该书问世之初，并未引起评论家和研究者的重视。鲁迅在当时主要以小说家闻名，其小说史研究方面的成就不免为小说家的盛名所掩。涉及该书的第一次论争也并未发生在学术研究范围内，而是陈源（西滢）在《闲话》及与友人的通信中，指责《中国小说史略》抄袭盐谷温《中国文学概论讲话》之小说部分。

1925年11月21日，陈源在《现代评论》上发表《闲话》，称：

[①]《中国小说史略》的成书过程及其版本流变，参见荣太之：《〈中国小说史略〉版本浅谈》，载《山东师院学报》（社科版）1979年第3期；吕福堂：《〈中国小说史略〉的版本演变》，见唐弢等：《鲁迅著作版本丛谈》，北京：书目文献出版社1983年8月版；杨燕丽：《〈中国小说史略〉的生成与流变》，载《鲁迅研究月刊》1996年第9期；［日］中岛长文：《"悲凉"の書——〈中国小说史略〉》，见中岛长文译注：《中国小说史略》，东京：平凡社1997年6月版。

现在著述界盛行"摽^①窃"或"抄袭"之风，这是大家公认的事实。一般人自己不用脑筋去思索研究，却利用别人思索或研究的结果来换名易利，到处都可以看到。……

可是，很不幸的，我们中国的批评家有时实在太宏博了。他们俯伏了身躯张大了眼睛，在地面上寻找窃贼，以致整大本的摽窃，他们倒往往视而不见。要举个例么？还是不说吧，我实在不敢再开罪"思想界的权威"。……

至于文学，界限就不能这样的分明了。许多情感是人类所共有的，他们情之所至，发为诗歌，也免不了有许多共同之点。……

"摽窃""抄袭"的罪名，在文学里，我以为只可以压倒一般蠢才，却不能损伤天才作家的。文学史没有平权的。文学是"只许州官放火，不许百姓点灯"的。……至于伟大的天才，有几个不偶然的摽^②窃？^③

陈源这篇《闲话》以"剽窃"为主题，事出有因。从1925年10月1日起，徐志摩接编《晨报副刊》，报头使用凌叔华所作画像一幅。10月8日，《京报副刊》发表署名重余（陈学昭）的《似曾相识的〈晨报副刊〉篇首图案》，指出这幅画像剽窃英国画家比亚兹莱。1925年11月7日，《现代评论》第二卷第四十八期发

---

① 当作"剽"，原文如此，下同。

② 当作"剽"，原文如此。

③ 陈源：《闲话》，载1925年11月21日《现代评论》第二卷第五十期，署名"西滢"。

表凌叔华的小说《花之寺》。11月14日《京报副刊》又刊登署名晨牧的《零零碎碎》一则,暗指《花之寺》抄袭契诃夫小说《在消夏别墅》。可见,陈源大谈"剽窃"以为主题,概源于此,实有为凌叔华开脱之意。陈源与鲁迅因同年的"女师大事件"而交恶,因此怀疑上述两篇文章皆出于鲁迅之手,于是旁敲侧击,暗指鲁迅抄袭。虽然"整大本的剽窃"一说的矛头所向,文中没有明言,但"思想界的权威"一语,实指鲁迅而言。[①]然而既然陈源未曾指名,鲁迅"也就只回敬他一通骂街"[②],在一篇文章的附记里略作回应:

> 按照他这回的慷慨激昂例,如果要免于"卑劣"且有"半分人气",是早应该说明谁是土匪,积案怎样,谁是剽窃,证据如何的。现在倘有记得那括弧中的"思想界的权威"六字,即曾见于《民报副刊》广告上的我的姓名之上,就知道这位陈源教授的"人气"有几多。[③]

次年1月,陈源在发表于《晨报副刊》上的通信里,重提"剽窃"之事,并将矛头明确指向鲁迅及其《中国小说史略》:

---

① 1925年8月初,北京《民报》在《京报》《晨报》刊登广告,宣称"本报自八月五日起增加副刊一张,专登学术思想及文艺等,并特约中国思想界之权威者鲁迅……诸先生随时为副刊专著"。

② 鲁迅:《华盖集续编·不是信》,《鲁迅全集》第3卷,北京:人民文学出版社2005年11月版,第244页。该文最初发表于1926年2月8日《语丝》周刊第六十五期,署名"鲁迅"。

③ 鲁迅:《学界的三魂》附记,载1926年2月1日《语丝》周刊第六十四期。

　　　　他常常控告别人家抄袭。有一个学生抄了郭沫若的几句诗,他老先生骂得刻骨镂心的痛快。可是他自己的《中国小说史略》却就是根据日本人盐谷温的《支那文学概论讲话》里面的"小说"一部分。其实拿人家的著述做你自己的蓝本,本可以原谅,只要你在书中有那样的声明,可是鲁迅先生就没有那样的声明。在我们看来,你自己做了什么不正当的事也就罢了,何苦再去挖苦一个可怜的学生,可是他还尽量的把人家刻薄。"窃钩者诛,窃国者候①,"本是自古已有的道理。②

　　这组题为《闲话的闲话之闲话引出来的几封信》的私人通信,内容主要是陈源和周作人就"女师大事件"的余波展开的若干问答,以及试图在陈周之间进行调解的张凤举的来信。不过,陈源在批评周作人之余,笔锋一转,将矛头指向鲁迅,围绕"剽窃"大做文章。因"女师大事件"交恶于前,怀疑鲁迅著文指责凌叔华"抄袭"在后,陈源此举也就不难理解。针对上述攻击和指责,鲁迅随即发表《不是信》一文予以驳斥:

　　　　盐谷氏的书,确是我的参考书之一,我的《小说史略》二十八篇的第二篇,是根据它的,还有论《红楼梦》的几点和一张《贾氏系图》,也是根据它的,但不过是大意,次序和意见就很不同。其他二十六篇,我都有我独立的准备,

---

① 当作"侯",原文如此。
② 陈源:《闲话的闲话之闲话引出来的几封信》之九《西滢致志摩》,载1926年1月30日《晨报副刊》,署名"西滢"。

证据是和他的所说还时常相反。例如现有的汉人小说，他以为真，我以为假；唐人小说的分类他据森槐南，我却用我法。六朝小说他据《汉魏丛书》，我据别本及自己的辑本，这工夫曾经费去两年多，稿本有十册在这里；唐人小说他据谬误最多的《唐人说荟》，我是用《太平广记》的，此外还一本一本搜起来……。其余分量，取舍，考证的不同，尤难枚举。自然，大致是不能不同的，例如他说汉后有唐，唐后有宋，我也这样说，因为都以中国史实为"蓝本"。我无法"捏造得新奇"，虽然塞文狄斯的事实和"四书"合成的时代也不妨创造。但我的意见，却以为似乎不可，因为历史和诗歌小说是两样的。诗歌小说虽有人说同是天才即不妨所见略同，所作相像，但我以为究竟也以独创为贵；历史则是纪事，固然不当偷成书，但也不必全两样。①

在上述回应之后，这场纷争暂时偃旗息鼓。然而鲁迅对"剽窃"之说一直耿耿于怀。直到十年后《中国小说史略》由增田涉译为日文出版，鲁迅称：

　　在《中国小说史略》日译本的序文里，我声明了我的高兴，但还有一种原因却未曾说出，是经十年之久，我竟报复了我个人的私仇。当一九二六年时，陈源即西滢教授，曾在北京公开对于我的人身攻击，说我的这一部著作，是窃

————————
① 鲁迅：《华盖集续编·不是信》，《鲁迅全集》第3卷，北京：人民文学出版社2005年11月版，第244—245页。

取盐谷温教授的《支那文学概论讲话》里面的"小说"一部分的;《闲话》里的所谓"整大本的剽窃",指的也是我。现在盐谷教授的书早有中译,我的也有了日译,两国的读者,有目共见,有谁指出我的"剽窃"来呢?呜呼,"男盗女娼",是人间的大可耻事,我负了十年"剽窃"的恶名,现在总算可以卸下……①

从这段充满了洗刷屈辱的快意之情的文字中,不难看出所谓"剽窃"事件给鲁迅带来的巨大的心灵压抑与伤害。其实,陈源又何尝不是在遭遇"女师大事件"及此后的一系列冲突所造成的压抑与伤害中,慌不择言,以致听信他人"鲁迅《中国小说史略》系'剽窃'而来"的传言,不经查证不假思索,即以之作为攻击鲁迅的"有力"证据。假使陈源认真阅读鲁迅和盐谷温的著作,再加以比较,恐怕不会犯此"常识错误"。②此后,鲁迅和陈源都不再提及这场论争。倒是在鲁迅去世的当年,胡适在复

①鲁迅:《且介亭杂文二集·后记》,《鲁迅全集》第6卷,北京:人民文学出版社2005年11月版,第450—451页。
②陈源所谓"抄袭"说来自传言,鲁迅对此亦有所觉察,在《不是信》中说:"好在盐谷氏的书听说(!)已有人译成(?)中文,两书的异点如何,怎样'整大本的摽窃',还是做'蓝本',不久(?)就可以明白了。在这以前,我以为恐怕连陈源教授自己也不知道这些底细,因为不过是听来的'耳食之言'。不知道对不对?"鲁迅:《华盖集续编·不是信》,《鲁迅全集》第3卷,北京:人民文学出版社2005年11月版,第245页。不过从语气上看,鲁迅的上述看法也是出于推测,对传言的始作俑者既不知其名,也无意追究。

苏雪林信中重提此事,并表明了自己的立场:

> 凡论一人,总须持平。爱而知其恶,恶而知其美,方是持平。鲁迅自有它的长处。如他的早年的文学作品,如他的小说史研究,皆是上等工作。通伯先生当日误信一个小人张凤举之言,说鲁迅之小说史是抄袭盐谷温的,就使鲁迅终身不忘此仇恨! 现今盐谷温的文学史已由孙俍工译出了,其书是未见我和鲁迅之小说研究之前的作品,其考据部分浅陋可笑。说鲁迅抄袭盐谷温,真是万分的冤枉。盐谷一案,我们应该为鲁迅洗刷明白。[①]

在肯定鲁迅的学术贡献、驳斥"抄袭"说的同时,胡适指出陈源(即信中所谓"通伯先生")之所以得出鲁迅"抄袭"盐谷温的错误论断,源于张凤举的"小人播乱"。张凤举其人及其在这次论争中所作所为,已有学者著文考证。[②]应指出的是,尽管是私人通信,但胡适确信以其在文化史上的地位和影响力,其书信日记等私人文字势必将公之于世,与其公开发表的文章一样,被后人视为重要史料。因此,胡适将书信日记也作为著作来经营,下笔审慎,结构精心。可见,在与苏雪林的通信中,胡适将"抄袭"说的始作俑者归于旁人,实有为陈源开脱之意,同时将罪责坐实在"小人张凤举"身上,以正视听。不过,使陈源

---

① 胡适:《致苏雪林》(1936年12月14日),见中国社会科学院近代史研究所中华民国史组编:《胡适来往书信选》上卷,北京:中华书局1979年5月版,第339页。

② 参见朱正:《小人张凤举》,载《鲁迅研究月刊》2002年第12期。

"误信其言"的很可能不只张凤举一人。时在北大任职的顾颉刚亦认为鲁迅有抄袭之嫌，并以此告知陈源，才引发陈源著文指责鲁迅"抄袭"。尽管几位当事人在公开发表的文字中对此均讳莫如深，但1949年，时任云南大学教授的刘文典却在一次演讲中加以披露。刘文典的演讲稿没有发表，今已不存。但在刘氏演讲的第二天，即1949年7月12日，昆明《大观晚报》发表《刘文典谈鲁迅》一文，记录了刘氏演讲的要点，其中涉及顾颉刚与"抄袭"说云：

> 顾颉刚曾骂鲁迅所著的《中国小说史略》是抄袭日本人某的著作，刘为鲁辩护，认为鲁取材于此书则有之，抄袭则未免系存心攻击。[①]

刘文典对所谓"抄袭"说持否定意见，但并未在演讲中指明"顾颉刚曾骂鲁迅""抄袭"的消息来源。刘文典之后，所谓"抄袭"说绝少为人提起。直到近半个世纪后，顾颉刚之女顾潮在回忆父亲的著作中重提此事：

> 在"女师大学潮"中，鲁迅、周作人坚决支持学生的运动，而校长杨荫榆的同乡陈源为压制学生运动的杨氏辩护，两方发生了激烈的论战，鲁迅与陈源由此结了深怨。鲁迅作《中国小说史略》，以日本盐谷温《支那文学概论讲话》为参考书，有的内容是根据此书大意所作，然而并未加

---

① 见中国社会科学院文学研究所鲁迅研究室编：《鲁迅研究学术论著资料汇编（1913—1983）》第4卷，北京：中国文联出版公司1987年7月版，第839页。

以注明。当时有人认为此种做法有抄袭之嫌,父亲亦持此观点,并与陈源谈及,1926年初陈氏便在报刊上将此事公布出去。……为了这一件事,鲁迅自然与父亲亦结了怨。[①]

顾潮的上述论断源出当时尚未公开的《顾颉刚日记》。2007年,日记经整理正式出版,使顾颉刚持"抄袭"说的真相得以公之于世。

在1927年2月11日的日记中,顾颉刚按语云:

> 鲁迅对于我的怨恨,由于我告陈通伯,《中国小说史略》剿袭盐谷温《支那文学讲话》。他自己抄了人家,反以别人指出其剿袭为不应该,其卑怯骄妄可想。此等人竟会成群众偶像,诚青年之不幸。他虽恨我,但没法骂我,只能造我种种谣言而已。予自问胸怀坦白,又勤于业务,受兹横逆,亦不必较也。[②]

假使如顾氏日记所言,陈源著文宣扬"抄袭"说实源出顾颉刚,而不是(或不仅仅是)胡适所指认的张凤举,那么,在前引致苏雪林信中,胡适力图为之开脱的就不只陈源一人了。而且,顾颉刚一直将首倡"抄袭"说并告知陈源作为与鲁迅结怨

---

① 顾潮:《历劫终教志不灰——我的父亲顾颉刚》,上海:华东师范大学出版社1997年12月版,第103页。从顾潮的这段回忆看,当时持"抄袭"说者,恐不止顾颉刚一人。

② 顾颉刚:《顾颉刚日记》第二卷(1927—1932),台北:联经出版事业股份有限公司2007年5月版,第15页。

的缘由,言之凿凿。①然而目前尚无确证表明两人之结怨源出于此。②

　　以上之所以率先讨论这桩学术公案,意在"回到历史现

---

① 在1927年3月1日的日记中,顾颉刚总结受鲁迅"排挤"的原因数端,其中"揭出《小说史略》之剿袭盐谷氏书"位列榜首。见《顾颉刚日记》第二卷(1927—1932),台北:联经出版事业股份有限公司2007年5月版,第22页。

② 现有探讨鲁迅与顾颉刚结怨之起因的论著,绝大多数均强调其复杂性,而不以顾氏散布"抄袭"之论作为结怨的直接动因。参见赵冰波:《鲁迅与顾颉刚交恶之我见》,载《河南教育学院学报》(哲学社会科学版)1999年第1期;汪毅夫:《北京大学学人与厦门大学国学研究院——兼谈鲁迅在厦门的若干史实》,载《鲁迅研究月刊》2002年第3期;徐文海:《从〈南下的坎坷〉看顾颉刚和鲁迅的矛盾冲突》,载《内蒙古民族大学学报》(社会科学版)2003年第5期;卢毅:《鲁迅与顾颉刚不睦原因新探》,载《晋阳学刊》2007年第2期。明确"抄袭"事件作为结怨的主要原因的是包红英、徐文海《鲁迅与顾颉刚》,但该文所据仍是刘文典的演讲及顾潮的著作,前者无实据可考,后者则出于《顾颉刚日记》的一面之词,均非确证;载《辽宁大学学报》(哲学社会科学版)2003年第6期。桑兵《厦门大学国学院风波——鲁迅与现代评论派冲突的余波》一文指出:"顾颉刚或为传言者之一。至于鲁迅是否知道顾颉刚的态度,则无明确证据,鲁迅本人关于此事的言论,始终未提及顾的名字。"载《近代史研究》2000年第5期。邱焕星《鲁迅与顾颉刚关系重探》一文则认为"抄袭"事件使鲁迅对顾颉刚"极为不满",但二人结怨的真正原因,是五四之后新文化阵营的分化及其导致的派系冲突,以及对1920年代新式政党和新式革命的不同态度;载《文学评论》2012年第3期。有关这一问题更为详尽的论述,参见施晓燕:《顾颉刚与鲁迅交恶始末》(上、下),分别载《上海鲁迅研究》2012年春、2012年夏,以及曹振华:《〈中国小说史略〉"抄袭"案中的鲁迅与顾颉刚》,载《东岳论丛》2023年第9期。

场"——接近并还原这一历史事件的真实面貌。通过对相关史料的梳理不难发现，尽管"抄袭"说不符合事实，但在当时持此说者却不乏其人。然而无论是陈源、张凤举，还是顾颉刚，各自的出发点却未必相同，似不可概而论之，其中尤以顾颉刚的态度格外值得关注。从上文摘录的顾氏日记看，顾颉刚持"抄袭"说，既不像陈源那样出于私怨，为争一时之意气而完全不顾事实（在顾氏看来，显然是自家宣扬"抄袭"说为因，和鲁迅结怨为果）①，亦非怀有"小人"张凤举式的"播乱之心"（顾颉刚当时与鲁迅同为"语丝社"成员，虽彼此过从不密，但尚未结怨，刘文典所谓"存心攻击"之说不确）。而且，以顾颉刚为人为文之严谨，道听途说、人云亦云或歪曲事实、搬弄是非的可能性亦极小。因此，顾氏之认定"抄袭"，很可能是出于自家的学术判断，源于对鲁迅小说史研究的学术思路和方法缺乏充分的了解与认同所造成的"误读"。②因此，顾颉刚对鲁迅《中国小说史略》的态

---

① 与陈源指斥"抄袭"源自途说不同，顾颉刚本人对盐谷温《中国文学概论讲话》并不陌生。陈彬龢的节译本《中国文学概论》就是在顾氏的帮助下，由其主持的北平朴社出版。陈氏之妻汤彬华在节译本序言中记述了该书由翻译到出版的过程。见〔日〕盐谷温著、陈彬龢译：《中国文学概论》，北平：朴社1929年12月版，《序言》第1页。《顾颉刚日记》1925年7月23日亦有"审核彬龢《中国文学概论》"的记载，见《顾颉刚日记》第一卷（1913—1926），台北：联经出版事业股份有限公司2007年5月版，第644页。

② 持相同立场的不止顾颉刚一人。小说史家谭正璧在其《〈中国小说发达史〉自序》中亦指出："周著（引者按：即鲁迅《中国小说史略》）虽（转下页）

度,在表面的人事纠葛的背后,尚有从学术史的高度做进一步探讨的余地。考察顾颉刚的态度,也有助于使对"抄袭"说的批驳,超越单纯的为鲁迅本人的辩诬,获得进行更深层的学理探讨的可能。

二

　　前文已述,顾颉刚认为鲁迅《中国小说史略》与盐谷温《中国文学概论讲话》内容上有相沿袭处,据此判定鲁迅"抄袭",但只在友朋间的闲谈中述及。陈源却"听者有心",不仅在公开发表的文字中加以披露,而且张大其词,放大为"整大本的剽窃",终于导致事态的恶化。这恐怕也是顾颉刚所始料未及的。尽管顾氏持"抄袭"说,对《中国小说史略》的学术价值评价不高,但其立场却不曾公开表露。直到十几年后,顾颉刚撰写《当代中国史学》一书,才得以公开自家对《中国小说史略》的学术判断。该书出版于1947年,其中设专章考察俗文学史(包括小说史与戏曲史)和美术史研究,在专论小说史的一节中,分别就胡适、鲁迅、郑振铎等人的学术成就做出评价:

(接上页)亦蓝本盐谷温所作,然取材专精,颇多创建,以著者为国内文坛之权威,故其书最为当代学者所重。"上海:光明书局1935年8月版,《自序》第1页。谭正璧虽然对《中国小说史略》颇有好评,但仍强调鲁迅以盐谷氏之著作为"蓝本",且将该书之闻名学界,归因于鲁迅在当时文坛的地位,态度略显暧昧。

胡适先生对于中国小说史的研究贡献最大,在亚东图书馆所标点的著名旧小说的前面均冠以胡先生的考证,莫不有惊人的发现和见解。……所论既博且精,莫不出人意外,入人意中。对于中国小说史作精密的研究,此为开山工作。

周树人先生对于中国小说史最初亦有贡献,有《中国小说史略》。此书出版已二十余年,其中所论虽大半可商,但首尾完整,现在尚无第二本足以代替的小说史读本出现。

郑振铎先生对于中国小说史的成就也极大,当为胡适先生以后的第一人。[①]

顾颉刚对胡适和郑振铎的中国小说史研究较多赞美之词,而对鲁迅的态度则有所保留,用语颇为节制和审慎,"小说史读本"一语,足见顾氏对《中国小说史略》的基本判断,前后论断恰堪对照。作为新文化的代表人物,鲁迅和胡适在治学方面均做到了穿越"古今"、取法"中西",二人又都对小说史研究具有浓厚的兴趣,分别以《中国小说史略》和"中国章回小说考证"奠定了中国小说史学的研究格局和自家的学术地位,成为小说史学的开拓者。同时,知识结构、学术理念、文化理想和审美趣味的不同,又使二人的研究显示出鲜明的个性:分别以独具会心的艺术判断和严密精准的考证见长;基于各自的研究成果和学术威望,使中国小说史学在建立之初即呈现出双峰并峙、二水

---

① 顾颉刚:《当代中国史学》,上海:胜利出版公司1947年1月版,第118页。

分流的局面。可以说，鲁迅与胡适治学路径不同，成就却难分轩轾。而郑振铎尽管也在小说史研究上取得了较大成就，但其学术视野和开创性较之鲁、胡二人均略有不及。由此看来，顾颉刚的上述论断似乎有失公允。而联系到鲁顾二人在厦门和广州的结怨，顾颉刚对《中国小说史略》评价不高，很容易给人以夹杂了私人恩怨的印象。然而，《当代中国史学》是一部严肃的学术史著作，作者不因个人的政治倾向和情感好恶而影响到对研究对象的判断。不因人而废文的态度，使顾颉刚对政治上"左倾"的郭沫若和时已与其交恶的傅斯年均作出极高的评价，奉前者为"研究社会经济史最早的大师"[1]，对后者之《性命古训辨证》亦颇有好评[2]。因此，造成在学术判断上的"扬胡抑鲁"，与顾颉刚本人对小说史学的学术定位密切相关。

顾氏治学，受胡适影响极深，奠定其学界地位的"层累地造成的古史"观，也得益于胡适著述的启发。此后虽以《古史辨》

---

[1] 顾颉刚：《当代中国史学》，上海：胜利出版公司1947年1月版，第100页。该书在讨论甲骨文、金文、古器物学和专门史的有关章节中亦多次对郭沫若进行专门论述，见第61、106、109—111页。

[2] 顾颉刚：《当代中国史学》，上海：胜利出版公司1947年1月版，第87页。顾颉刚与傅斯年于中山大学由合作到交恶，时在1928年顷。顾氏曾在与胡适信中谈及此事，在自家日记中亦有所记载。参见《顾颉刚致胡适（1929年8月20日）》，见中国社会科学院近代史研究所中华民国史组编：《胡适来往书信选》上卷，北京：中华书局1979年5月版，第533—534页；顾颉刚1928年4月30日日记，见《顾颉刚日记》第二卷（1927—1932），台北：联经出版事业股份有限公司2007年5月版，第159—160页。

别开生面，自成一家，但对胡适的授业之功依旧念念在心。①作为现代中国学术之新范式的创建者，胡适的大部分著作都具有"教人以方法"的典范意义。②小说史学之于胡适，首先是其倡导的"整理国故"运动的重要组成部分。③"考证"视野下的小说，首先也是作为史料，而不是以具有审美特质的文学文类的身份进入其学术视野。谈艺既非胡适所长，亦非其所愿。虽然上述思路在胡适的"中国章回小说考证"中只是初露端倪，但经其追随者的进一步倡导与发挥，逐渐蔚为大观，成为中国小说史学的研究范式，也使小说史学在建立之初即呈现出史学化的趋向。顾颉刚在胡适的这一学术设计中立论，将小说史纳入"史学史"的范畴之中加以讨论，以历史研究的学术规范和评判尺度考量小说史写作的理论创见与文化职能。《当代中国史学》之小说史专节在逐一点评各家的学术贡献之后，道出了自

①参见顾颉刚：《〈古史辨〉自序》，顾颉刚编著：《古史辨》第一册，上海：上海古籍出版社1982年3月版，《自序》第40—41页。
②胡适在《〈胡适文存〉序例》中称："我的唯一的目的是注重学问思想和方法。故这些文章无论是讲实验主义，是考证小说，是研究一个字的文法，都可以说是方法论的文章。"见欧阳哲生编：《胡适文集》第2卷，北京：北京大学出版社1998年11月版，《序例》第1页。余英时《中国近代思想史上的胡适》对此有深入考察，可参见。见［美］余英时：《重寻胡适历程——胡适生平与思想再认识》，桂林：广西师范大学出版社2004年9月版，第197—202页。
③参见陈平原：《中国现代学术之建立——以章太炎、胡适之为中心》第五章《作为新范式的文学史研究》，北京：北京大学出版社1997年8月版，第185—239页。

家对小说史研究的学术期待：

> 因为旧小说不但是文学史的材料，而且往往保存着最可靠的社会史料，利用小说来考证中国社会史，不久的将来，必有人从事于此。[①]

可见，顾颉刚在"史学"前提下讨论小说史写作，先验地带有"重史轻文"的倾向，视小说为可信之史料，主张利用小说考证社会史，从而将艺术判断排除在小说史研究的视野之外。依照这一评判标准，《中国小说史略》一类以审美感受见长的小说史论著，较多描述与概括，而缺乏对一些具体问题的深入考察，给人以空疏之感，虽"首尾完整"，但深度不足，视之为"读本"尚可，史学创见则有限，与盐谷温《中国文学概论讲话》之类概述文类特征的著作大同小异，难免有相互沿袭之处。这正是顾颉刚认定鲁迅"抄袭"的依据所在。《中国小说史略》学术价值因此得不到顾氏的充分认可。与顾颉刚可堪对照的是，胡适一直对鲁迅的小说史研究抱有极大的好感，不仅在前引复苏雪林信中为鲁迅辩诬，在为自家著述所作的序言中，亦对《中国小说史略》的开创意义和鲁迅的学术创见颇为肯定，评为"搜集甚勤，取裁甚精，断制也甚谨严，可以为我们研究文学史的人节省无数精力"[②]。表面上看，这一评价不可谓不高。然而，胡适着重

[①] 顾颉刚：《当代中国史学》，上海：胜利出版公司1947年1月版，第119页。

[②] 胡适：《〈白话文学史〉自序》，见中国社会科学院文学研究所鲁迅研究室编：《鲁迅研究学术论著资料汇编(1913—1983)》第1卷，北京：中国文联出版公司1985年10月版，第506页。

关注的仍是鲁迅在小说史料方面的贡献。对《中国小说史略》
的学术价值大加赞赏，主要是因为该书体例完整，能够为其小
说考证提供可依循的历史线索和资源而已。而对鲁迅在小说
审美批评方面的建树，则较为隔膜。①有趣的是，出于相近的小
说史研究理念和学术定位，胡适与顾颉刚对《中国小说史略》的
评判，均以"考证"为主要标尺，而依据相同的标尺，竟然得出彼
此截然相反的结论：一方指斥鲁迅缺乏个人创见，有抄袭之嫌；
另一方则认为鲁迅在考证方面胜于盐谷温，据此为其洗刷辩白。
可见，"考证"未必能作为衡量鲁迅小说史研究之成败得失的有
效标准。不过，"考证"的标准却反证出《中国小说史略》的理论
特色。尽管鲁迅在小说史料的稽考上颇为用力，这方面的成绩
也得到时人的大力揄扬②，但《中国小说史略》其实并不以此见
长，维系该书学术生命的不是对史料的占有，而是基于自家的

---

① 1923年，胡适在阅读北大第一院新潮社初版《中国小说史略》（上卷）
后，曾致信鲁迅，指出该书"论断太少"。此信今不存，但由鲁迅复信
中"论断太少，诚如所言"一语可知。《新发现的鲁迅书简——鲁迅致
胡适》，载《鲁迅研究月刊》1990年第12期。鲁迅复信中语，恐属谦辞。
《中国小说史略》初版（上卷）之学术论断，未必"太少"，只是若干论断
在胡适看来，不属于"学术"范畴而已。胡适所谓"论断太少"，可见其对
《中国小说史略》学术价值的基本判断。
② 除前引胡适《〈白话文学史〉自序》中的论断外，阿英《作为小说学者的鲁
迅先生》亦称《中国小说史略》"实际上不止是一部'史'，也是一部非常
精确的'考证'书"。见阿英：《小说四谈》，上海：上海古籍出版社1981
年12月版，第186页。该文最初发表于1936年11月25日《光明》半月
刊第一卷第十二期，署名张若英。

学术眼光,对史料作出重新的"发现"。鲁迅之于考证,非不能也,实不甚为也,其长处在于通过寻常作品和寻常史料,产生不同寻常的学术创见。特别是凭借自家对小说艺术的超凡领悟力,能够对作品的审美价值作出精准的判断,往往寥寥数语,或成不刊之论,这是其小说史研究最为人所称道处,却也是胡适等学者不愿为或不擅为的。与胡适等赋予小说史研究以明确的史学归属和方法论依据不同,鲁迅治小说史,有专家之长,却素无专家之志。鲁迅将小说史研究视为其整体的文学事业的一部分,着力于发掘作品的审美质素。小说家的身份,赋予其相对完整的知识结构和感性资源,促成了他审视小说和小说史的独特眼光,更铸就了鲁迅作为小说史家的"诗性"自觉。由此可见,单纯从史学立场出发,以"考证"标准衡量《中国小说史略》的学术成就,难免凿空之弊。

顾颉刚对《中国小说史略》评价不高,还源于自家对鲁迅的文化身份及其著述的学术职能的认定。鲁迅和顾颉刚应聘厦门大学教职后,最初尚能相安无事,且彼此间偶有往来(这在二人的日记中均有所记载),但始终不以朋友相待,交情淡薄,颇有些"道不同,不相与谋"的意味。随着嫌怨的加深,分歧也渐趋明朗。鲁迅以顾颉刚为陈源之同道[1],顾颉刚则称鲁迅为

---

[1] 顾颉刚本不属于"现代评论派",但与胡适过从甚密,且其《古史辨》曾得陈源褒奖,因此被鲁迅视为"陈源之流",对其全无好感。参见鲁迅:《两地书·四八》,《鲁迅全集》第11卷,北京:人民文学出版社2005年11月版,第137页。

"不工作派"①,彼此难容。事实上,鲁迅在厦门大学任教期间,除担任本科生教学工作,编写《汉文学史纲要》,提交《〈嵇康集〉考》《古小说钩沉》,承担《中国图书志·小说》的研究外,还指导研究生并审查论文。②可见,鲁迅并非真正的"不工作"。之所以被讥为"名士派"③,皆因顾颉刚对鲁迅的上述工作、尤其是教学工作的学术价值缺乏认同所致。在顾颉刚看来,自家与鲁迅有从事研究与教学之分,在身份上亦有学者与文人之别,而教学工作的学术价值与研究相去甚远,文人的文化贡献亦不能望学者之项背。④顾颉刚强调自家"性长于研究","不说空话",而鲁迅"性长于创作",是"以空话提倡科学者",与自家相较,

①顾颉刚在致胡适信中说:"广州气象极好,各机关中的职员认真办事,非常可爱。使厦门大学国学院亦能如此,我便不至如此负谤。现在竭力骂我的几个人都是最不做工作的,所以与其说是胡适之派与鲁迅派的倾轧(这是见诸报纸的),不如说是工作派和不工作派的倾轧。"《顾颉刚致胡适》(1927年4月28日),见中国社会科学院近代史研究所中华民国史组编:《胡适来往书信选》上卷,北京:中华书局1979年5月版,第430页。
②参见汪毅夫:《北京大学学人与厦门大学国学研究院——兼谈鲁迅在厦门的若干史实》,载《鲁迅研究月刊》2002年第3期。
③参见鲁迅:《两地书·四八》,《鲁迅全集》第11卷,北京:人民文学出版社2005年11月版,第137页。
④早在赴厦门大学任教之前,顾颉刚对学者与文人的身份已有明确区分,并以学者自命,不愿与文人为伍。在1923年8月6日的日记中,即有如下记载:"日来觉得凡是文学家都是最不负责任而喜出主张的人,非我所能友。"见《顾颉刚日记》第一卷(1913—1926),台北:联经出版事业股份有限公司2007年5月版,第383—384页。

"自然见绌"①，于此可见一斑。出于学者的优越感，顾颉刚在1929年8月20日致胡适信中，对研究与教学的价值一判高下：

> 在此免不了中山大学的教书，一教书我的时间便完了。我是一个神经衰弱的人，越衰弱便越兴奋，所以别人没有成问题的，我会看他成问题。这在研究上是很好的，但在教书上便不能。教书是教一种常识，对于一项学科，一定要有一个系统，一定要各方面都叙述到。若照教书匠的办法，拿一本教科书，或者分了章节作浅短的说明，我真不愿。若要把各种材料都搜来，都能够融化成自己的血肉，使得处处有自己的见解，在这般忙乱的生活中我又不能。所以教了两年书，心中苦痛得很。②

这一重研究而轻教学的立场，使顾颉刚对鲁迅《中国小说史略》和盐谷温《中国文学概论讲话》这类从课堂讲义脱化而成的学术著作缺乏起码的认同与敬意。在顾颉刚看来，这类著作不过是常识之汇集，虽有稳健博洽之长，却不利于研究者个人创见的充分发挥，学术含量不高，亦难免空疏之弊，且相互间在体例及论述上均大体相沿，视之为粗陈梗概的教科书"读本"尚可，而难以企及严谨的学术著作的理论深度。同样，顾颉刚以

---

① 顾颉刚1927年3月1日日记，见《顾颉刚日记》第二卷（1927—1932），台北：联经出版事业股份有限公司2007年5月版，第22页。
② 《顾颉刚致胡适（1929年8月20日）》，见中国社会科学院近代史研究所中华民国史组编：《胡适来往书信选》上卷，北京：中华书局1979年5月版，第534—535页。

学人为自家定位，而视鲁迅为文人，以此区别两人的文化身份，知彼罪彼，所依据的也都是对文人的评判标准。学人的自我期许和身份认定，使顾颉刚对胡适一脉的学院派的小说史研究更为认同，将其学术贡献置于鲁迅之上，而将《中国小说史略》与盐谷温《中国文学概论讲话》相类同，否定其原创性。顾氏不把鲁迅视为学术同道，对其研究成果评价不高也是势所必然。

　　然而在鲁迅看来，教学与研究却没有这样明显的高下之分。文学史（小说史）这一著述体式在中国的确立，实有赖于晚清以降对西方学制的引进，对近代日本及欧美文学教育思路的移植。[①]这使中国人撰写的文学史一经出现，即先天地具备教材性质，承担教学职能。晚清至五四的学人选择文学史这一著述体式，大都与其在学院任教的经历有关。随着对文学史概念理解的深入，以及具有新文化背景的研究者加盟，文学史开始由教材式的书写形态向专著化发展，学术价值获得了明显的提升。在讲义基础上形成的文学史著作，不乏在观点和体例上卓有创见者，不仅显示出作者的学术个性，而且实现了对文学史这一著述体式的学术潜质的创造性发挥。《中国小说史略》最初也是作为大学讲义。鲁迅以小说史体式承载其学术见解，很

---

① 参见陈平原：《新教育与新文学——从京师大学堂到北京大学》，见陈平原：《中国大学十讲》，上海：复旦大学出版社2002年10月版，第112—113页。

大程度上是在大学授课的需要。[1]然而考虑到鲁迅在离开大学讲坛后仍反复对《中国小说史略》做出修改,足可见其将该书作为学术著作经营的用心。衡量一部文学史著作学术价值的高下,除学术水平的因素外,还有赖于作者对自家著作的学术定位。鲁迅非常重视文学史的学术职能,希望通过文学史写作,不仅满足教学需要,更要在学术上有所创获,希望奉献流传后世的学术经典,而非只供教学的普通讲义。[2]鲁迅最初应授课之需编写讲义,但出于杰出的理论才能和对自家著作的学术期待,在此过程中显示出经营个人著作的明确意识。鲁迅对文学史(小说史)的学术定位,使之超越了单一的教学职能:一部《中国小说史略》,用于讲坛则是讲义,供同行阅读则为专著,在讲义和专著之间自由出入,从而有效地弥合了教学与研究之间的学术落差。而顾颉刚视《中国小说史略》为讲义,对其学术价值无法作出有效的阐释,仅凭表面的论述框架及个别观点的近似,而认定该书是对盐谷氏之著作的沿袭,忽视了两者在"小说

---

① 参见陈平原:《作为文学史家的鲁迅》,见《陈平原小说史论集》下卷,石家庄:河北人民出版社1997年8月版,第1771页。

② 1926年,鲁迅在厦门大学中文系讲授中国文学史期间,曾致信许广平,表明对编写文学史的认真态度:"我的功课,大约每周当有六小时,因为语堂希望我多讲,情不可却。其中两点是小说史,无须豫备;两点是专书研究,须豫备;两点是中国文学史,须编讲义。看看这里旧存的讲义,则我随便讲讲就很够了,但我还想认真一点,编成一本较好的文学史。"鲁迅:《两地书·四一》,《鲁迅全集》第11卷,北京:人民文学出版社2005年11月版,第119页。

史意识"上的重大分别，其"抄袭"之论，看似凿凿，实出于误断。

综上可知，无论是顾颉刚认定鲁迅"抄袭"，还是在《当代中国史学》中"扬胡抑鲁"，抑或否认鲁迅的教学工作的学术价值，均不是出于个人恩怨与好恶，而是自家的理论立场、学科背景和身份定位使然。以史学视野统摄小说和小说史，忽视了小说作为文学文体自身的独立性，尤其是在评判鲁迅这样以艺术感受力见长的研究者时，作为史家的"傲慢与偏见"也就在所难免。"史学视野下的小说史研究"的理论洞见与盲点亦因此得以同时呈现。

三

19世纪末到20世纪初，日本汉学家编撰了多部有关中国文学的研究著作，这些著作多采用"文学史"（如古城贞吉、笹川种郎）或"文学概论"体式（如儿岛献吉郎、盐谷温），对中国学术界产生了重大影响。其中，盐谷温著《中国文学概论讲话》虽然问世较晚，但由于对小说与戏曲的开创性研究，尤为中国学者所瞩目。该书分上下两篇，共六章，并缀附录两篇。

篇章目次如下：

上篇　第一章　音韵

第二章　文体

第三章　诗式

第四章　乐府及填词

下篇　第五章　戏曲

第六章　小说

附录　论明之小说"三言"及其他

宋明通俗小说流传表①

由以上篇章设置不难看出，该书除第一章从分析汉语之特性入手，为后文探讨韵文及诗歌提供理论依据外，其余五章均各自以文类为中心展开论述，各章之间呈现出平行的结构方式。盐谷氏将中国古代文学批评体系中长期处于边缘地位的小说、戏曲独立成篇，使之与诗文相并列，意在突出小说与戏曲的地位。而且，统计表明：下篇两章占据该书正文（除附录外）的66%，其中小说独占35%，如果加上同样涉及小说的附录，讨论小说的总篇幅则占据全书的近50%。在综论各文类的学术著作中，研究者对某一文类的价值判断，既体现在若干具体论断之中，亦通过其著作留给该文类的论述空间得以彰显。在《中国文学概论讲话》中，盐谷温有意将小说、戏曲与诗文相并列，并着力扩充其篇幅，用意即在于此。作者在该书《原序》中称："及元明以降，戏曲小说勃兴，对国民文学产生了不朽的杰作。"②这在今天已成为学界之共识，但在当时则实属

①这里依据孙俍工全译本的目次。［日］盐谷温：《中国文学概论讲话》，孙俍工译，上海：开明书店1929年6月版，《目次》第13—18页。

②［日］盐谷温：《中国文学概论讲话》，孙俍工译，上海：开明书店1929年6月版，《原序》第5页。

新见。①盐谷氏之前，日本学术界关注小说者不乏其人，然而在自家综论各文类的著作中，或仍以小说为诗文之附属，或仍将主要篇幅用于分析诗文，留给小说的论述空间颇为有限。以全书近半数篇幅讨论小说，《中国文学概论讲话》尚属首创。盐谷温对戏曲小说，尤其是后者的重视，恰与彼时中国学术界的研究风气相契合。自晚清以降，对小说文类的关注日渐成为文人学者之共识，这由中国文化与文学自身发展的现实困境所决定，而关注小说的眼光、思路及方法却主要受到来自日本的影响。不仅晚清梁启超倡导之"小说界革命"，其基本理念及术语多借自明治新政②；"五四"新文化运动后，胡适以一系列"章回小说考证"，奠定中国小说史学之根基，亦得到日本汉学家的大力协助，尤其在资料搜集上受益良多③。两代学人借助来自东

---

① 日本学者内田泉之助为《中国文学概论讲话》作序，对其学术价值评判如下："盐谷博士生于汉学世家，夙在大学专攻中国文学，深究其蕴奥。尝游学西欧及禹域，归朝之后发表其研究之一端而著《中国文学概论讲话》一书。在当时的学界叙述文学底发达变迁的文学史出版的虽不少，然说明中国文学底种类与特质的这种的述作还未曾见，因此举世推称，尤其是其论到戏曲小说，多前人未到之境，筚路蓝缕，负担者开拓之功盖不少。"［日］盐谷温：《中国文学概论讲话》，孙俍工译，上海：开明书店1929年6月版，《内田新序》第7页。

② 参见夏晓虹：《觉世与传世——梁启超的文学道路》第八章《"以稗官之异才，写政界之大势"——梁启超与日本明治小说》，上海：上海人民出版社1991年8月版，第201—235页。

③ 胡适在考证《水浒传》时，在资料搜集和版本考订上多次就教于日本汉学家青木正儿，其间书信往还，受益良多。参见杜春和、韩荣（转下页）

瀛的"他山之石",逐步建立起中国小说史学的学术规模和理论
体系。可见,《中国文学概论讲话》受到中国学者的推崇,概源
于盐谷氏对小说的侧重。在该书的三种中文节译本中,有两种
节译其小说一章。特别是最早出现的郭希汾节译本,直接冠名
为《中国小说史略》。由于该译本在鲁迅《中国小说史略》正式
出版之前面世,且书名相同(郭译本未注明"节译"及盐谷原书
名),也为指责鲁迅"抄袭"者提供了依据和口实。郭希汾截取
盐谷氏著作中概论小说之章节,作为小说史加以译介,且冠以
"小说史略"的名称,基于自家对小说史这一研究思路和著述体
式的理解,却误解了原著的写作策略。盐谷温在该书《原序》
中云:

　　　　中国文学史是纵地讲述文学底发达变迁,中国文学概
　　论是横地说明文学底性质种类的。①

　　盐谷氏将《中国文学概论讲话》命名为"概论"而非"史",各
章以文类为中心,与文学史有横向与纵向之别。该书全译本的
译者孙俍工对此亦有认识,在译者自序中称:

　　　　又关于中国文学底研究的著述照现在的情形看来,恰
　　与内田先生(引者按:即该书新序作者内田泉之助)所说日
　　本数年前的情形同病,纵的文学史一类的书近年来虽出版

（接上页）芳、耿来金编:《胡适论学往来书信选》下册,石家庄:河北人民
出版社1998年8月版,第805—823页。
①［日］盐谷温:《中国文学概论讲话》,孙俍工译,上海:开明书店1929年
6月版,《原序》第5页。

了好几部,但求如盐谷先生这种有系统的横的说明中国文学底性质和种类的著作实未曾见。①

鲁迅本人对"文学概论"和"文学史",也做出过明确区分。在致曹靖华信中,曾向曹氏推荐若干种中国文学研究著作:

中国文学概论还是日本盐谷温作的《中国文学讲话》清楚些,中国有译本。至于史,则我以为可看(一)谢无量:《中国大文学史》,(二)郑振铎:《插图本中国文学史》(已出四本,未完),(三)陆侃如,冯沅君:《中国诗史》(共三本),(四)王国维:《宋元戏曲史》,(五)鲁迅:《中国小说史略》》。②

将盐谷氏与自家著作分别归类。可见,"概论"与"史"的研究思路和著述体式本不相同,郭希汾以盐谷氏之"概论"为"史",将二者相混淆,实源于中国小说史学建立之初,中国学者对这一学科理解的纷纭与混乱。即便依郭氏所见,将《中国文学概论讲话》之小说专章视为小说史,其"小说史"意识与鲁迅相比亦大相径庭。

盐谷氏著作第六章《小说》之细目如下:

第一节　神话传说

第二节　两汉六朝小说

---

① [日]盐谷温:《中国文学概论讲话》,孙俍工译,上海:开明书店1929年6月版,《译者自序》第10页。

② 鲁迅:《331220① 致曹靖华》,《鲁迅全集》第12卷,北京:人民文学出版社2005年11月版,第523页。

　　表面上看,这一章节设计与鲁迅《中国小说史略》并无明显分别。鲁迅著作凡二十八篇,各篇依朝代为序,在朝代之下设计类型,连缀以为史。如此看来,无论是指责鲁迅"抄袭",还是认定其以盐谷氏之著作为"蓝本",均证据确凿,不容申辩。然而,在章节设计相近的背后,小说史意识的差异才是比较两部著作的关键。盐谷温的著作,依朝代分期,力图依次展现每一时期中国小说的格局和面貌,但真正得到展现的是朝代的递进,对小说的论述,各时期之间仍采取并列方式。尽管各部分在分析具体文本时精彩之见迭出,但对小说文类自身的演变却

――――――――

① [日]盐谷温:《中国文学概论讲话》,孙俍工译,上海:开明书店1929年6月版,《目次》第18—20页。

关注不够。可见,《中国文学概论讲话》之小说部分是依照朝代顺序论列小说,小说史的意味其实并不突出。这并不是盐谷温的眼光或学养不足造成的,而源于该书著述体式的制约。"概论"的基本思路是横向地呈现各文类之特征,也就无须对其发展递变做纵向的考察。在中国小说史学建立之初,以朝代为线索撰史者不乏其例,这些研究者与盐谷温的区别在于,后者对自家著作之"概论"特征颇为自觉,明确将其与"小说史"相区隔,前者则径以为"史",忽视了两者在学术思路与著述体式上的差异。鲁迅本人对这类依朝代分期之小说史,也颇有异议。1931年上海北新书局出版订正本《中国小说史略》,鲁迅为之补撰《题记》云:"即中国尝有论者,谓当有以朝代为分之小说史,亦殆非浮泛之论也。"[1]其中并未明示"论者"一词之所指。据《中国小说史略》日译本之译者增田涉回忆,《题记》付印时鲁迅曾作出修改:

> 我还记得一件事,在他的《小说史略》订正版的《题记》里,有这样的话:"……即中国尝有论者,谓当有以朝代分之小说史,亦殆非肤浅之论也。"这题记的底稿是给了我的,现在还在手边,原文稍有不同,在"中国尝有论者"的地方,明显地写作"郑振铎教授"。可是,付印的时候,郑振铎教授知道点了他的名字,要求不要点出,因此,校正的时

---

[1] 鲁迅:《中国小说史略》(订正本),上海:北新书局1931年9月版,《题记》第3页。

候,改作"尝有论者"了。乍一看来,好像他对郑振铎的说法有同感,我问他为什么郑不愿意提出他的名字呢? 他给我说明了:"殆非肤泛之(浅薄之)论",实际上正是"浅薄之论",所以郑本人讨厌。①

可见,鲁迅对"以朝代分之小说史"评价不高,在自家之《中国小说史略》中,朝代只是作为小说变迁的历史背景。鲁迅的小说史意识表现为:以小说发展的历史时期为背景,以小说类型的递变为线索,用类型概括一个时期小说发展的格局与面貌。上述思路有助于展现小说文类自身的发展变迁,从而保证了小说史作为文学研究与著述体式的自律性与自为性。②在鲁迅看来,依朝代这一历史存在为小说史分期,无疑是以外在因素作为文学研究的标准,忽视了小说的文学性;而径取朝代为线索,在做法上也略显取巧。这是鲁迅与郑振铎及盐谷温等人在"小说史意识"上的重大区别。综上可知,鲁迅《中国小说史

---

① ［日］增田涉:《鲁迅的印象·三十三·鲁迅文章的"言外意"》,见钟敬文著/译、王得后编:《寻找鲁迅·鲁迅印象》,北京:北京出版社2002年1月版,第343—344页。

② 韦勒克、沃伦批评那种"只是写下对那些多少按编年顺序加以排列的具体文学作品的印象和评价"的文学史不是"史","大多数文学史是依据政治变化进行分期的。这样,文学就认为是完全由一个国家的政治或社会革命所决定"。"不应该把文学视为仅仅是人类政治、社会或甚至是理智发展史的消极反映或摹本。因此,文学分期应该纯粹按照文学的标准来制定。"见［美］韦勒克、沃伦:《文学理论》第十九章《文学史》,刘象愚等译,北京:生活·读书·新知三联书店1984年11月版,第290、303、306页。

略》与盐谷温《中国文学概论讲话》都以朝代为经,确实给人以雷同乃至因袭之感,但这只是表面上的论述体例的相近,背后的学术思路却大为不同。诚如鲁迅在《不是信》中所言:自家著作中的朝代更迭只是"以史实为'蓝本'",作为背景存在,而不是小说史的线索。以所谓"蓝本"为依据,指斥鲁迅"抄袭"盐谷温,是对其"小说史意识"缺乏充分的关注和深入的了解所致。

前引鲁迅《不是信》中对"抄袭"说的答辩,其中也坦陈《中国小说史略》二十八篇中的第二篇,即《神话与传说》是根据盐谷氏著作之大意而成。这也成为"抄袭"说的主要依据。鲁迅在论及神话传说时,对盐谷温确有不少借鉴之处,但是否能够就此认定"抄袭",尚须辨析。现代汉语中所谓神话及神话学的概念,均译自日本,时在20世纪初。①彼时鲁迅正在日本留学,最初接触神话及神话学,也是通过日文材料。在作于日本的《破恶声论》中,鲁迅阐述了神话的文化价值,将其视为文学与思想的起源。②1920年受聘北京大学,开设中国小说史课程,并撰写讲义时,以神话为小说之起源,这一思路就与其在留日期间接触神话学不无关联。鲁迅的神话学知识主要习自日本,加之当时中国的神话学尚处于初创阶段,缺乏可资借鉴的本土学

---

① 参见陈连山:《20世纪中国神话学简史》、叶舒宪:《海外中国神话学与现代中国学术:回顾与展望》,均见陈平原主编:《现代学术史上的俗文学》,武汉:湖北教育出版社2004年10月版。

② 鲁迅:《集外集拾遗补编·破恶声论》,《鲁迅全集》第8卷,北京:人民文学出版社2005年11月版,第32页。

术成果，在这一背景下借鉴日本学人的研究，也有其不得已处。在最初的油印本讲义《中国小说史大略》中，《神话与传说》一篇的主要观点均来自盐谷温的著作，但油印本纯作讲义，没有作为个人著作公开出版，吸收前沿成果用于教学，无涉"抄袭"。1923年北京大学新潮社刊行《中国小说史略》初版本上卷时，有关神话一篇的内容则大为改观，不仅材料较之油印本增补甚多，次序和观点也有相当大的调整和修正。仍保留盐谷温对中国神话散失之原因的两点解释，但以"论者谓有二故"领述之，不敢掠为己见（最初的油印本讲义《中国小说史大略》也作如是处理），并补充自家的一则论断于后，且辅以多则史料证之。可见，《中国小说史略》第二篇《神话与传说》受《中国文学概论讲话》之影响属实，但决非一味沿袭，全无自家之创见。盐谷氏对鲁迅最大的启发，是一部中国小说史从神话讲起、视神话为小说之起源这一学术思路。所谓"抄袭"说，未免过甚其辞。而且，鲁迅从1909年起即开始搜集唐前小说佚文，最终汇成《古小说钩沉》稿本十册，成为后来撰写小说史的重要资料。鲁迅的小说史辑佚工作，早于盐谷氏著作之刊行，《不是信》中自陈"我都有我独立的准备"，并非虚言。

以上通过对两部著作之学术思路的辨析，试图为批驳"抄袭"说提供若干可靠的"内证"。"抄袭"说之不可信，除"内证"外，还有过硬的"外证"可为凭据，即鲁迅和盐谷温的学术交往。盐谷温对中国小说研究的贡献，除在《中国文学概论讲话》中充分肯定小说的价值与地位外，在作品和资料发掘上的成绩也甚为可观。在中国本土久已失传的元刊全相评话及明话本集"三言"就是由盐谷氏率先发现，并传回国内的。鲁迅在《中国小说史略》(订正本)题记中对此大加褒奖："盐谷节山教授之发见元刊全相评话残本及'三言'，并加考索，在小说史上，实为大事。"①根据这些新材料和研究成果，鲁迅订正了《中国小说史略》，对第十四、十五和第二十一篇进行了大幅修改。调换原第十四、十五篇的顺序，题目统一定为《元明传来之讲史》，内容也做出相应的调整，并增补了对新发现的作品和材料的论述。第二十一篇则增加了对《全像古今小说》和《拍案惊奇》的分析，内容也有较大扩充。此外，在自家的小说史著述中，鲁迅多次引用盐谷氏的研究成果。同样，盐谷温对鲁迅的学术成就也颇为推重，不仅在教学过程中参考《中国小说史略》，还与其他九位日本的中国小说史研究者联名写给鲁迅一张明信片，公开表达对鲁迅的中国小说史研究的敬意。这一则新近披露的材料，成为两位学者之间惺惺相惜的学术因缘的又一确证。明信片为竖行毛笔书写，上半面写收信人的地址及人名：

　　　上海北四川路底

　　　　内山书店　转交

　　　鲁迅先生

　　下半面是信文及签名：

---

① 鲁迅：《中国小说史略》(订正本)，上海：北新书局1931年9月版，《题记》第3页。

中国小说史学会读了一同记名以为念恭请撰安

盐谷温　内田泉　小林道一　松井秀吉　藤勇哲

荒井瑞雄　守屋祯次　松枝茂夫　黑木典雄　目加

田诚①

这张明信片写于1930年，由于邮戳日期模糊不清，不能确定是2月还是3月。此时《中国小说史略》订正本尚未出版，信中"读了"，当指1925年北新书局合订本或此前的新潮社本。

鲁迅和盐谷温的学术因缘和交往，不限于此。早在1926年，盐谷温的学生和女婿辛岛骁（增田涉在东京帝国大学文学部中国文学科的同班同学）到北京造访鲁迅，带来盐谷温所赠《至治新刊全相平话三国志》一部（即盐谷氏影印的《元刊全相评话》残本之一种），并稀见书目两种，即日本内阁文库现存书目《内阁文库书目》和日本古代的进口书帐《舶载书目》。1927年7月30日，鲁迅把这两种书目中的传奇演义类书籍和清钱曾《也是园书目》中的小说二段，合并编写为《关于小说目录两件》一文，发表于同年8月27日、9月3日《语丝》周刊第146—147期。两天后，鲁迅回赠辛岛骁《三宝太监西洋记通俗演义》《醒世姻缘》排印本各一部。②通过辛岛骁，鲁迅和盐谷温建立了学术联系，二人每当发现小说和戏曲的新材料，即互相寄赠。二

---

① 见《鲁迅研究月刊》2009年第6期，封三。信中"读了"指读了鲁迅《中国小说史略》。

② 鲁迅：《日记十五》，《鲁迅全集》第15卷，北京：人民文学出版社2005年11月版，第633页。

人互通书信,互赠书籍,这在《鲁迅日记》中多有记载,兹不一一举证。1928年2月23日,鲁迅和盐谷温终于在上海会面,盐谷温赠鲁迅《三国志平话》、杂剧《西游记》,并转交辛岛骁所赠旧刻小说、词曲影片七十四页,鲁迅回赠以《唐宋传奇集》。①鲁迅亲笔题字送给盐谷温的《中国小说史略》也保存至今。②从鲁迅和盐谷温的学术交往不难看出,二人在小说史研究上始终互相支持,互相推重。如果真有所谓"抄袭",鲁迅恐怕不会如此坦然地面对盐谷温,而盐谷温不断向鲁迅寄赠书籍资料,亦难免不辨是非之讥,无异于"开门揖盗"了。

1935年6月,《中国小说史略》日译本(增田涉译)出版,鲁迅为之作序云:"这一本书,不消说,是一本有着寂寞的运命的书。"③在自家著作问世后的十余年间,鲁迅的小说史研究曾得到各种各样的赞扬与诟病,但大抵是褒多于贬,鲁迅之于中国小说史学的开创地位和学术贡献,得到了公认。然而在鲁迅看来,《中国小说史略》一书的命运是寂寞的,在纷繁的赞扬与责难声中,自家的学术理念并未获得准确的理解和有效的阐释。

---

① 鲁迅:《日记十七》,《鲁迅全集》第16卷,北京:人民文学出版社2005年11月版,第71页。

② 参见李庆:《日本汉学史》第二部《成熟和迷途(1919—1945)》,上海:上海外语教育出版社2004年3月版,第444页。

③ 鲁迅:《且介亭杂文二集·〈中国小说史略〉日本译本序》,《鲁迅全集》第6卷,北京:人民文学出版社2005年11月版,第360页。

"寂寞"一语，充满了"难得知己"的悲凉之感。纵观20世纪上半叶的中国小说史研究，尽管鲁迅与胡适的学术成就难分高下，但以后者为代表的"实证派"研究实居于主流地位。胡适等人对中国古代小说的考证，将小说这一边缘性文类纳入学术研究的视野，以治经史的态度和方法从事小说研究，从根本上提升了其文化地位，并因此创建了学术研究的新范式，为后学开无数法门。胡适的小说史研究，在奠定中国小说史学的研究格局的同时，也形成了一座不易超越的理论高峰，更因后世学人的推重与承继，自成一派。然而，学术高峰在彰显其优长的同时，往往也暴露出内在的困境与矛盾。在"整理国故"的前提下，胡适之于中国古代小说，着力关注其"社会史料"价值，而相对忽视其作为文学文类的审美特质。如研究者所言："胡适关注的始终是'文本'产生的历史，而不是'文本'自身。"①即便偶有涉及，基于自家"历史癖"与"考据癖"，也使其论断往往"别具幽怀"。胡适在评判小说的艺术价值时，对写实笔法最为关注，也最为欣赏，在文学阅读趣味背后透射出史家的心态和视野。胡适等人对审美批评的相对忽视，逐渐强化了小说史研究的史学归属，并最终导致文学研究自身的"失语"。②这恰恰是鲁迅

---

① 陈平原：《现代中国学术之建立——以章太炎、胡适之为中心》，北京：北京大学出版社1998年2月版，第264页。
② 参见罗志田：《文学的失语：整理国故与文学研究的考据化》，见罗志田著：《裂变中的传承——20世纪前期中国的文化与史学》，北京：中华书局2003年5月版，第287页。

和胡适在中国小说史研究上的主要分歧所在。在与台静农的
通信中，鲁迅对胡适一派的研究作出如下评判：

> 郑君(引者按：指郑振铎)治学，盖用胡适之法，往往恃孤
> 本秘笈，为惊人之具，此实足以炫耀人目，其为学子所珍赏，宜
> 也。我法稍不同，凡所泛览，皆通行之本，易得之书，故遂了然
> 于学林之外，《中国小说史略》而非断代，即尝见贬于人。但此
> 书改定本，早于去年出版，已嘱书店寄上一册，至希察收。虽
> 曰改定，而所改实不多，盖近几年来，域外奇书，沙中残楮，虽
> 时时介绍于中国，但尚无需因此大改《史略》，故多仍之。郑
> 君所作《中国文学史》，顷已在上海豫约出版，我曾于《小说月
> 报》上见其关于小说者数章，诚哉滔滔不已，然此乃文学史资
> 料长编，非"史"也。但倘有具史识者，资以为史，亦可用耳。①

由此可见，鲁迅难以认同胡适、郑振铎等人"恃孤本秘笈，
为惊人之具"的治学方法，而特别关注研究者的"史识"，力图
通过对"史识"的强调，使小说史研究从史学笼罩下挣脱出来，
恢复小说作为文学文类的独立性。"史识"是鲁迅判断文学史
著作成就高下的首要标准。基于这一标准，鲁迅对同时代学
人的文学史著作评价极严。②与通信之中显示出的治学理念相

---

① 鲁迅：《320815① 致台静农》，《鲁迅全集》第12卷，北京：人民文学出版
社2005年11月版，第321—322页。着重号为引者所加。
② 在前引致曹靖华信中，鲁迅在列举几种文学研究著作后，评价为："这些
都不过可看材料，见解却都是不正确的。"鲁迅：《331220① 致曹靖华》，
《鲁迅全集》第12卷，北京：人民文学出版社2005年11月版，第523页。

比,鲁迅发言时的立场和心态也格外值得关注。该信写于1932
年,鲁迅时已远离学院,寓于上海从事自由撰述,"孑然于学林
之外"恰恰是鲁迅当时处境的真实反映。身处学界边缘,以局
外人的姿态立论,既造成与学院中人难以弥合的疏离感,又因
此获得隔岸观火的绝佳位置,得以洞彻学院派研究的种种缺
失。[①]而反观自家小说史研究的命运——《中国小说史略》或以
"长于考证"而得赞扬,或因"不善考证"而被疑"抄袭",在种种
赞赏与非议中,其"史识"却始终未获关注。在鲁迅看来,同时
代学者的中国文学史与小说史研究,于史料上勤于用力者不乏
其人,而能够在史料中凸显"史识"者却寥若晨星。在学术研究
上缺乏真正的同道,使鲁迅萌生"寂寞"之感;而寓居上海、远离
学院又使他"不复专于一业,一事无成"[②],计划中的中国文学
史最终未能完成,"一点别人没有见到的话"[③]也随之失去了言
说的契机,则更增添了鲁迅的"寂寞"。

──────────

① 鲁迅与胡适等人在小说史研究上的分歧,于方法之外,也包含对学术研
　究之文化担当的不同理解。鲁迅始终不以学者自居,与学院有意保持
　距离,在与学院派治学门径不同的背后,文化选择上的相异更为关键。
② 鲁迅:《两地书·一三五》,《鲁迅全集》第11卷,北京:人民文学出版社
　2005年11月版,第323页。
③ 鲁迅在《两地书·六六》中说:"但如果使我研究一种关于中国文学的
　事,大概也可以说出一点别人没有见到的话来"。《鲁迅全集》第11卷,
　北京:人民文学出版社2005年11月版,第187页。

第四章　小说怎样考证

——胡适"中国章回小说考证"
与中国小说史学的兴起

　　作为现代中国学术之新范式的建立者①,胡适在人文学科的诸领域中均做到了开风气之先。对中国小说史学而言亦如是。作为胡适大力倡导的"整理国故"运动的重要组成部分,中国小说史研究不仅承载着提升白话文学地位的文化使命,也体现出以小说为社会史料的阅读趣味。以《〈水浒传〉考证》和《〈红楼梦〉考证》为代表的"中国章回小说考证"②系列论文,

①胡适对现代中国学术的典范意义,余英时《中国近代思想史上的胡适——〈胡适之先生年谱长编初稿〉序》一文率先加以总结和表彰。见[美]余英时:《重寻胡适历程——胡适生平与思想再认识》,桂林:广西师范大学出版社2004年9月版,第157—220页。

②这些论文最初是为汪孟邹、汪原放主持的上海亚东图书馆出版的一系列标点本中国古典小说所作,或名为"考证",或名为"序""跋"。1942年,大连实业印书馆汇集这部分文字,出版《中国章回小说考证》一书,包括:《〈水浒传〉考证》、《〈水浒传〉后考》(附《致语考》)、《百二十回本〈忠义水浒传〉序》、《〈水浒〉续集两种序》、《〈红楼梦〉考证》、《重(转下页)

与胡适的大部分学术著作一样,具有"教人以方法"的典范意义①,其学术思路与写作策略,启发并规范了几代学人。胡适对小说史研究的学术期待与文化诉求,不仅在他本人的著述中得到了较为有效的呈现,更经其弟子和学术追随者顾颉刚、孙楷第、周汝昌等人的进一步倡导与发挥,逐渐蔚为大观。尽管随着小说史资料的不断发现和小说史观念的日益更新,后世的研究较之胡适有一定的突破与超越,胡适的一些学术论断,尤其是对作品的审美判断,也常常遭到诟病②;但其基本思路为后

(接上页)印乾隆壬子本〈红楼梦〉序》、《考证〈红楼梦〉的新材料》、《跋〈红楼梦考证〉》、《〈西游记〉考证》、《〈三国演义〉序》、《〈三侠五义〉序》、《〈官场现形记〉序》、《〈海上花列传〉序》、《〈镜花缘〉的引论》。由于该书出版于抗战时期的沦陷区,并未得到胡适本人授权,显然属于盗版书,且并未收录胡适有关中国古典小说考证的全部文字,故本章将书名号改为引号,将胡适的中国古典小说研究论著通称为"中国章回小说考证"。

① 对此胡适曾多次予以承认。在《〈胡适文存〉序例》中称:"我的唯一的目的是注重学问思想和方法。故这些文章无论是讲实验主义,是考证小说,是研究一个字的文法,都可以说是方法论的文章。"见欧阳哲生编:《胡适文集》第2卷,北京:北京大学出版社1998年11月版,第1页。在《介绍我自己的思想》中还特别强调:"我的几十万字的小说考证,都只是用一些'深切而著明'的实例来教人怎样思想。"见欧阳哲生编:《胡适文集》第5卷,北京:北京大学出版社1998年11月版,第517页。

② 胡适曾有《狸猫换太子故事的演变》一文(载1925年3月14日、21日《现代评论》第一卷第十四、十五期),考察传说的变迁沿革,但顾颉刚的"孟姜女故事"研究,在学术视野与理论深度上显然有所超越。此外,孙楷第对通俗小说书目的整理、周汝昌对曹雪芹家世的考证,都在胡适开辟的学术路径上有显著推进。而胡适晚年在与后学的通信中反复强调《红楼梦》"在文学技术上比不上《海上花列传》,也比不上《老(转下页)

学所承继，至今仍保持着旺盛的学术生命力。胡适对中国小说史学的贡献，不在于某些具体论断的确凿不移，而在于开辟了一条新的学术路径，并最终奠定了中国小说史学的学术路径与品格。

一

　　1921年7月11日，来华两年又两个月的美国实用主义哲学大师约翰·杜威离开中国，其亲传弟子胡适携长子祖望送行。胡适对导师的离去依依不舍，并在当天的日记中表达了对杜威的惜别和仰慕之情：

> 　　杜威先生今天走了。车站上送别的人甚多。我带了祖儿去送他们。我心里很有惜别的情感。杜威先生这个人的人格真可做我们的模范！他生平不说一句不由衷的话，不说一句没有思索过的话。只此一端，我生平未见第二人可比他。[①]

　　终胡适一生，对世界思想文化名人的评价之高，无出于杜

（接上页）残游记》"，更被视为审美误断的"范例"。参见胡适1961年11月20日致苏雪林信，1961年11月24日致高阳信，见胡颂平编著：《胡适之先生年谱长编初稿》（校订版）第九卷，台北：联经出版事业公司1990年11月版，第3374、3386页。

① 见曹伯言整理：《胡适日记全编》第3卷，合肥：安徽教育出版社2001年10月版，第368页。

威之右者，而其做人作文也始终奉乃师为楷模，直到晚年，仍念念在心，反复申说。①作为对胡适产生终身影响的学者，杜威的学说也经由其弟子的大力鼓吹和亲身实践，在中国现代思想史和教育史上均产生了巨大反响。②杜威来华之时，胡适已经以其"文学革命"首倡者的身份驰名海内。然而，尽管身为"五四"新文化运动的领袖人物，胡适却丝毫不敢掠美，在不同场合反复强调杜威思想对其新文学主张、尤其是治学方法的深刻影响。表面上看，胡适一生的思想与治学都局限在杜威学说的体系之中，无论是世界观还是方法论均没有越雷池一步。但事实上，却不能将胡适简单地视为杜威思想的中国翻版，忽视其自身的主体性。胡适在接受与传承乃师思想的过程中，时有选择和发挥。特别是回国以后，在中国本土的文化语境中观察和研究中国问题时，对杜威思想的选择更为主动，发挥也更为自如。可见，胡适与杜威的思想关联，体现为一种在接受中有选择、在传承中有发挥的对话关系。胡适从事中国小说史研究的代表性论著——"中国章回小说考证"系列论文正是这一对话关系的产物。这组论文不仅是胡适的研究旨趣和治学方法的集中代表，成为现代中国学术史上的一种研究范式，而且在中国传统

①胡适晚年在其口述自传中，还特别强调"杜威教授当然更是对我有终身影响的学者之一"，并举出若干影响的实例。参见唐德刚译：《胡适口述自传》，北京：华文出版社1992年8月版，第102—104页。
②参见元青：《杜威与中国》，北京：人民出版社2001年9月版，第216—231页。

的"考证之学"和杜威的"实验主义"之间寻求交集,最能体现胡适"不疑处有疑"和"有疑处不疑"的思维方式,承载胡适对杜威思想在传承中的自我发挥之处,更是展现胡适与杜威、乃至整个中国与西方之间思想对话的绝佳范例。

1915年9月,胡适由康奈尔大学转学至哥伦比亚大学哲学系研究部。之所以离开康奈尔,除逃避友朋之间无休止的应酬外,还出于对哥伦比亚大学哲学系在学界的崇高威望的仰慕,尤其是对杜威的思想甚为心仪。[1]胡适最终得偿所愿,师从杜威,并在其指导下完成博士学位论文。杜威人格与思想的巨大感召力,使胡适终身以"实用主义哲学的传人"自励。杜威在华期间,胡适几乎全程陪同,并以其精彩的翻译,使杜威的英文演讲产生了轰动效应,促使杜威的哲学思想和教育思想在中国得到了有效的传播,并因此奠定了自家"杜威思想的中国传人"的身份。[2]

胡适对杜威实用主义哲学思想的传承,不限于其博士学位论文,还表现在回国后的一系列宣扬新文化的著述中,以及在杜威来华前后,对其思想不遗余力的鼓吹。在此期间,胡适先后发表《实验主义》《杜威哲学的根本观念》《杜威论思想》《杜

---

[1] 参见唐德刚译:《胡适口述自传》第五章《哥伦比亚大学和杜威》,北京:华文出版社1992年8月版,第95—109页。

[2] 胡适对杜威的敬慕,不限于思想,也在于情感。除前引《胡适日记》外,杜威归国后,胡适为次子取名"思杜"——思念杜威之意,从中可见一斑。

威的教育哲学》等多篇论文,在杜威离开中国的前一天,还撰写了《杜威先生与中国》一文,情真意切。这些文字中,对实用主义哲学思想最为全面详尽的介绍,当属《实验主义》。该文最初发表于1919年4月15日出版的《新青年》第6卷第4号,共分四部分,包括"引论""皮耳士——实验主义的发起人""詹姆士的心理学"和"詹姆士论实验主义",介绍了实用主义哲学思潮由皮尔士到威廉·詹姆斯的演变历程。后与《杜威哲学的根本观念》《杜威论思想》《杜威的教育哲学》这三篇论文合并为长文《实验主义》(三文分别作为第五、六、七部分),收入《胡适文存》一集。对该文的内容,本章不作转述,只需指出该文用近一半篇幅介绍杜威思想,着力突出其在实用主义哲学流派中的主导地位,阐述的内容与杜威思想大体吻合,评价也较为公允,并无过甚其辞之处,对实用主义哲学在中国的传播贡献多多。表面上看,该文以介绍为主,甚至亦步亦趋,力求若合符节,绝少自我发挥之处。但事实上,胡适在介绍和阐释杜威思想时不无主观色彩,并有独特的理解和创造性的发挥,将以杜威为代表的实用主义哲学流派的主要观念,总结为"科学试验室的态度"和"历史的态度",体现出对杜威实用主义哲学思想的传承中的选择,接受中的背离。

　　首先,胡适将实用主义哲学划分为以下两种趋向:一是Pragmatism(这是"实用主义"一词的英文表述,胡适译为"实际主义"),二是Experimentalism(胡适称为"实验主义"),"'实际主义'(Pragmatism)注重实际的效果;'实验主义'(Experimentalism)

虽然也注重实际的效果,但他更能点出这种哲学所最注意的是实验的方法"①。胡适一直把实用主义称为"实验主义",强调效果之外的方法的重要性,并不是出于对杜威思想的误解,而是在接受过程中的别有会心,出于对方法问题的格外关注。这显然属于胡适的创造性发挥。其次,胡适将实用主义哲学与达尔文进化论相勾连,强调后者对前者的决定性意义,并据此将实用主义哲学的根本观念总结为"进化观念在哲学上应用的结果,便发生了一种'历史的态度'(The genetic method)"②。这也很难说是对实用主义哲学的准确阐释,而更多地出于胡适对进化论的主观认同与强烈好感。无独有偶,在此前提到的作于杜威离华前一天的《杜威先生与中国》中,胡适进一步阐述了杜威思想,虽不及《实验主义》一文详尽博洽,却有简洁明晰之长:

> 他的哲学方法总名叫做"实验主义";分开来可作两步说:
>
> (1)历史的方法——"祖孙的方法"　他从来不把一个制度或学说看作一个孤立的东西,总把他看作一个中段:一头是他所以发生的原因,一头是他自己发生的效果;上头有他的祖父,下面有他的子孙。捉住了这两头,他再也逃不出去了! 这个方法的应用,一方面是很忠厚宽恕

---

① 胡适:《实验主义》,见欧阳哲生编:《胡适文集》第2卷,北京:北京大学出版社1998年11月版,第208—209页。
② 胡适:《实验主义》,见欧阳哲生编:《胡适文集》第2卷,北京:北京大学出版社1998年11月版,第212页。

的,因为他处处指出一个制度或学说所以发生的原因,指
出他的历史的背景,故能了解他在历史上占的地位与价
值,故不致有过分的苛责。一方面,这个方法又是最严厉
的,最带有革命性质的,因为他处处拿一个学说或制度所
发生的结果来评判他本身的价值,故最公平,又最厉害。
这种方法是一切带有评判(Critical)精神的运动的一个重
要武器。

　　(2)实验的方法　实验的方法至少注重三件事:(一)
从具体的事实与境地下手;(二)一切学说思想,一切知识,
都只是待证的假设,并非天经地义;(三)一切学说与理想
都须用实行来试验过;实验是真理的唯一试金石。第一
件,——注意具体的境地,使我们免去许多无谓的假问题,
省去许多无意义的争论。第二件,——一切学理都看作
假设——可以解放许多"古人的奴隶"。第三件,——实
验——可以稍稍限制那上天下地的妄想冥思。实验主义
只承认那一点一滴做到的进步,——步步有智慧的指导,
步步有自动的实验——才是真进化。①

该文发表在《晨报》后,胡适将剪报附在日记之中,并指出"中国
真懂得杜威先生的哲学的人,实在不多,故我很想使大家注重

----

① 胡适:《杜威先生与中国》,见欧阳哲生编:《胡适文集》第2卷,北京:北
　京大学出版社1998年11月版,第280页,着重号为原文所有。

这一个真正有益的一点——方法"①。将杜威哲学思想的核心价值定位于"方法"之上，这是胡适一以贯之的看法。但以杜威为代表的实用主义哲学流派，其立论自然不限于方法论层面，也涉及本体论和认识论范畴。胡适对其方法论价值的一味强调，有失片面。实用主义哲学的兴起，固然与近代科学的发达密切相关，但其核心价值并不单纯维系在进化论学说的基础之上。②胡适将实用主义总结为"历史的方法"，显然是以进化论为依据的。而证之以胡适在《介绍我自己的思想》一文中的表述：

> 我的思想受两个人的影响最大：一个是赫胥黎，一个是杜威先生。赫胥黎教我怎样怀疑，教我不信任一切没有充分证据的东西。杜威先生教我怎样思想，教我处处顾到当前的问题，教我把一切学说理想都看作待证的假设，教我处处顾到思想的结果。③

赫胥黎正是"社会达尔文主义"的代表人物。胡适自陈受到赫胥黎与杜威的影响，两人分别代表的进化论和实用主义思想在胡适身上都有明显的体现。而在接受过程中，赫胥黎和杜威的

① 见曹伯言整理：《胡适日记全编》第3卷，合肥：安徽教育出版社2001年10月版，第368页。
② 对杜威实用主义哲学的解说，参见［美］梯利著、葛力译：《西方哲学史》（增补修订版），北京：商务印书馆1995年7月版，第623—626页，第733—737页。
③ 胡适：《介绍我自己的思想》，见欧阳哲生编：《胡适文集》第5卷，北京：北京大学出版社1998年11月版，第507—508页。

思想也互为因果。可见,胡适借助进化论理解实用主义,又透过实用主义接受进化论。在情感层面,胡适显然更侧重于杜威,但在接受杜威思想时,却难以避免先在的进化论眼光。由此可见,胡适强调实用主义哲学的"实验性"内涵,放大其方法论价值,做出了个人化的解读。这样看来,胡适对杜威思想的理解,不仅出于对乃师学说的接受和传承,也在有意无意之间形成了微妙的背离与超越,从而使其对实用主义哲学的阐释,不无夫子自道式的自我言说意味。正是在对杜威思想的选择性接受和自我发挥之中,体现出胡适对实用主义哲学的创造性理解,也使其与杜威之间的思想传承,超越了单纯的影响与被影响,呈现为一种对话的关系。

　　胡适终身奉杜威为师,在西学领域可谓师出名门,渊源有自,但其毕生关注和研究的,却是中国本土的思想和文学问题。这又使他在面对具体的研究对象时,一方面取法西方,另一方面又不肯轻易放弃本土的治学理念和方法,力图在中西思想与学术中寻求交集。无论是其终生信奉的"大胆的假设,小心的求证"的十字真言①,还是对中国古代"汉学"方法的肯定,在胡适的言说中都具有中西合璧的色彩。尤其是后者,不仅属于胡适钟情一生的方法问题,而且对"考证之学"的关注,更是早在赴美留学之前,并在接触实用主义哲学后,与之相印证,发掘出

---

① 胡适:《清代学者的治学方法》,见欧阳哲生编:《胡适文集》第2卷,北京:北京大学出版社1998年11月版,第288页。

考证方法的科学性,将其与实验的方法相类同、相对举。①胡适在这方面最杰出的贡献和最具有典范意义的工作,在于将小说文类与考证方法的聚合。同样,正是在中国小说史学的研究领域中,胡适试图整合中西学术,对杜威思想的接受与选择,及其自我发挥之处,也蕴含其中。

二

1929年,有志于从事小说目录学研究的孙楷第致信胡适,说:

> 窃尝谓吾国小说俗文素被摈斥,收藏家不掇拾,史学家不著录,考证家不过问,使七八百年以来负才之士抱冤屈而不得伸。独先生于"五四"之际,毅然提倡,不仅为破坏工作,兼从事于积极整理,为小说抬高身分,使风气稍稍转移,今之读书人犹肯从事于此,实源渊于先生,可谓豪杰之大先天下之忧乐者也!②

孙楷第大力褒奖胡适对小说史研究的学术贡献,实非过誉。小说文类,在中国古代奉诗文为正统的文学体系中,一直处于边缘性地位,受到身居庙堂的士大夫的轻视。尽管个别上

① 参见唐德刚译:《胡适口述自传》第六章《青年期逐渐领悟的治学方法》,北京:华文出版社1992年8月版,第133—144页。
② 见杜春和、韩荣芳、耿来金编:《胡适论学往来书信选》上卷,石家庄:河北人民出版社1998年8月版,第495页。

层文人偶有触及，参与小说阅读和创作，但也是将小说视为消闲的对象，并未赋予其独立的文学地位。有清以来，小说的地位有所提升，有文人开始关注白话小说的严肃性："《红楼梦》热这种现象使得小说的严肃性已经成为无可否认的事实。"[1]但这一提升不过是小说文类内部的自我调整，在整体的文类等级秩序中，小说仍居于诗文之下，很难对诗文的正统地位构成有力的挑战。真正使小说的文类等级获得提升，实有赖于晚清至"五四"两代学人之力。以梁启超为代表的晚清学人，奉小说为"文学之最上乘"，在以诗文为正统的士大夫阶层中提升了小说的地位。相对而言，以胡适等为代表的"五四"学人，淡化了梁启超等人推崇小说背后强烈的政治诉求，体现出较为纯粹的学术眼光。"五四"学人视小说为学术研究对象，采用西来之文学史（小说史）的研究体式，将小说作为占据中心地位的文类，纳入中国文学史的叙述之中。对小说的文学价值和地位的发现，使作家逐渐摈弃了视小说创作为正业之余的悠闲笔墨这一观念，也改变了读者将小说作为消闲阅读对象的态度，重构了

---

① ［美］宇文所安著，宇文秋水译：《过去的终结：民国初年对文学史的重写》，载刘东主编：《中国学术》2001年第1辑，北京：商务印书馆2001年1月版，第184页。宇文所安认为，清代"传奇和杂剧虽然总的来说仍被排除在'四部'之外，但是已经很明显地获得了'高级文学体裁'的地位"。这一论断未免言过其实。如果比照清代诗文和小说戏曲的地位，会发现后者尽管有所提升，但诗文的正统地位依然如故。而且，倘若小说已获得"高级文学体裁"之殊荣，清末梁启超等人也就无须倡导"小说界革命"；林纾翻译西方小说，也无须以"史迁笔法"自我期许了。

中国人的"小说想像",并最终形成一种新的阅读趣味和审美理想。

　　作为新文学倡导者,胡适的主要贡献在于揭开"文学革命"的序幕,并通过一系列论著对新文学进行了系统的理论建构。而小说在这一理论建构的过程中起到至为关键的作用,成为胡适新文学理论的主要依据和资源。早在1906年,时在上海中国公学读书的胡适,就在《竞业旬报》上连载长篇章回体小说《真如岛》,意在"破除迷信,开通民智"①。以小说为启蒙之利器,此时的胡适与晚清学人同一声气,这是其从事新文化建设的起点。赴美留学期间,胡适进一步构筑了以白话文学为正宗的文学史观念,日记中即有"清文正传不在桐城、阳湖,而在吴敬梓、曹雪芹、李伯元、吴趼人诸人也"的论断。②1917年1月发表《文学改良刍议》,揭开了"文学革命"的序幕。③该文不仅提出文学改良的"八事"主张,而且从"一时代有一时代之文

① 胡适:《四十自述·在上海(二)》,见欧阳哲生编:《胡适文集》第1卷,北京:北京大学出版社1998年11月版,第80—81页。

② 胡适1916年9月5日日记《王阳明之白话诗》,见曹伯言整理:《胡适日记全编》第2卷,合肥:安徽教育出版社2001年10月版,第482页。

③ "文学革命"的口号,胡适在留美期间与人讨论新旧文学问题时即已提出,只是撰文寄给《新青年》时,考虑到反对者的压力和当时国内的舆论状况,改作较为平和稳健的"文学改良"这一称谓。参见《胡适留学日记》卷十四《一四、文学革命八条件》,见曹伯言整理:《胡适日记全编》第2卷,合肥:安徽教育出版社2001年10月版,第464—465页。胡适:《逼上梁山——文学革命的开始》,见欧阳哲生编:《胡适文集》第1卷,北京:北京大学出版社1998年11月版,第143页。

学""文学因时进化，不能自止"的进化史观出发，强调以白话取代文言，力图确立白话文学的正宗地位："然以今世历史进化的眼光观之，则白话文学之为中国文学之正宗，又为将来文学必用之利器，可断言也。"①可见，胡适试图借助一种新的文学史观念——以白话文学为正宗的进化史观——达到建构新文学观念的目的。②而这一观念的主要实践，就是其文学史和小说史研究。

　　作为文学史家，胡适的主要工作在于从"整理国故"的纲领出发，重新梳理了中国文学的变迁沿革。1919年11月，胡适发表《新思潮的意义》，提出"研究学问，输入学理，整理国故，再造文明"的新文化建设之纲领，成为他由文化批判转向学术研究的重要标志。尽管胡适强调"整理国故"旨在以"评判的态度"

① 胡适：《文学改良刍议》，见欧阳哲生编：《胡适文集》第2卷，北京：北京大学出版社1998年11月版，第7、14页。

② "一代有一代之文学"这一命题，在晚清至"五四"得到了两代学人的反复申说，但其背后的思维方式并不都因循进化论。如王国维《宋元戏曲史·序言》开篇有云："凡一代有一代之文学：楚之骚，汉之赋，六代之骈语，唐之诗，宋之词，元之曲，皆所谓一代之文学，而后世莫能继焉者也。"上海：华东师范大学出版社1995年12月版，第1页。就是依文类立论，指出某一文类在某一朝代达到其高峰，所谓"后世莫能继焉者"即指文类自身的发展状况而言，各文类之间不存在相互取代的递进关系。《宋元戏曲史》以戏曲这一中国古代的边缘文类为研究对象，借用"一代有一代之文学"的命题，意在突出其文学史地位，并非奉进化论为圭臬。进化论真正大行其道并深入人心，实有赖于胡适等人在"文学革命"时期的大力倡导。

重新估定历史文化遗产的价值①，然而以新文学倡导者的身份
主张阅读古书，还是引起了人们的非议和责难，使他不得不宣
称"我所以要整理国故，只是要人明白这些东西原来'也不过如
此'"，"化黑暗为光明，化神奇为臭腐，化玄妙为平常，化神圣为
凡庸：这才是'重新估定一切价值'"②。这一价值重估的努力，
与杜威实用主义哲学的基本价值取向极其吻合。但胡适也结
合自家所处的现实语境有所发挥。事实上，"整理国故"的主张
隐含着胡适推进"文学革命"的文化策略。"文学革命"发生后，
尽管新文学凭借其倡导者的广泛宣传，并通过与反对者的论争
初步建立起来，但要使之得到根本确立，还需要从历史的角度
寻求理论支持。胡适借助"整理国故"系统梳理中国文学史，从
文学史的发展趋势上肯定白话文学的"正宗"地位，正是为新文
学合理性与合法性寻求历史依据。③其"中国章回小说考证"系
列论文，以及《国语文学史》和《白话文学史》这两部关系密切的

---

① 胡适：《新思潮的意义》，见欧阳哲生编：《胡适文集》第2卷，北京：北京
　　大学出版社1998年11月版，第552页。
② 胡适：《整理国故与"打鬼"》，见欧阳哲生编：《胡适文集》第4卷，北京：
　　北京大学出版社1998年11月版，第117—118页。
③ 胡适在《〈中国新文学大系·建设理论集〉导言》中称："我们特别指出白
　　话文学是中国文学史上的'自然趋势'，这是历史的事实。……我们再
　　三指出这个文学史的自然趋势，是要利用这个自然趋势所产生的活文
　　学来正式替代古文学的正统地位。简单说来，这是用谁都不能否认的
　　历史事实来做文学革命的武器。"《中国新文学大系·建设理论集》，上
　　海：良友书局1935年10月版，第20—21页。

文学史著作，均可视为上述文化策略的产物。

《国语文学史》是1921年至1922年分别在教育部国语讲习所和南开大学所做演讲的讲义，其间有一定的调整修改；《白话文学史》则是在前者的基础上，吸收国内外新发现的文学史料和学术界新的研究成果，增删修订而成。[①]尽管《白话文学史》只及中唐，未成完璧，但胡适的文学史观得到了较为充分的彰显。在该书序言列出的"《国语文学史》的新纲目"中，自先秦至清代，小说逐渐居于文学史叙述的中心地位。这与胡适1922年3月3日所作《文学革命运动》一文中对白话文学史的分歧相呼应。该文将白话文学史划分为五个时期：

一、汉魏六朝"乐府"。

二、唐代的白话诗和禅宗的白话散文。

三、五代的白话词，北宋柳永、欧阳修、黄庭坚的白话词，南宋辛弃疾一派的白话词。

四、金、元时代的白话小曲和白话杂剧。

五、明清白话小说。

并强调明清两代"五百年流行最广，势力最大，影响最深，就是《水浒》、《三国》、《西游》、《红楼》等几部小说。……白话小说起于宋代，到明朝已进入成人时期。"[②]如前文所述，胡适对白

[①] 由《国语文学史》到《白话文学史》的流变及相互间的差异，参见曹伯言：《从〈国语文学史〉到〈白话文学史〉》，载《学术界》1993年第2期。

[②] 见胡颂平编著：《胡适之先生年谱长编初稿》（校订版）第二卷，台北：联经出版事业公司1990年11月版，第478页。

话文学史的建构,是从历史进化的文学观念出发,对中国古代文学进行重新估价,以此为其"文学革命"主张寻求历史依据,进而实现建立新文学的文化理想。在胡适看来,"白话文学史就是中国文学史的中心部分"①,一部中国文学史就是"古文文学的末路史"和"白话文学的发达史"②。这种"双线文学史观"在学理上的得失姑且不论,值得关注的是,胡适怎样通过这种文学史建构方式,将小说纳入文学史的叙述框架之中,提升其文类等级,并进而实现建立新文学的文化策略。从历史进化的"双线文学史观"出发,中国文学史被胡适描述为白话文学不断进化,逐渐占据文学发展的主流,动摇并最终取代古文文学正宗地位的历史,表现为"活文学"对"死文学"的征服。在这一文学史叙述的"剧情主线"中,小说这一长期被轻视的边缘性文类,逐渐占据了显要位置。在胡适构筑的"白话文学史"体系中,每一个时代都有一种代表性的文学文类,能够彰显这一时代白话文学的主要成就:汉魏有民歌、唐宋有白话诗词、元代有戏曲,至明清两代,小说则居于中心地位,而且随着白话文学对古文文学的不断"征服",小说的地位也逐渐提升。基于这种白话文学"代变"而"代胜"的文学史建构方式,小说地位的提升,成为文学史变革的大势所趋,无可争辩地作为明清两代文

---

① 胡适:《〈白话文学史〉自序》,见欧阳哲生编:《胡适文集》第8卷,北京:北京大学出版社1998年11月版,第146页。

② 胡适:《白话文学史·引子》,见欧阳哲生编:《胡适文集》第8卷,北京:北京大学出版社1998年11月版,第151页。

学的主要成就的代表。胡适曾指出:"清朝的文学,除了小说之外,都是朝着'复古'的方面走的"①,"在我们自己的时代,那唯一可以被称作活文学的作品便是'我佛山人'(吴趼人)、'南亭亭长'(李伯元)和'洪都百炼生'(刘鹗)等人所写的《官场现形记》、《二十年目睹之怪现象》、《九命奇冤》和《老残游记》。"②这一具有"托古改制"③意味的文学史思路,使"五四"新文学不再是横空出世的孤立现象,而成为白话文学发展的最新和最高阶段的产物。这就为新文学的确立提供了看起来相当严密的历史逻辑,新文学的确立也因此获得合法性。

胡适晚年在总结新文化运动的历史成就时,把"文学革命"成功的原因归结为以下两点:一,"反对派实在太差了";二,"用历史法则来提出文学革命这一命题,其潜力可能比我们所想象的更大。把一部中国文学史用一种新观念来加以解释,似乎是更具说服力。这种历史成份重于革命成份的解释对读者和一般知识分子都比较更能接受,也更有说服的效力"④。前者固然是在新文学倡导者和反对者的论争尘埃落定、胜负已分之后,以胜利者的姿态回首当年,不无得意;后者则是胡适对其文学

① 胡适:《〈词选〉自序》,见欧阳哲生编:《胡适文集》第4卷,北京:北京大学出版社1998年11月版,第548页。

② 见唐德刚译:《胡适口述自传》,北京:华文出版社1992年8月版,第161页。

③ 参见黎锦熙:《〈国语文学史〉代序》,见欧阳哲生编:《胡适文集》第8卷,北京:北京大学出版社1998年11月版,第5页。

④ 见唐德刚译:《胡适口述自传》,北京:华文出版社1992年8月版,第185—186页。

史观的历史总结。由此可见，正是出于为建立新文学提供历史依据的目的，胡适选择并最终确立历史进化的白话文学史观，作为构筑中国文学史的基本线索，从而决定了"小说成为文学"——进入中国文学史叙述框架的身份和姿态。新文学倡导者的理论立场和言说策略，决定了胡适对小说的定位和取舍——白话而非文言。尽管胡适认为先秦诸子的寓言"可当'短篇小说'之称"、《世说新语》"很有'短篇小说'的意味"、《虬髯客传》"可算得上品的'短篇小说'"①，但在小说史研究中最为用力的主要还是白话小说，纳入"考证"视野的也主要是章回小说。②综上可知，胡适的中国文学史和小说史研究，促成了小说文类和新文学理念的价值互补：小说凭借白话文学的身份参与新文学的建构，为后者提供了历史依据；而新文学的建立，又保证了小说地位持续稳步的上升。

三

　　胡适使"小说作为文学"，将其纳入中国文学史的叙述框

---

① 胡适：《论短篇小说》，见欧阳哲生编：《胡适文集》第2卷，北京：北京大学出版社1998年11月版，第106、108、110页。

② 在胡适公开发表的文字中，专门讨论白话短篇小说的只有《宋人话本八种序》。在其"小说考证"系列中，唯一涉及的文言小说是《聊斋志异》，但主要是对作者蒲松龄生平的考证，相关论文也未收入实业印书馆的《中国章回小说考证》一书。

架中,解决了"小说可以读,可以研究"的问题。至于"小说怎样读,怎样研究",则取决于胡适对"方法"的选择。

"方法"对胡适而言具有特殊的意义。如前文所述,胡适承认在治学方法上受到赫胥黎进化论和杜威实验主义哲学的影响,并以此为参照,在清代考据学中发现了"科学"精神,从而总结出"大胆的假设,小心的求证"的十字真言。这既是胡适治学的基本原则,也是支撑其"文学革命"主张的理论基础。胡适大部分学术著作都有教人以"拿证据来"的思想方式和治学方法这一终极目的。大力倡导"文学革命",也意在传播其重实证的科学法则和科学精神。据此,胡适的学术研究、特别是小说史研究在现代中国学术史上构成一种研究范式,提供了一种具有"范式"意义的方法论。①对胡适而言,"方法"不仅仅是学术研究中的技术因素,而且具有决定性意义:"方法"决定了胡适发现问题、思考问题的视角和眼光,也决定了他对研究对象的取舍与判断。对"方法"的格外关注,使胡适在接受杜威实用主义哲学时别有怀抱,将乃师思想化约为一种方法论,进行了颇能凸显自家个性的发挥。

---

① 陈平原《胡适的文学史研究》指出:"胡适的这两部大书(引者按:指《中国哲学史大纲》和《白话文学史》)都是建立'典范'(paradigm)之作,既开启了新途径,引进了新方法,提供了新概念,又留下了不少待证的新问题。……其意义主要不在自身论述的完美无瑕,而在于提供了示范的样板。"见王瑶主编:《中国文学研究现代化进程》,北京:北京大学出版社1996年12月版,第215页。

　　应指出的是,在新文学倡导者中,胡适最乐于并善于进行自我言说。这与他对自传文体的高度关注和积极倡导密切相关[1],意在通过对其自传的经营,以身作则,身体力行。与此同时,对自家文化身份和历史使命的自我期许,使胡适将文稿、演讲稿,乃至书信、日记等私人性文本,均视为其新文化主张的重要载体,下笔审慎,结构精心,从不肯放过任何一个宣扬自家理念的机会。胡适在新文化运动初期因倡导"文学革命"而骤得大名,不满27岁即被聘为北京大学教授,学术起点甚高。作为先觉者的一言一行时时受到广泛的关注。面对同行和读者期待的目光,胡适也不断地进行自我言说,强化众人和自家对先觉者形象的期许:似乎在新文化运动前的一举一动,都是在为即将到来的"文学革命"做准备,经过了胡适的深思熟虑,目的性与方向感十足。应该说,此举不无为名所累的意味:以宣扬新文化而闻名于世,新文化也就成为外界对胡适文化身份的基本定位。在众人眼中,胡适之于新文化,不容不做,亦不容改做,稍有差池,即引起质疑和责难。这使胡适几乎终生都在解释中度日。尽管胡适对此尚可应对自如,而且似乎乐此不疲,但事后追认的言说立场,还是遮蔽了促成其新文化主张的诸多偶然性因素,掩盖了先觉者形象背后的某些个人趣味,尤其是掩盖了胡适在亦步亦趋地接受杜威思想过程中的自我选择与

---

① 参见陈平原:《中国现代学术之建立——以章太炎、胡适之为中心》,北京:北京大学出版社1998年2月版,第216页。

发挥。

　　胡适对方法的反复言说亦如是。在学术论著中，胡适不断强调方法的重要性，赋予其对学术研究的决定性意义，并进一步将自家治学的基本方法定位在"考证"之上。①除前引《清代学者的治学方法》和《〈胡适文存〉序例》中对方法的强调外，1921年8月13日，在与顾颉刚谈编写《中国历史》诸问题时说："整理史料固重要，解释（interpret）史料也极为重要。中国止有史料——无数史料，——而无有历史，正因为史家缺欠解释的能力。"②约一年后，在与日本学者今关近麿的谈话中，出言更为大胆：

> 我们的使命，是打倒一切成见，为中国学术谋解放。
> 我们只认方法，不认家法。
> 中国今日无一个史家。③

如此"心中有法，目中无人"式的论断，基于胡适手握杜威实用主义哲学这柄"尚方宝剑"，从而对自家治学方法产生高度的自

---

① "方法"不仅是胡适学术研究的自我期许，也成为他衡量旁人学术著作的标尺。在为孙楷第《日本东京所见中国小说书目提要》所作序言中，胡适称赞孙楷第"是今日研究中国小说史最用功又最有成绩的学者。他的成绩之大，都由于他的方法之细密。他的方法，无他巧妙，只是用目录之学做基础而已。"见欧阳哲生编：《胡适文集》第5卷，北京：北京大学出版社1998年11月版，第334页。
② 见曹伯言整理：《胡适日记全编》第3卷，合肥：安徽教育出版社2001年10月版，第431页。
③ 见曹伯言整理：《胡适日记全编》第3卷，合肥：安徽教育出版社2001年10月版，第772页。

信,也进一步强化了胡适在学术界的自我定位和期许。[①]胡适以科学的眼光考量中国传统学术,在清儒家法和杜威实用主义哲学之间寻找交集,于是,在清学的考证方法中发现了与科学理念的相契合处——实证性。在胡适看来,考证方法经过科学理念的改造与整合,已不为中国传统学术所囿,而能够与"科学"的研究方法——杜威实用主义哲学——产生交汇和良好的互动,甚至因此获得了解放和再生,得以纳入胡适的思想体系之中,成为自家得以安身立命的学术根基,并担负起"整理国故"——建设新文化的历史使命。

　　不过,胡适选择考证作为治学的主要方法,不仅出于对杜威思想的认同与接受,回国之初的学术环境,及其带来的巨大压力,也促成这一选择。胡适最初因提倡白话文而被蔡元培延请,担任北大教职。彼时北大文科正笼罩在一股考证学风之下,当时最有声望的三位文科教授:刘师培、黄侃和陈汉章,都在小学方面功力深厚。[②]而且,胡适发现他的学生——如傅斯

---

① 除上引文献外,胡适在其他场合也多次讨论方法。1928年9月,作《治学的方法与材料》一文,提出科学的方法,只不过是"尊重事实,尊重证据"。在应用上,科学的方法只不过"大胆的假设,小心的求证"。载《新月》第一卷第九期、《小说月报》第二〇卷第一期。1952年12月1日至6日,在台湾大学进行了三次关于"治学方法"的演讲,仍对"方法"予以反复申说。见胡颂平编著:《胡适之先生年谱长编初稿》(校订版)第六卷,台北:联经出版事业公司1990年11月版,第2242—2256页。

② 参见陈以爱:《中国现代学术研究机构的兴起——以北大研究所国学门为中心的探讨》,南昌:江西教育出版社2002年10月版,第22—24页。

年、顾颉刚、毛子水等——在旧学根底上也胜过自己。[1]这一学术环境，及其带来的生存压力，使胡适不得不在治学方法上，尤其是考证之学上加倍用功。不过，胡适毕竟是以杜威思想传人和新文化倡导者的身份进入北京大学，将自家治学完全纳入旧学轨辙，既非胡适所能，亦非其所愿。于是，胡适以杜威实用主义哲学为根基，调整考证的学术思路与研究对象，力图将考证从传统经学、史学的体系中抽离出来，以"西学东渐"统摄"旧学新知"，在旧学与西学之间找到一个有效的平衡点。胡适此举，一方面是基于新文化立场，有意与旧派争夺学术阵地，将白话小说这一被排斥在传统"四部"之学视野以外的边缘性文类纳入考证的视野[2]，提升了小说的文化和文学地位，也从根本上改变了考证之学的研究对象和学术品格[3]；另一方面，由于胡适在旧学上无师承，也使其不为之所囿，比较容易"离经叛道"，在研究中闪展腾挪，依照研究对象进行自我调整。可见，胡适不为

① 罗家伦：《元气淋漓的傅孟真》，见胡颂平编著：《胡适之先生年谱长编初稿》（校订版）第一卷，台北：联经出版事业公司1990年11月版，第296页。
② 在《四库全书总目提要》中，"子部"之下包括被后世视为"笔记小说"的《世说新语》等，"集部"之下包括作为文言小说总集的《太平广记》以及收录小说的各种类书，但白话小说均被排斥在"四部"之外。
③ 胡适在《〈曲海〉序》中指出："向来中国的学者对于小说戏曲大都存鄙薄的态度，故校勘考据的工力只用于他们所谓'正经书'，而不用于小说曲本；甚至于收藏之家，目录之学，皆视小说戏剧为不足道。……比较说来，小说更受上流社会的轻视，故关于他们的记载更缺乏。"见欧阳哲生编：《胡适文集》第4卷，北京：北京大学出版社1998年11月版，第569页。

传统经学家法和门户所限,源于其对旧学的相对"陌生"——旧
学根基和功力的相对不足,以及对杜威思想的深切认同和自家
选择的高度自信。在晚清以降学术转型的大背景下,"以西学
剪裁中国文化"渐成主潮,旧学根基和功力的相对不足,反而成
为他的长处:胡适与旧学之间的距离,恰好为西学所填补。这
样,由经史子集四部之学转向现代学科划分的过程中,特别是
在文学文类的等级秩序重新调整的过程中,胡适敏锐地把握住
了新学科的命脉,以西学的眼光唤起新一代学人改造旧学、创
建新学的信心与热情。[1]胡适以其"半新不旧的考据"[2]给人以
耳目一新之感,并作为一种研究范式,在学界产生了极为深远
的影响。[3]而胡适在中西学术之间的纵横驰骋,左右逢源,也得
到了充分的展现。

　　胡适以"考证"作为小说史研究的主要方法,还源于自家对
小说的阅读趣味。早在赴美留学以前,胡适就曾撰写《小说丛

①顾颉刚的"疑古"思想及其"层累地造成的古史"观,即得益于胡适的学
　术研究,特别是《〈水浒传〉考证》等论文的启发。参见顾颉刚:《〈古史
　辨〉自序》,顾颉刚编著:《古史辨》第一卷,上海:上海古籍出版社1982
　年3月版,第40—41页。
②胡适:《〈水浒传〉考证》,见欧阳哲生编:《胡适文集》第2卷,北京:北京
　大学出版社1998年11月版,第378页。
③胡适依据传统学术方法和体例"托古改制",不限于考证。1922年1月
　21日,在《章实斋先生年谱序》中说:"我这部年谱,虽然沿用向来年谱
　的体裁,但有几点,颇可以算是新的体例。"见胡颂平编著:《胡适之先生
　年谱长编初稿》(校订版)第二卷,台北:联经出版事业公司1990年11月
　版,第475页。

话》。①这一系列学术笔记，涉及《石头记》《金瓶梅》《七侠五义》
等章回小说，其中除考证小说作者外，已见以小说为社会史料
之眼光。可见，胡适的"历史癖"与"考据癖"并不是自倡导新
文学始，而是其一贯的阅读趣味。②以治史的眼光看待小说，使

①《小说丛话》系胡适《藏晖室笔记》之一，未刊，无写作日期，当是1910年
　出国留学前在上海中国公学读书时所作。见曹伯言整理：《胡适日记全
　编》第1卷，合肥：安徽教育出版社2001年10月版，第42—47页。
②除早年笔记中显露以小说为社会史料的阅读趣味外，胡适在其最先完
　成的"章回小说考证"论文——《〈水浒传〉考证》中，即明确突出自家"历
　史癖"和"考据癖"。见欧阳哲生编：《胡适文集》第2卷，北京：北京大学
　出版社1998年11月版，第378页。在1936年3月21日复叶英信中，特
　别指出"你读过《儒林外史》没有？那是中国教育史的最好史料。"见杜
　春和、韩荣芳、耿来金编：《胡适论学往来书信选》上卷，石家庄：河北人
　民出版社1998年8月版，第346页。1950年6月21日，在阅读《五续今
　古奇观》（该书是坊间抽印的"短篇小说总集"的一部，其中作品往往出
　于"三言"、"二拍"）时说："今天我特别注意王本立《天涯寻亲》一篇，其
　中写明朝北方'差役'制度的可怕，特别写报充'里役'之种种痛苦，真是
　重要史料。"见曹伯言整理：《胡适日记全编》第8卷，合肥：安徽教育出
　版社2001年10月版，第39页。直到晚年，在对台湾中国教育学会等六
　个学术团体发表题为《中国教育史的材料》的演讲时，仍强调"要找寻教
　育史的活的资料，《儒林外史》、《醒世姻缘》……都有很好的资料。《儒
　林外史》实在是一部很好的教育史资料，书中不但谈到学制，学生、老师
　们的生活，同时还谈到由于学制，老师、学生们的生活与关系，所养成的
　学生的人格与德性。《醒世姻缘》虽然是一部全世界最伟大的怕太太小
　说，但它里面有些地方，把当时的学制与师生之间的生活情形，描写得
　非常透澈。"见胡颂平编著：《胡适之先生年谱长编初稿》（校订版）第八
　卷，台北：联经出版事业公司1990年11月版，第3133页。可见，胡适的
　这一阅读趣味，终其一生。

小说更加适于纳入考证之学的范畴，得以和经史相并置，从而将小说从边缘性地位中解放出来，使之真正进入了学术研究的视野，获得高级文类的地位。[①] 在考证的前提下，以小说取代经史，又促成对传统经学的研究对象的置换，使之逐步获得现代学术的品格。为提升小说的文化地位，胡适为其量身打造了考证之法；为实现考证之学的现代转化，胡适又选取小说文类，纳入其研究范畴。由此可见，对胡适而言，提升小说的文化地位，非考证不得其法；使考证为新学所用，亦非小说不得其实。作为方法的"考证"与作为学术对象的"小说"，交融在胡适的小说史研究的视域之中。"小说"与"考证"的遇合，促进了双方在现代学术体制中的身份转换与价值提升，也成为胡适大力改造清儒家法和发挥杜威实用主义思想这一学术选择得以大显身手的舞台。

[①] 值得关注的是，在中国古代与小说同处于边缘性地位的词、曲、戏曲、弹词及其他民间说唱艺术，在二十世纪中国也引起了学人的重视，并被纳入学术研究视野，但相对于小说而言，均未获得"高级文类"的地位。"戏曲学"尽管名家辈出，渐称显学，但只限于研究范畴，作家从事"戏剧"创作，盖以舶来之话剧为基本形态，并非中国古代戏曲创作的延续。民间说唱艺术，则被纳入所谓"俗文学"的视野中加以考察，相对于诗文的边缘性依旧。真正脱"俗"入"雅"，彻底摆脱边缘性地位的，似唯有小说文类。这与小说自身可以承担"大说"的特质有关，也源于西来之注重小说的文学观念；同时，与胡适等人以"考证"之眼光，凸现小说的史料价值，亦不无关联。

四

胡适的"中国章回小说考证"系列论文,最初是为汪孟邹和汪原放主持的亚东图书馆标点排印本"中国古典小说读本"系列(以下简称"亚东版")所作的序言。胡适对考证对象的选择,首先取决于"亚东版"的小说选目。"亚东版"对小说选目及其底本的遴选慎之又慎,作品经过细致校勘,并以新式标点断句。而且每部小说都由胡适、钱玄同、陈独秀等新文化倡导者作序,承担导读的作用。胡适等人的参与,为阅读和研究小说提供了可靠的版本,逐渐在现代读者心中构筑起中国古典小说的经典化图景;对小说史研究的学术提升,也起到了重要作用,影响及于一时。①孙楷第曾在致胡适信中称誉:"亚东排印古小说,甚便阅者,自是胜事。"②胡适本人对此亦有好评,在《日本译〈中国五十年来之文学〉序》一文中说:

　　　　小说向来受文士的蔑视,但这几十年中也渐渐得着了

---

① 亚东图书馆出版的"中国古典小说读本"系列,是现代学术参与古典小说阅读与出版的范例。以新文学出版机构的身份(亚东图书馆曾先后出版胡适《尝试集》《胡适文存》等新文学读物)从事古典小说整理,胡适、汪原放等策划人关注小说的立场和视角、遴选作品的策略与眼光,意味深长。"亚东版"的策划、出版、发行,对中国小说史学之建立,以及构建现代中国读者的"古典小说想像",都起到至关重要的作用。
② 见杜春和、韩荣芳、耿来金编:《胡适论学往来书信选》上卷,石家庄:河北人民出版社1998年8月版,第500页。

相当的承认。古小说的发现，尤为这个时期的特色。《宣和遗事》的翻印，《五代史平话》残本的刻行，《唐三藏取经诗话》的来自日本，南宋《京本通俗小说》的印行，都可给文学史家许多材料。近年我们提倡用新式标点符号翻印古小说，如《水浒传》《红楼梦》之类，加上历史的考证，文学的批评，这也可算是这个时期一种小贡献。[①]

胡适将"亚东版"视为对古典小说的重新发现，学术期望甚高。在为小说所作的具有导读功能的序言中，也有意识地植入自家的学术理念与文化策略。胡适对"亚东版"的策划、出版、发行用力甚勤[②]，意在告诉普通读者哪些小说可读，该怎样读，提供经过整理的可靠读本，指引读者借助其导读文字，获得阅读古典小说的正确途径，进而了解其学术创见和研究方法。经由学者标点校勘、撰写导读的古典小说，是对胡适"整理国故"主张的有效呈现。[③]胡适为"亚东版"系列所作的序跋，本身也

---

① 胡适：《日本译〈中国五十年来之文学〉序》，见欧阳哲生编：《胡适文集》第3卷，北京：北京大学出版社1998年11月版，第264页。

② 胡适全程参与了"亚东版"的小说选目和底本遴选。小说导读，以胡适所作数量为最，也最为用力。参见胡适与汪原放的通信，杜春和、韩荣芳、耿来金编：《胡适论学往来书信选》上卷，石家庄：河北人民出版社1998年8月版，第644—652页。

③ 1921年7月31日，胡适在南京东南大学及南京高师暑期学校发表题为"研究国故的方法"的讲演，着重谈了四点，第四点就是"整理"：形式的方面，加上标点和符号，替彼分开段落来。内容方面，加上新的注解，折中旧有的注解。并且加上新的序、跋和考证；还要讲明书底历史（转下页）

构成了一个研究系列。虽然每篇论文各有侧重，但整体思路却一以贯之，且多以"考证"为标题，也体现出对自家小说史研究的学术定位和理论自觉。

　　胡适曾在复后学王重民信中坦言自家"在文学史上的贡献只是用校勘考证的方法去读小说书"①。晚年也曾对助手胡颂平谈到："我自己对红楼梦最大的贡献，就是从前用校勘、训诂、考据来治经学史学的，也可以用在小说上。"②胡适以历史的实证方法研究小说，既要借此传播科学观念，又力图将小说与经史相并置，提高其文化地位，并进而为新文学的确立提供理论支持。但小说作为文学文类，具有不同于经史的特性，在纳入"考证"视野的过程中，也受到方法的制约。"考证"视野中的小说，首先是作为社会史料，而不是以具有审美价值的文学文类的身份进入胡适的学术视野。以治经史的眼光和方法研究小说，决定了他"重史轻文"的研究倾向。③胡适在选取考证对象时依据

（接上页）和价值。见曹伯言、季维龙编著：《胡适年谱》，合肥：安徽教育出版社1986年1月版，第209页。

① 见杜春和、韩荣芳、耿来金编：《胡适论学往来书信选》上卷，石家庄：河北人民出版社1998年8月版，第74页。着重号为原文所有。

② 见胡颂平编著：《胡适之先生年谱长编初稿》（校订版）第十卷，台北：联经出版事业公司1990年11月版，第3652页。

③ 在1960年11月24日致高阳信中，胡适承认："三十年来（快四十年了，我的《考证》稿是民国十年三月写的，改稿是十年十一月改定的）'红学'的内容，一直是史学的重于文学的。"见胡颂平编著：《胡适之先生年谱长编初稿》（校订版）第九卷，台北：联经出版事业公司1990年11月版，第3385—3386页。

的主要是小说的学术含量,而不是其审美价值的高低。例如,尽管胡适对《红楼梦》的思想见地和文学技术的评价始终不高,但这部小说在作者和版本上的诸多疑点,使之成为可供考证研究大显身手的绝佳例证。因此,对《红楼梦》的考证,几乎贯穿于胡适的整个学术生涯。①

　　胡适的"中国章回小说考证"系列论文,侧重于两端:一是对作品的版本、情节及人物形象的起源、流变与生成过程的梳理,二是对小说作者的考证。前者成为"历史进化的文学观念"的绝佳例证,后者则在实践考证方法的同时,承载了胡适的学术理想与文化关怀。而这两大侧重,无论是研究策略还是具体的操作方法,都与胡适本人对杜威实用主义哲学的阐释相符合——所谓"科学试验室的态度"和"历史的态度"均蕴含其中。同时,胡适"中国章回小说考证"系列论文,尤其是《〈水浒传〉考证》和《〈红楼梦〉考证》这两篇代表作,在思路上也明显依照杜威实用主义哲学的思维模式展开。胡适在《实验主义》一文中

---

① 与《红楼梦》形成鲜明对比的是,《金瓶梅》一直没有进入胡适的研究视野。尽管关于其作者的疑点更多,可供研究者发挥的余地更大。表面上看,是因为《金瓶梅》不适于普及,无法纳入"亚东版"的小说选目之中。胡适在致钱玄同信中,也曾批评《金瓶梅》"即以文学的眼光观之,亦殊无价值。何则? 文学之一要素,在于'美感'。请问先生读《金瓶梅》,作何美感?"见杜春和、韩荣芳、耿来金编:《胡适论学往来书信选》下卷,石家庄:河北人民出版社1998年8月版,第1109页。事实上,胡适的上述论断,主要基于对《金瓶梅》表现"兽性的肉欲"的道德评判。所谓"美感",也建立在这一道德评判之上,并非审美判断。

将杜威思想分作五步：

　　　　（一）疑难的境地；（二）指定疑难之点究竟在什么地方；（三）假定种种解决疑难的方法；（四）把每种假定所涵的结果，一一想出来，看那一个假定能够解决这个困难；（五）证实这种解决使人信用；或证明这种解决的谬误，使人不信用。①

胡适的"中国章回小说考证"即体现出以上思路。以《〈红楼梦〉考证》为例，该文首先指出"旧红学"研究陷入了"索隐派"的附会误区，这成为胡适从事《红楼梦》考证的触发点，是为第一步；然后将附会的"旧红学"分为三派，逐一指出其谬误，是为第二步；接下来强调以科学的考证取代猜谜般的索隐，作为一种正确的研究方法，是为第三步；之后提出胡适本人的大胆假设，即"自传说"，再根据可靠的版本和史料，分别考察《红楼梦》作者的事迹家世、著书时代以及版本流变，证实假设的准确性，是为第四和第五步。可见，胡适对乃师思想的接受，可谓亦步亦趋。不过，在胡适的小说考证中，多有自我发挥之处，体现出自家的研究兴趣、文化关怀与言说策略。

　　中国古代白话小说，尤其是明清两代的章回小说，由初创到成书，往往不是出于一人之手：或在传抄中为文人改写（如《三国演义》），或在刊刻中遭书商删削（如《红楼梦》）。小说中

---

① 胡适：《实验主义》，见欧阳哲生编：《胡适文集》第2卷，北京：北京大学出版社1998年11月版，第233页。

的人物和情节也经历了由雏形到不断丰富、最终蔚为大观的过程。《水浒传》作为其中的代表,成为第一部进入胡适考证视野的章回小说。①《水浒传》触发了胡适的"历史癖"与"考据癖",小说人物与情节的因时递变、不断积累的过程,也使考证方法有了用武之地。胡适对《水浒传》的考证颇为用力,不仅确立了这部小说的文学史价值,并且以此为契机,总结出"历史进化的文学观念"②,成功地实践了胡适眼中的实用主义哲学的方法论,并使《〈水浒传〉考证》成为一篇学术宣言,为此后自家及其学术追随者的一系列考证研究,提供了可资借鉴的范例。

　　胡适"中国章回小说考证"系列论文的另一用力之处,是对小说作者的考证。小说在中国古代,长期处于边缘性地位。特别是白话小说,作为文化消费的对象,作者主要是民间艺人和下层文人,在读者眼中并不具备"作家"的文化身份和精英地位。即使有上层文人偶或为之,也多将真名隐去,以假名存焉,不求以小说传名,使之与经史诗文等量齐观,作为安身立命的大事业。小说既然不被视为"创作",也就不存在对"小说家"的身份认同。这使中国古代小说流传至今,往往是作品尚存,作者湮没,从而在小说史研究中造成无数悬案,虽经几代学人多

----

① 《〈水浒传〉考证》于1920年7月27日脱稿,是胡适的第一篇"章回小说考证"文字。
② 胡适:《〈水浒传〉考证》,见欧阳哲生编:《胡适文集》第2卷,北京:北京大学出版社1998年11月版,第410页。

方努力，但至今仍未有定论。①在胡适开始从事小说考证的20世纪初，相去不远的晚清小说家李宝嘉、吴沃尧、韩邦庆等人的生平事迹已多汗漫不可考，引起研究者的广泛争议②，遑论元明两代的小说家。中国古代小说"作者"的悬案，使胡适的考证方法获得了大显身手的机会。然而，胡适对小说作者的考证，并未停留在治学方法的具体操练之上，而将新文学倡导者的学术理想和文化关怀注入其中：尊小说家为"作家"，视小说为"创作"，将"文学"的身份赋予小说和小说家，从根本上提升了其文

---

① 如《金瓶梅》之作者"兰陵笑笑生"，经几代学者考证，竟得出十几种答案。《三国演义》之作者"罗贯中"的生平，《西游记》是否为吴承恩所作，《封神演义》之著作权属于"许仲琳"还是"陆西星"，《水浒传》之作者"施耐庵"、《红楼梦》之作者"曹雪芹"是否实有其人，至今也莫衷一是，争议不绝。小说作者之争，一直是中国小说史学的研究热点。特别是在"红学"领域，对作者生平及家世的研究，逐渐形成所谓"曹学"，尤为突出。参见陈曦钟、段江丽、白岚玲：《中国古代小说研究论辩》，南昌：百花洲文艺出版社2006年5月版。
② 1931年11月8日，容肇祖致胡适信，据周桂笙《新庵笔记》中的一则史料，证胡适《〈官场现形记〉序》中"这书有光绪癸卯（一九〇三）茂苑惜秋生的序，痛论官的制度；这篇序大概是李宝嘉自己作的"之论断有误。见杜春和、韩荣芳、耿来金编：《胡适论学往来书信选》下卷，石家庄：河北人民出版社1998年8月版，第1165页。胡适本人在读罗振玉《雪堂丛刻》时，也从其《五十日梦痕录》中检出有关刘鹗（铁云）的"事实一篇"，并说："我寻求刘铁云事实，久而无所得，今见此篇，大喜过望。……他的《老残游记》，我当时即疑心是一种自传。今读此传，果然。"见曹伯言整理：《胡适日记全编》第3卷，合肥：安徽教育出版社2001年10月版，第466—467页。

化地位。

1922年，在为自家《吴敬梓年谱》所作短序中，胡适指出："古来的中国小说大家，……都不能有传记：这是中国文学史上一件最不幸的事。"①30多年后，胡适又在一次致辞中解释自家投入大量精力考证白话小说的用意：一是研究白话文学史，以提高白话文学的地位；一是感激白话文的创始者，所以研究他们的生平，表扬他们的事迹。②对小说作者生平的考证，是胡适小说史研究的主要内容，甚至成为胡适考证小说的前提，在其"中国章回小说考证"系列论文中占据了显著的位置。即使对《水浒传》作者施耐庵这样的"乌有先生"③，虽然不能考证其真实身份，但对小说家"高超的新见解"和"伟大创造力"④仍大加赞赏。此外，胡适率先为小说家编写传记和年谱，改变了小说家不入正史、"自来无传"局面。在胡适看来，小说首先是"创作"；既然是"创作"，其"作者"——小说家——的价值和地位就应该得到认

---

① 胡适：《吴敬梓年谱》，见欧阳哲生编：《胡适文集》第3卷，北京：北京大学出版社1998年11月版，第475页。

② 见胡颂平编著：《胡适之先生年谱长编初稿》（校订版）第七卷，台北：联经出版事业公司1990年11月版，第2406页。

③ 1929年6月26日，胡适手抄胡瑞亭《施耐庵世籍考》，在日记中说："我不信此事，颇疑为乡下小族无可依托，只好假托于《水浒》作者，而不知《水浒》作者也是乌有先生也。"见曹伯言整理：《胡适日记全编》第5卷，合肥：安徽教育出版社2001年10月版，第440—443页。

④ 胡适：《〈水浒传〉考证》，见欧阳哲生编：《胡适文集》第2卷，北京：北京大学出版社1998年11月版，第405页。

可和尊重。这一论断在今天已成为常识，似乎并无高妙之处。但考虑到中国小说史学建立之初，小说和小说家尚未完全摆脱边缘性地位，胡适对其价值的认定，隐含着将小说和小说家置于文学体系之中心的文化策略，对小说地位的提升，功莫大焉。

考证小说从作者入手，也源于胡适讲求实证的治学理念。这在对《红楼梦》的一系列考证中体现得最为突出。在《〈红楼梦〉考证》等著作中，胡适提出了其小说史研究中最著名、也最大胆的"假设"——"自传说"。"自传说"针对的是"索隐派红学"：

> 他们不去搜求那些可以考定《红楼梦》的著者，时代，版本等等的材料，却去收罗许多不相干的零碎史事来附会《红楼梦》里的情节。他们并不曾做《红楼梦》的考证，其实只做了许多《红楼梦》的附会！①

事实上，"索隐派"和胡适的《红楼梦》研究，使用的方法都是考证。但在胡适看来，"索隐派"的"考证"建立在猜谜（甚至是猜笨谜）一般的臆想之上，缺乏实证的科学精神，只能以"附会"命名之。胡适将小说情节视为作者曹雪芹的亲身经历，从考证作者入手，强调"必须先作这种种传记的考证，然后可以确定这个'作者自叙'的平凡而合情理的说法"②，动摇了"索隐

---

① 胡适：《〈红楼梦〉考证》（改定稿），见《胡适红楼梦研究论述全编》，上海：上海古籍出版社1988年8月版，第75页。着重号为原文所有。
② 胡适：《对潘夏先生论〈红楼梦〉的一封信（与臧启芳书）》，见《胡适红楼梦研究论述全编》，上海：上海古籍出版社1988年8月版，第223页。

派"的根基。应该承认，胡适对"索隐派"的批驳，使"红学"更为接近小说本身。然而，实证性的治学方法，对批驳"索隐派"十分有效，对审美判断则不无局限。实证性研究遮蔽了小说与传记之间的区隔，胡适以治史的眼光阅读小说，也就决定了他对小说写实性的格外关注。尽管胡适的小说考证并不回避审美判断，但不语怪力乱神的阅读趣味①，使胡适的审美判断成为实证研究的延伸和附属：以实证精神考证小说作者，同样以实证精神判断小说审美价值之高下。在致高阳信中，胡适说：

> 我写了几万字的考证，差不多没有说一句赞颂《红楼梦》的文学价值的话，……我止说了一句："《红楼梦》只是老老实实的描写这一个'坐吃山空''树倒猢狲散'的自然趋势，因为如此，所以《红楼梦》是一部自然主义的杰作。"此外，我没有说一句从文学观点来赞美《红楼梦》的话。
>
> 老实说来，我这句话已过分赞美《红楼梦》了。书中主角是赤霞宫神瑛侍者投胎的，是含玉而生的，——这样的见解如何能产生一部平淡无奇的自然主义的小说！②

可见，写实视角下的文学阅读，以及对小说的社会史料价值的关注，逐渐强化了中国小说史研究的史学属性。这一趋势由胡

---

① 在《论短篇小说》一文中，胡适将《神仙传》和《搜神记》之类称为"最下流"。见欧阳哲生编：《胡适文集》第2卷，北京：北京大学出版社1998年11月版，第108页。

② 见胡颂平编著：《胡适之先生年谱长编初稿》（校订版）第九卷，台北：联经出版事业公司1990年11月版，第3386页。

适首创，经其弟子顾颉刚、孙楷第、周汝昌等人的倡导与发挥，形成了中国小说史学的学术路径与品格，成为20世纪上半期中国小说史研究的主流。

第五章　鲁迅与胡适的学术交往
——以中国小说史研究为中心

在中国小说史学的开创期,鲁迅与胡适的学术成就最为卓著,学术影响力也最为可观。鲁迅与胡适作为新文化的代表人物,在治学方面均做到了穿越"古今"、取法"中西"。二人又都对中国小说史研究具有浓厚的兴趣,分别以《中国小说史略》及相关著作和"中国章回小说考证"系列论文,奠定了中国小说史学的研究格局和自家的学术地位,成为中国小说史学的开拓者和奠基人。较之前人,鲁迅和胡适不像以梁启超为代表的晚清学人,对小说的推崇承载着过于明显的政治诉求,而是更具学术价值和理论建设性;比照后辈,二人又更具"通人"色彩,没有也不愿成为仅在某一研究领域中卓有建树的"专门家"。同时,知识结构、学术理念、文化理想和审美趣味的不同,又使二人的中国小说史研究体现出鲜明的个性。基于各自的研究成果和学术威望,鲁迅和胡适在小说史研究方面均不乏追随者,逐渐形成两种各自独立而又相互交织、相互启发的学术潮流,使中国小说史学在建立之初即呈现出"双峰并峙"的学术格局。特别是在20世纪20年代初中国小说史学的开创期,二人的"通力合作"与"各自为战",都对现代中国小说史学之兴起产生了重要影响。

今人对鲁迅与胡适的比较研究,部分成果习惯于将二人视为现代中国思想与文化的两极,过度强调其差异性,进而做出区分高下的价值判断,甚至认为鲁迅与胡适彼此对立,不可调和,必须做出或此或彼的取舍,由此形成"扬胡抑鲁"或"扬鲁抑胡"这两种具有绝对性的研究倾向。事实上,这两种研究倾向暴露的是研究者自家、而非鲁迅与胡适的理念和路径选择。在新文化内部,鲁迅与胡适或许存在理念和路径上的分歧(而且这一分歧也不是绝对的)。如果将视野放置于现代中国思想文化之整体,而不限于新文化,就不难发现二人在大方向上是高度一致的,"同"远多于"异"。这在中国小说史研究领域体现得尤为突出。①鲁迅与胡适及其同时代人,通过在中国小说史研究

---

① 学术界对鲁迅与胡适中国小说史研究进行整体比较分析的代表性成果如下:刘孝严《20年代鲁迅与胡适的中国古代小说研究》(载《东北师大学报》社会科学版1993年第4期)有明显的"扬鲁抑胡"的倾向,对胡适的评价不够客观公正;张杰《古典小说研究中的鲁迅与胡适》(载《上海鲁迅研究》2009年夏之卷)论述较为平实公允,对鲁迅略有侧重,认为"鲁迅与胡适在古典小说研究方面的互补关系,并非同时和对等,在它的起步和开始阶段,呈现的是鲁迅向胡适的倾斜,即鲁迅作为帮助者、胡适作为被帮助者的态势";傅承洲《鲁迅与胡适的古代小说研究异同论》(载《河北学刊》2015年第6期)史料翔实,论述详备,但主要(转下页)

领域的真诚交往和良性互动,逐渐形成了一个学术共同体,不仅奠定了中国小说史学的格局和风貌,还使中国小说史研究的价值超越了学术领域,成为推动现代中国思想文化建设的重要因素,进而实现了新文化的凝聚与传播。

本章借助史料,考察鲁迅与胡适在中国小说史研究领域的学术交往,重点不在于罗列事实、比较异同或判断优劣,而在于呈现学术交往过程中的共同体效应,以凸显中国小说史研究背后的思想史价值。需要说明的是,所谓学术交往,不仅涉及鲁迅与胡适之间的事实上的联系,如当面交谈、互赠著作、分享史料等,还包括主动阅读和借鉴对方的学术成果,从而修正并丰富了自家的研究。

(接上页)在学术史层面立论,未涉及二人作为"学术共同体"的思想史意义;杨建民《胡适鲁迅古典文学研究间的借重与援手》(载《中华读书报》2016年10月19日第015版)标题表述为"古典文学研究",但所论仍限于中国小说史,视角和观点与傅承洲的论文相近;张真、王媛《似是故人来:鲁迅、胡适古典小说研究关系考论》(载《鲁迅研究月刊》2022年第7期)提出"鲁迅、胡适的古典小说研究各有侧重、各有特色、各有所长,形成'局部互补'的关系",也未凸显"学术共同体"意义。此外,对鲁迅与胡适中国小说史研究中的一些具体话题——如文学史(小说史)观、作者生平考证、版本选择、作品分析、人物原型探究等——的比较研究,成果众多,不一一列举。陈洁《鲁迅与胡适北京时期交往考(1918—1926)》(载《当代文坛》2018年第2期)全面论述二人北京时期的交往,不限于中国小说史研究。

一

　　鲁迅与胡适之于中国小说史研究，均入手较早，相关成果在各自的学术生涯中也占有突出的地位。鲁迅在辛亥革命前夕，即开始唐前古小说的辑录和校订工作，成《古小说钩沉》，当时未获出版。仅抄录而未及校订的古小说七种，则题名《小说备校》，现存抄稿。①从时间上看，鲁迅对中国小说史研究似乎着其先鞭。不过，这通常被研究者视为鲁迅从事中国小说史研究的史料准备。②正式开始此项研究，则以1920年8月接到北

———————

① 鲁迅博物馆鲁迅研究室编：《鲁迅年谱》（增订本）第1卷，北京：人民文学出版社2000年9月版，第231、240、247、257页。据研究者考证，《古小说钩沉》约在1909年6月至1911年末或1912年初期间完成，参见林辰：《关于〈古小说钩沈〉的辑录年代》，载《人民文学》1950年第3卷第2期。
② 与日后正式出版的《小说旧闻钞》和《唐宋传奇集》二书不同，《古小说钩沉》完成时间较早，在鲁迅生前也未获出版，并不是与《中国小说史略》共生的史料专书。可以说《中国小说史略》的撰写，明显受益于《古小说钩沉》，但后者不能简单地被视为对前者的有意识的学术积累。鲁迅在校录《古小说钩沉》时，未必有撰写中国小说史专著的想法，即便有意从事中国小说史研究，也未必采用《中国小说史略》的研究模式和撰述体例。而且在校录《古小说钩沉》的同时，鲁迅还辑校整理了大量的乡邦文献和历史典籍，并搜集古代碑刻拓片。这一系列工作，意在涵养心性，并不是为课堂教学或著作出版而从事的主动的学术生产，更多地体现出鲁迅在特定时空和心境下的一种文化选择，背后的情怀较之表面的学术成绩，更值得关注。

京大学聘书、开设中国小说史课为契机。①鲁迅于同年12月正式开始授课，并由此促成《中国小说史略》的撰写。不过，鲁迅从事中国小说史研究，受益，却也可能受限于大学教育。《中国小说史略》初为讲义，由鲁迅于每次课前编写，交予北京大学印刷科排印，发放给学生。该书因此采用"章节体"这一现代教科书的通用体例。②以时间为线索讲授中国小说的历史的变迁，也明显受到"中国小说演进史"这一研究模式和撰述体例之规约，呈现出进化论的思想印痕。③试想如果不在大学从事中国小说史课程的教学，无须以《中国小说史略》的著述形式承载自家的小说史研究心得，鲁迅对研究模式和撰述体例的选择，可能会有所不同。小说史研究，并无一定之规，不限于以进化论为基础的通史。鲁迅昔日对古小说的辑佚和校订，本身就体现出一种独特的小说史研究策略和眼光——通过再造文本，从而构建历史。可见，《中国小说史略》作为鲁迅小说史研究成果的集

① 鲁迅博物馆鲁迅研究室编：《鲁迅年谱》（增订本）第2卷，北京：人民文学出版社2000年9月版，第25页。鲁迅：《日记第九》，《鲁迅全集》第15卷，北京：人民文学出版社2005年11月版，第408页。
② 对现代学术著作采用章节体及其与"历史的进化观念"之关联，参见王晴佳：《第五编　中国史学的科学化——专科化与跨学科》，见罗志田主编：《20世纪的中国：学术与社会·史学卷》下卷，济南：山东人民出版社2001年1月版，第591—602页。
③ 不过，鲁迅《中国小说史略》虽然体现出进化论的思想印痕，但避免对中国小说史进行分期和分段式的论述，在对进化史观有所接受的同时，也存在一定程度的疏离和抵抗。

中呈现，进而成为现代中国学术史上的一代名作，与新文化勃兴（包括现代中国大学制度和出版制度之建立）的历史背景和时代潮流密不可分。鲁迅应邀在北大开设中国小说史课，固然源于此前十年的浸淫之功，但由《古小说钩沉》到《中国小说史略》，并非同一学术思路和思想文化观念的纵向延展。前者未逢其时，后者则恰逢其时。《中国小说史略》及相关著作是新文化的产物，所处的思想文化语境与《古小说钩沉》相异，反而与胡适的"中国章回小说考证"系列论文相同。胡适撰写中国小说史研究论著，恰好也始于1920年。是年1月，作《吴敬梓传》，7月27日，《〈水浒传〉考证》脱稿。后者是为亚东图书馆出版的标点本《水浒传》所作的序言，其影响不限于小说或文学研究领域，而是辐射全部人文学术界，连同日后问世的《〈红楼梦〉考证》《〈西游记〉考证》等一系列论文，奠定了胡适在现代中国学术史上的地位。由此可见，鲁迅《中国小说史略》与胡适"中国章回小说考证"系列论文恰堪同步，都是在新文化背景下的学术探索。而且当时正处于新文化的上升期，共同的思想文化追求使鲁迅与胡适在中国小说史研究中即便存在分歧，也能够求大同而存小异，实现良性的互动与互补，这才是二人学术交往的"剧情主线"。

　　1920年代初，鲁迅与胡适几乎同时开始了自家的中国小说史研究。①前者应邀赴北京大学讲授小说史课，为此撰写《中

————

① 在此之前，中国古代白话小说早已进入鲁迅与胡适的阅读视野，并在自家的各类著述（包括公开发表的文字和作为私人文本的书信、（转下页）

国小说史略》,编选校录《小说旧闻钞》《唐宋传奇集》,并先后
出版。后者高举"文学革命"的旗帜,倡导白话文,对《水浒传》
《红楼梦》等古代白话小说格外重视。[①]因此,胡适大力支持亚
东图书馆出版的标点本中国古代小说,不仅对选目、版本和标
点校正方式予以指导,还撰写了多篇序言,置于"亚东版"中国
古代小说卷首。胡适"中国章回小说考证"系列论文大多由此
产生。[②]在此期间,鲁迅与胡适通过一系列的学术交往,彼此分
享史料,相互引用观点,进而修正和丰富了自家的中国小说史
研究。

　　鲁迅《中国小说史略》初为讲义,经过反复增补修订,成为
正式出版的著作,其间出现了油印本、铅印本和正式出版的系
列版本。[③]在《中国小说史略》诸版本中,以后半部分即明清两
代小说的修订较为突出,这固然源于鲁迅掌握史料的日益丰富

　　(接上页)日记、笔记)中反复出现。但在新文化语境中从事中国小说史
　　之专学研究,则始于1920年代初。
①　胡适在《建设的文学革命论》一文中,即以《水浒传》《西游记》《儒林外
　　史》《红楼梦》为国语文学之标准和模范,载《新青年》第四卷第四号,
　　1918年4月。
②　陈独秀、钱玄同等学人也曾为"亚东版"中国古代小说作序,但以胡适所
　　作数量最多,态度最认真,影响也最大。参见汪原放:《回忆亚东图书
　　馆》,上海:学林出版社1983年11月版,第56—68页。
③　鲁迅《中国小说史略》的版本流变,参见鲍国华:《论〈中国小说史略〉的
　　版本演进及其修改的学术史意义》,载《鲁迅研究月刊》2007年第1期。

和认识的不断深入,还有赖于学界友人的热心帮助。[①]其中,与胡适的学术交往至为关键。胡适的中国小说史研究以对史料的发掘和考证见长,对明清两代的章回小说致力尤多。这些成果为鲁迅所借鉴,呈现于《中国小说史略》的撰写和修订中。

　　《中国小说史略》最初为油印本,共17篇,其中第十一篇《元明传来之历史演义》涉及《水浒传》,在讨论金圣叹评点"第五才子书《水浒传》七十回"时,引用胡适《〈水浒传〉考证》中的观点:

　　　　若刊落之故,则大半由于历史之关系,胡适说:"圣叹生在流贼遍天下的时代,眼见张献忠、李自成一班强盗流毒全国,故他觉得强盗是不能提倡的,是应该口诛笔伐

――――――――――

① 鲁迅在《〈中国小说史略〉再版附识》中指出:"此书印行之后,屡承相知发其谬误,俾得改定;而钝拙及谭正璧两先生未尝一面,亦皆贻书匡正,高情雅意,尤感于心。谭先生并以吴瞿安先生《顾曲麈谈》语见示云,'《幽闺记》为施君美作。君美,名惠,即作《水浒传》之耐庵居士也。'其说甚新,然以不知《麈谈》又本何书,故未据补;仍录于此,以供读者之参考云。"《鲁迅全集》第8卷,北京:人民文学出版社2005年11月版,第173页。"钝拙"是鲁迅少年时代的塾师寿镜吾之次子寿洙邻的化名,他致信鲁迅指出《中国小说史略》第二十二篇《清之拟晋唐小说及其支流》中所说溧阳辖属于奉天,应为辖属于热河。鲁迅据此在《中国小说史略》合订本(北京:北新书局1925年9月版)中加以修订。谭正璧来信之详情,参见谭正璧:《漫谈修订本〈中国小说史略〉——为鲁迅先生百年诞辰纪念作》,见鲁迅博物馆鲁迅研究室编:《鲁迅诞辰百年纪念集》,长沙:湖南人民出版社1981年7月版,第542页。吴梅《顾曲麈谈》中的这则史料,鲁迅在《中国小说史略》订正本中才加以引录,并加案语:"惠亦杭州人,然其为耐庵居士,则不知本于何书,故亦未可轻信矣。"上海:北新书局1931年9月版,第184页。

的。"(《水浒传考证》)①

油印本撰于鲁迅任教北大(1920年12月)之后,据此推断,第十二篇约完成于1921年上半年。此时收录《〈水浒传〉考证》的《胡适文存》(上海:亚东图书馆1921年12月初版)尚未印行,鲁迅引用该文当出自"亚东版"《水浒传》。油印本中论述《水浒传》的篇幅不长,引用胡适的成果也仅此一次。

与油印本相比,铅印本篇幅有较大扩充,增加至26篇。铅印本介于油印本和1923年12月北京大学新潮社初版本上卷之间,据此推断撰写时间当在1921—1922年。其中第十三篇《元明传来之讲史》重点分析《水浒传》。油印本第十一篇《元明传来之历史演义》中与《水浒传》合论之《三国演义》则纳入铅印本第十四篇《明之讲史》。铅印本对《水浒传》有更为详细的论述,引用《〈水浒传〉考证》增加至三处:其一是指出一百一十回本《忠义水浒传》"内容与百十五回本略同"②,这一版本在油印本中未予著录,线索明显来自《〈水浒传〉考证》;其二是介绍《水浒传》成书年代时注明"详见《胡适文存》三",油印本也未论及③;

①单演义标点:《鲁迅小说史大略》,西安:陕西人民出版社1981年4月版,第71页。

②鲁迅:《中国小说史大略》(铅印本),许寿裳保存,见北京鲁迅博物馆鲁迅研究室编:《鲁迅研究资料》第17辑,天津:天津人民出版社1986年9月版,第80页。

③鲁迅:《中国小说史大略》(铅印本),许寿裳保存,见北京鲁迅博物馆鲁迅研究室编:《鲁迅研究资料》第17辑,天津:天津人民出版社1986年9月版,第84页。

其三引文同油印本，但出处注明"胡适(《文存》三)说"①。可见鲁迅在油印本到铅印本的修订过程中依据的是刚刚出版的《胡适文存》，而不再使用"亚东版"《水浒传》。大约由于前者晚出，经过胡适本人的进一步校订，内容更为可靠。

　　与《水浒传》相比，鲁迅对《红楼梦》的论述，受益于胡适之处更多。油印本第十四篇《清之人情小说》专论《红楼梦》，在分析"本事"时两次直接引用胡适《〈红楼梦〉考证》：其一是介绍"康熙时政治状态说"时引用胡适"但我总觉得蔡先生这么多的心力都是白白浪费了，因为我总觉得他这部书到底还只是一种很牵强的附会"②这一论断；其二是介绍"作者自叙说"时，提及袁枚《随园诗话》"已显言雪芹所记为金陵事。胡适《红楼梦考证》更证实其事"③。油印本引用《〈红楼梦〉考证》，据该文初稿(见亚东图书馆标点本《红楼梦》1921年5月初版)。1921年11月12日，胡适完成《〈红楼梦〉考证》改定稿，框架、论题、主要观

————————

①鲁迅：《中国小说史大略》(铅印本)，许寿裳保存，见北京鲁迅博物馆鲁迅研究室编：《鲁迅研究资料》第17辑，天津：天津人民出版社1986年9月版，第85页。1924年暑期在西北大学开设的中国小说史系列讲座中，鲁迅在讲授《水浒传》时仍引用胡适的这一论断，并评价为"这话很是"。鲁迅：《中国小说的历史的变迁》，《鲁迅全集》第9卷，北京：人民文学出版社2005年11月版，第335页。

②单演义标点：《鲁迅小说史大略》，西安：陕西人民出版社1981年4月版，第94页。

③单演义标点：《鲁迅小说史大略》，西安：陕西人民出版社1981年4月版，第95页。

点和使用的方法没有变化,但史料和论述有较大扩充,亚东图
书馆此后各版《红楼梦》均采用改定稿。①鲁迅在《中国小说史
略》铅印本中,即参考改定稿(据《胡适文存》),直接引用增加至
四次,三次仍涉及"本事",另一次则介绍曹雪芹生平。除引用
外,鲁迅对《红楼梦》本事、版本和作者的论述,均借鉴胡适,对
"自传说"尤为注重。

　　此外,胡适对其他古代小说的研究成果,鲁迅在《中国小
说史略》各版本中也有不同程度的接受,如《西游记》(《明之神
魔小说》)、《镜花缘》(《清之以小说见才学者》)、《官场现形记》
(《清末之谴责小说》)等,并在后记中予以表彰:"已而于朱彝尊
《明诗综》卷八十知雁宕山樵陈忱字遐心,胡适为《后水浒传序》
考得其事尤众。"②兹不一一列举。

　　鲁迅的中国小说史研究,引用同时代人著作不多,注明出
处者仅有盐谷温《关于明的小说"三言"》《宋明通俗小说流传
表》、王国维《红楼梦评论》、蒋瑞藻《小说考证》、钱静方《小说丛
考》、孟森《董小宛考》、俞平伯《红楼梦辨》、郑振铎《三国志演义
的演化》、钱玄同为"亚东版"《儒林外史》所作序言等数种。事
实上,彼时值得参考借鉴的同时代研究成果委实不多,但鲁迅
对胡适的研究成果格外关注,引用的次数超过了其他研究者之

①胡适《〈红楼梦〉考证》由初稿到改定稿的变化,参见宋广波:《〈〈红楼梦〉
　考证〉:从初稿到改定稿》,载《明清小说研究》2003年第4期。
②鲁迅:《中国小说史略·后记》,《鲁迅全集》第9卷,北京:人民文学出版
　社2005年11月版,第306页。原文无标点。

总和。与同时代研究者相比，鲁迅对版本和史料的掌握并无显著优势，《中国小说史略》后记中所谓"然识力俭隘，观览又不周洽，不特于明清小说阙略尚多，即近时作者如魏子安、韩子云辈之名，亦缘他事相牵，未遑博访"①，不只是谦辞。因此在论述小说作者、版本等实证性问题时，对胡适"中国章回小说考证"系列论文颇为倚重，自是题中应有之义。即便是自家术有专攻的中国小说史，鲁迅在面对不擅长或力有不逮的领域时，能够认真借鉴同时代人、特别是胡适的研究成果，体现出对中国小说史研究的学术共同体成员的认可和尊重。

　　尽管鲁迅对版本和史料的掌握并不占有优势，但常常能借助有限的史料，提出精彩的论断，其史识确实令人叹为观止。通过自家的研读和对胡适《〈水浒传〉考证》等学术成果的借鉴，鲁迅将《水浒传》的版本系统划分为简本和繁本两类。②这一论断为胡适所汲取，写入自家的著作中，并特别加以表彰："鲁迅先生之说，很细密周到，我很佩服，故值得详细征引。"③鲁迅以其敏锐的眼光和过人的洞见，也赢得了中国小说史研究的学术共同体成员的认可和尊重。

---

① 鲁迅：《中国小说史略·后记》，《鲁迅全集》第9卷，北京：人民文学出版社2005年11月版，第306页。原文无标点。

② 鲁迅：《中国小说史大略》（铅印本），许寿裳保存，见北京鲁迅博物馆鲁迅研究室编：《鲁迅研究资料》第17辑，天津：天津人民出版社1986年9月版，第83页。

③ 胡适：《百二十回本〈忠义水浒传〉序》，见欧阳哲生编：《胡适文集》第4卷，北京：北京大学出版社1998年11月版，第343页。

二

　　学术交往的过程和效果不是单向的。胡适"中国章回小说考证"系列论文，自鲁迅处也受益颇多。这从鲁迅致胡适书信中可觅得踪迹。现存鲁迅致胡适书信中，有多封涉及中国小说史研究。如1924年2月9日致胡适信：

　　适之先生：

　　　　前回买到百廿回本《水浒传》的齐君告诉我，他的本家又有一部这样的《水浒传》，板比他的清楚（他的一部已颇清楚），但稍破旧，须重装，而其人知道价值，要卖五十元，问我要否。我现在不想要。不知您可要么？

　　　　听说李玄伯先生买到若干本百回的《水浒传》，但不全。先生认识他么？我不认识他，不能借看。看现在的情形，百廿回本一年中便知道三部，而百回本少听到，似乎更难得。

　　　　　　　　　　　　　　　　　树人　二月九日①

一方面提供购买一百二十回本《水浒传》的线索，另一方面委婉地请托胡适向李玄伯借阅一百回本《水浒传》，鲁迅与胡适在小说版本方面的互通有无，在这封通信中体现得极为明显。鲁迅《中国小说史略》和胡适考证《水浒传》的几篇论文，在版本研究上不断

---

①鲁迅：《240209　致胡适》，《鲁迅全集》第11卷，北京：人民文学出版社2005年11月版，第445页。

丰富与深化，与这种良好的合作密不可分。1929年6月，胡适作《百二十回本〈忠义水浒传〉序》，向鲁迅、李玄伯和俞平伯等小说史研究同人在版本方面提供的帮助特别致谢，并详细引用三人的相关论述。[①]而且从该信中可知，胡适在1943年5月25日复王重民信中云："我在民国九年考证《水浒》，其时《水浒》通行本只有金圣叹的七十一回本，藏书家亦不知收藏小说善本古本。此后十年之中，《水浒》的百回本，百廿回本，百十五回本等等，相继出现，都是因为我们几个人肯出重价收买，重赏之下，古本自出了。"[②]所言不虚。

　　鲁迅在史料方面提供的更大帮助见于胡适对《西游记》作者的考证。胡适对《西游记》的考证，先后有《〈西游记〉序》（作于1921年12月，收录于同月印行的"亚东版"《西游记》初版）、《〈西游记〉考证》（1923年2月4日改定，同年载《努力周报》增刊《读书杂志》第六期，并出版单行本[③]）和《〈西游记〉考证》（收入1924年11月亚东图书馆出版《胡适文存二集》）三篇论文，后者由前两篇论文合并而成。其中两篇题名《〈西游记〉考证》的论文，得益于多位中国小说史研究同人的帮助，鲁迅提供的史料数量较多，也颇为关键。

---

①胡适：《百二十回本〈忠义水浒传〉序》，见欧阳哲生编：《胡适文集》第4卷，北京：北京大学出版社1998年11月版，第341—347页。

②胡适：《胡适复王重民》，见杜春和、韩荣芳、耿来金编：《胡适论学往来书信选》上卷，石家庄：河北人民出版社1998年8月版，第74页。

③《胡适著译系年》，《胡适全集》第43卷，合肥：安徽教育出版社2003年9月版，第406页。

1922年8月14日,鲁迅致信胡适:

适之先生:

关于《西游记》作者事迹的材料,现在录奉五纸,可以不必寄还。《山阳志遗》末段论断甚误,大约吴山夫未见长春真人《西游记》也。

昨日偶在直隶官书局买《曲苑》一部上海古书流通处石印,内有焦循《剧说》引《茶余客话》说《西游记》作者事,亦与《山阳志遗》所记略同。从前曾见商务馆排印之《茶余客话》,不记有此一条,当是节本,其足本在《小方壶斋丛书》中,然而舍间无之。

《剧说》又云,"元人吴昌龄《西游》词与俗所传《西游记》小说小异",似乎元人本焦循曾见之。既云"小异",则大致当同,可推知射阳山人演义,多据旧说。又《曲苑》内之王国维《曲录》亦颇有与《西游记》相关之名目数种,其一云《二郎神锁齐天大圣》,恐是明初之作,在吴之前。

倘能买得《射阳存稿》,想当更有贵重之材料,但必甚难耳。明重刻李邕《娑罗树碑》,原本系射阳山人所藏,其诗又有买得油渍云林画竹题,似此君亦颇好擦骨董者也。

同文局印之有关于《品花》考证之宝书,便中希见借一观。

树 上 八月十四日 [①]

---

① 鲁迅:《220814 致胡适》,《鲁迅全集》第11卷,北京:人民文学出版社2005年11月版,第428—429页。

鲁迅通信中提供"有关吴承恩的史料五纸",胡适不掠美,在《〈西游记〉考证》中不仅全部加以引用,还说明史料的来源,计有:

〔天启《淮安府志》十六,《人物志》二,近代文苑〕

〔又同书十九,《艺文志》一,淮贤文目〕

〔康熙《淮安府志》十一,及十二〕

〔同治《山阳县志》十二,《人物》二〕

〔又十八,《艺文》〕①

以上五种史料收录于鲁迅辑校之《小说旧闻钞》,对考证吴承恩的生平与创作具有重要价值。彼时《中国小说史略》初版本和《小说旧闻钞》均未出版,鲁迅将辛苦搜集到的珍贵史料提供给胡适,显示出学人的无私品格。胡适直陈"现承周豫才先生把他搜得的许多材料抄给我,转录于下"②,亦彰显坦荡之胸怀。

　　百回本小说《西游记》的作者,曾被认定为全真派道士丘处机。其弟子李志常记丘处机西行晤成吉思汗事,成《长春真人西游记》二卷,实为地理游记类书籍,既非白话小说,亦非出于邱氏之手。"邱处机说"自清康熙年间出现,历时近二百年,虽属荒诞不经,却一直没有遇到强有力的挑战。20世纪20年代初,鲁迅在油印本《中国小说史略》中提出"山阳丁晏据康熙初之《淮安府志·艺文书目》,谓此为其乡嘉靖中岁贡生官长兴

---

① 胡适:《〈西游记〉考证》,见欧阳哲生编:《胡适文集》第3卷,北京:北京大学出版社1998年11月版,第517—518页。

② 胡适:《〈西游记〉考证》,见欧阳哲生编:《胡适文集》第3卷,北京:北京大学出版社1998年11月版,第517页。

县丞吴承恩所作，且谓记中所述大学士、翰林院、中书科、锦衣卫、兵马司、司礼监，皆明代官制，又多淮郡方言（《冷庐杂识》），则此书为山阳吴承恩撰也"①。油印本采纳丁晏成说，据蒋瑞藻《小说考证》。②铅印本于史料及出处有所调整增益，指出"然乡邦文献，人所乐道，故山阳人如丁晏（《石亭记事续编》）阮葵生（《茶余客话》）等，已皆根据旧志，知《西游记》之作者为吴承恩"③。自初版本以下则更为详细丰赡：

> 然至清乾隆末，钱大昕跋《长春真人西游记》（《潜研堂文集》二十九）已云小说《西游演义》是明人作；纪昀（《如是我闻》三）更因"其中祭赛国之锦衣卫，朱紫国之司礼监，灭法国之东城兵马司，唐太宗之大学士翰林院中书科，皆同明制"，决为明人依托，惟尚不知作者为何人。而乡邦文献，尤为人所乐道，故是后山阳人如丁晏（《石亭记事续编》）阮葵生（《茶余客话》）等，已皆探索旧志，知《西游记》之作者为吴承恩矣。吴玉搢（《山阳志遗》）亦云然，而尚疑是演邱处机书，犹罗贯中之演陈寿《三国志》者，当由未见二卷本，故其说如此，又谓"或云有《后西游记》，为射阳先

①单演义标点：《鲁迅小说史大略》，西安：陕西人民出版社1981年4月版，第76页。

②蒋瑞藻：《小说考证》，上海：商务印书馆1935年5月版，第47页。

③鲁迅：《中国小说史大略》（铅印本），许寿裳保存，见北京鲁迅博物馆鲁迅研究室编：《鲁迅研究资料》第17辑，天津：天津人民出版社1986年9月版，第99页。

生撰"，则第志俗说而已。

　　吴承恩字汝忠，号射阳山人，性敏多慧，博极群书，复善谐剧，著杂记数种，名震一时，嘉靖甲辰岁贡生，后官长兴县丞，隆庆初归山阳，万历初卒（约一五一〇——一五八〇）。杂记之一即《西游记》（见《天启淮安府志》一六及一九《光绪淮安府志》贡举表），余未详。又能诗，其"词微而显，旨博而深"（陈文烛序语），为有明一代淮郡诗人之冠，而贫老乏嗣，遗稿多散佚，邱正纲收拾残缺为《射阳存稿》四卷《续稿》一卷，吴玉搢尽收入《山阳耆旧集》中（《山阳志遗》四）。然同治间修《山阳县志》者，于《人物志》中去其"善谐剧著杂记"语，于《艺文志》又不列《西游记》之目，于是吴氏之性行遂失真，而知《西游记》之出于吴氏者亦愈少矣。[①]

至此，鲁迅所持之"吴承恩说"已基本成型，其采摭之相关史料尤多，后收录于《小说旧闻钞》。在鲁迅提出《西游记》作者为吴承恩时，胡适"还不知道《西游记》的作者是谁，只能说：'《西游记》小说之作必在明朝中叶以后'，'是明朝中叶以后一位无名的小说家做的'"[②]。以鲁迅提供的史料为契机，胡适在《〈西游

----

① 鲁迅：《中国小说史略》下卷，北京：北京大学第一院新潮社1924年6月版，第175—176页。此后各版本《中国小说史略》中的相关论述与此相同。
② 胡适：《〈西游记〉考证》，见欧阳哲生编：《胡适文集》第3卷，北京：北京大学出版社1998年11月版，第517页。

记〉考证》中详细地考证了吴承恩的生平,内容较之《中国小说史略》更为丰富。该文在《读书杂志》刊出后,董作宾撰《读〈西游记考证〉》,提供了胡适论文中未曾涉及的史料,对吴承恩生卒年、花果山原型等问题提出不同见解。①经过鲁迅、胡适、董作宾等学界同人的共同努力,20世纪30年代又有郑振铎、孙楷第、赵景深、刘修业等研究者的不断引证和申述,"吴承恩说"在一段时间内成为《西游记》作者之定论。尽管"吴承恩说"日后遭到学术界质疑,或指出"吴承恩说"证据之不足(仅存疑而未下结论),或重提"邱处机说",或另寻作者,但以鲁迅与胡适为代表的"吴承恩说"已成为《西游记》研究史上具有"范式"意义的学术论断,其贡献足以载入史册。②

中国小说史研究的学术共同体成员通力合作,考证《西游记》作者,其价值不限于学术史,还呈现于思想史。本书第四章已述,小说在中国古代处于边缘性地位。特别是白话小说,作为文化消费的对象,作者主要是民间艺人和下层文人,在读者眼中并不具备"作家"的文化身份和精英地位。即使有上层文人偶或为之,也多使用化名,不求以小说传名,使之与经史诗文等量齐观,作为安身立命的大事业。小说既然不被视为"创

---

① 董作宾:《读〈西游记考证〉》,见欧阳哲生编:《胡适文集》第3卷,北京:北京大学出版社1998年11月版,第529—535页。该文作为胡适《〈西游记〉考证》一文的附录,收录于《胡适文存二集》。
② 有关《西游记》作者的争论,详见竺洪波:《四百年〈西游记〉学术史》,上海:复旦大学出版社2006年12月版,第266—274页。

作",也就不存在对"小说家"的身份认同。这使中国古代小说流传至今,往往是作品尚存,作者湮没,从而在小说史研究中造成无数悬案,虽经几代学人多方努力,但至今仍未有定论。因此,对小说作者的考证,既是中国小说史研究的重要话题,又承载着研究者的文化理想。以胡适为代表的新文化倡导者大力扶植白话文学,作为白话文学之代表的小说文类因此受到重视,小说地位提升,其作者也理应受到尊重。可见,对古代小说作者的考证,固然出于小说史研究者破解悬案、还原真相的求实精神,同时,通过考证小说家的真实身份,为作者正名,归还其著作权,使小说家不再隐藏于幕后,才能真正确立小说和小说家的文化地位。何况,将《西游记》的著作权归属于吴承恩,也有助于胡适对小说主旨的判断:

> 至于我这篇考证本来也不必做;不过因为这几百年来读《西游记》的人都太聪明了,都不肯领略那极浅极明白的滑稽意味和玩世精神,都要妄想透过纸背去寻那"微言大义",遂把一部《西游记》罩上了儒、释、道三教的袍子;因此,我不能不用我的笨眼光,指出《西游记》有了几百年逐渐演化的历史;指出这部书起于民间的传说和神话,并无"微言大义"可说;指出现在的《西游记》小说的作者是一位"放浪诗酒,复善谐谑"的大文豪做的,我们看他的诗,晓得他确有"斩鬼"的清兴,而决无"金丹"的道心;指出这部《西游记》至多不过是一部很有趣味的滑稽小说,神话小说;他并没有什么微妙的意思,他至多不过有一点爱骂人的玩世

主义。这点玩世主义也是很明白的；他并不隐藏，我们也不用深求。①

胡适对古代小说的判断，常常出于一种"自然主义"的阅读趣味，提出《红楼梦》为作者自叙，就是这一阅读趣味的体现。因此，胡适对《西游记》主旨的概括，排除玄理和微言大义，力证作者为吴承恩，认为作者的性情是生成小说主旨的关键因素，也源于胡适的这一阅读趣味。《西游记》之主旨是否如胡适所言，尚可进一步讨论。但否定丘处机的作者身份，为吴承恩正名，与胡适对《西游记》主旨的判断相契合，形成互为因果的整体。后世仍有研究者强调《西游记》的宗教属性，否定吴承恩的著作权。②可见对小说主旨和作者的判断，难以分割。鲁迅则对胡适的上述观点颇为认可，在《中国小说史略》铅印本中加以引用："又作者禀性，'复善谐剧'，故虽述变幻恍忽之事，亦每杂解颐之言，使神魔皆有人情，精魅亦通世故，而玩世不恭之意寓焉（详见胡适《西游记考证》）。"③作为《〈西游记〉考证》中关键史料的提供者，鲁迅却在自家著作中引用胡适借助这些史料而生成的学术论断，这无疑是中国小说史研究的学术共同体成员之

① 胡适：《〈西游记〉考证》，见欧阳哲生编：《胡适文集》第3卷，北京：北京大学出版社1998年11月版，第528页。着重号为原文所有。
② 参见竺洪波：《四百年〈西游记〉学术史》，上海：复旦大学出版社2006年12月版，第311—312页。
③ 鲁迅：《中国小说史大略》（铅印本），许寿裳保存，见北京鲁迅博物馆鲁迅研究室编：《鲁迅研究资料》第17辑，天津：天津人民出版社1986年9月版，第102页。

间相互认同、相互尊重的体现。

　　由于胡适《〈西游记〉考证》相对晚出，影响力不及《〈水浒传〉考证》和《〈红楼梦〉考证》。[①]但该文仍有其不可替代的价值，绝非重复性工作。胡适的"中国章回小说考证"系列论文，深入史料内部而尽其曲折，试图建立史料与史料、史料与史实以及史实与史实之间的因果链条。各篇论文相互补充，既有一以贯之的常规动作，又不乏独辟蹊径的灵光一闪，彼此构成互文性的关联，在视角和方法上统一，但不单一。《〈西游记〉考证》一文对吴承恩著作权的认定，实为中国小说史研究的学术共同体成员精诚合作的成果，具有明显的示范意义，其价值不在于具体结论的确凿不移，而在于形成以下观念：小说是文学的中心，小说是小说家的创造物，小说和小说家都可以作为学术研究对象，中国小说史学的价值在于为小说和小说家正名。这是鲁迅与胡适及同时代人的中国小说史研究的思想史和文化史意义。

[①] 胡适《〈西游记〉考证》先否定作者为丘处机说，次谈小说之本事（玄奘在历史上的真实经历），次谈小说之渊源（《大唐三藏取经诗话》），次谈孙悟空之原型（哈奴曼），之后继续叙述宋以后取经故事的演化史，次谈作者（吴承恩），最后谈小说之艺术，思路略显跳脱，不及《〈水浒传〉考证》和《〈红楼梦〉考证》连贯顺畅，仍有两篇论文（《〈西游记〉序》和《读书杂志》刊本《〈西游记〉考证》）捏合在一起的痕迹。

三

鲁迅与胡适的学术交往,不限于合作,也体现在分歧之中。

1922年8月21日,即前文引用的抄录吴承恩生平史料的通信寄出一周后,鲁迅再次致信胡适,提供有关《西游记》戏曲的史料:

> 《纳书楹曲谱》中所摘《西游》,已经难以想见原本。《俗西游》中的《思春》,不知是甚事。《唐三藏》中的《回回》,似乎唐三藏到西夏,一回回先捣乱而后皈依,演义中无此事。只有补遗中的《西游》似乎和演义最相近,心猿意马,花果山,紧箍咒,无不有之。《揭钵》虽演义所无,但火焰山红孩儿当即由此化出。杨掌生笔记中曾说演《西游》,扮女儿国王,殆当时尚演此剧,或者即今也可以觅得全曲本子的。[①]

通信中"演义"指百回本小说《西游记》,与《水浒传》相同,胡适也将其视为"世代累积型"的小说。鲁迅提供的史料,被胡适纳入《〈西游记〉考证》一文中,并加以辨析,丰富了对《西游记》渊源的考察,成为二人良好合作的又一例证。然而,在该信的附言中,鲁迅补充了以下信息:

[①] 鲁迅:《220821　致胡适》,《鲁迅全集》第11卷,北京:人民文学出版社2005年11月版,第431页。

　　再《西游》中两提"无支祁"一作巫枝祇,盖元时盛行此
故事,作《西游》者或亦受此事影响。其根本见《太平广记》
卷四六七《李汤》条。①

这一论断触发了胡适对孙悟空原型的探究,与鲁迅产生了重大
分歧。

　　前不多时,周豫才先生指出《纳书楹曲谱补遗》卷一
中选的《西游记》四出,中有两出提到"巫枚只"和"无支
祁"。……周先生指出,作《西游记》的人或亦受这个巫枝
祁故事的影响。……无支祁被禹锁在龟山足下,后来出来
作怪,又有被僧伽(观音菩萨化身)降伏的传说;这一层和
《取经神话》的猴王,和《西游记》的猴王,都有点相像。或
者猴行者的故事确曾从无支祁的神话里得着一点暗示,也
未可知。这也是可注意的一点。

　　以上是猜想猴行者是从中国传说或神话里演化出来
的。但我总疑心这个神通广大的猴子不是国货,乃是一件
从印度进口的。也许连无支祁的神话也是受了印度影响
而仿造的。因为《太平广记》和《太平寰宇记》都根据《古岳
渎经》,而《古岳渎经》本身便不是一部可信的古书。宋、元
的僧伽神话,更不消说了。因此,我依钢和泰博士(Paror
A. von Staël Holstein)的指引,在印度最古的纪事诗《拉麻

---

① 鲁迅:《220821　致胡适》,《鲁迅全集》第11卷,北京:人民文学出版社
2005年11月版,第431页。

传》(Rāmāyana)里寻得一个哈奴曼(Hanumān)，大概可以
算是齐天大圣的背影了。①

胡适将哈奴曼视为孙悟空的原型，提出了"外来说"，与鲁迅所
持之"本土说"成为孙悟空形象来源的两种主要观点，百年来各
有拥趸，影响极大。还有学人综合鲁迅与胡适的观点，提出所
谓"混血说"。对孙悟空原型的考察，可谓众说纷纭。②事实上，
前引鲁迅信中并未直言无支祁为孙悟空之原型，似乎意在指出
百回本小说《西游记》之故事情节源于戏曲。更直接的论述，见
于《中国小说史略》。相关内容自铅印本始出，但不见于《明之
神魔小说》，而在《唐之传奇文》中。③

　　宋朱熹(《楚辞辨证》中)尝斥僧伽降伏无支祁事为俚
说，罗泌(《路史》)有《无支祁辩》，元吴昌龄《西游记》杂剧
中有"无支祁是他姊妹"语，明宋濂亦隐括其事为文，知宋
元以来，此说流传不绝，且广被民间，致劳学者弹纠，而实
则仅出于李公佐假设之作而已。惟后来渐误禹为僧伽或
泗洲大圣，明吴承恩演《西游记》，又移其神变奋迅之状于

---

① 胡适：《〈西游记〉考证》，见欧阳哲生编：《胡适文集》第3卷，北京：北京
　大学出版社1998年11月版，第511—512页。着重号为原文所有。
② 对孙悟空原型的争论，参见陈曦钟、段江丽、白岚玲：《中国古代小说研
　究论辩》，南昌：百花洲文艺出版社2006年5月版，第126—131页。
③ 铅印本中的相关论述见第八篇《唐之传奇文》(下)，由于初版本增至二
　十八篇，《唐之传奇文》(下)的位序调整为第九篇。

孙悟空，于是禹伏无支祁故事遂以埋昧也。[①]

鲁迅没有在专论《西游记》的《明之神魔小说》中阐释这一问题，原因不详，大约探讨孙悟空的形象来源并非该篇之要旨，因此仅在《唐之传奇文》中分析《李汤》一篇时顺带提及。孙悟空的形象是否存在原型，如是，其原型何在，并非《中国小说史略》所要探讨的主要问题。对胡适的"外来说"的回应，见于1924年暑期赴西北大学开设的中国小说史系列讲座中：

> （《李汤》）这篇影响也很大，我以为《西游记》中的孙悟空正类无支祁。但北大教授胡适之先生则以为是由印度传来的；俄国人钢和泰教授也曾说印度也有这样的故事。可是由我看去：1.作《西游记》的人，并未看过佛经；2.中国所译的印度经论中，没有和这相类的话；3.作者——吴承恩——熟于唐人小说，《西游记》中受唐人小说的影响的地方很不少。所以我还以为孙悟空是袭取无支祁的。但胡适之先生仿佛并以为李公佐就受了印度传说的影响，这是我现在还不能说然否的话。[②]

鲁迅不同意胡适的观点，仍坚持"本土说"，并举出三点理由。

---

① 鲁迅：《中国小说史略》，《鲁迅全集》第9卷，北京：人民文学出版社2005年11月版，第89页。其中"元吴昌龄《西游记》杂剧中有'无支祁是他姊妹'语"一句，铅印本作"元人《西游记》（有数出在《纳书楹曲谱》中）有'无支祁是他姊妹'语"。自北新书局1931年9月订正本改。
② 鲁迅：《中国小说的历史的变迁》，《鲁迅全集》第9卷，北京：人民文学出版社2005年11月版，第327—328页。

这段论述出现在系列讲座的第三讲《唐之传奇文》,而不是第五讲《明小说之两大主潮》之中,仍是在介绍《李汤》一篇时顺带提及,在《中国小说史略》此后出版的各版本未予增补,显然是演讲过程中的现场发挥。而且鲁迅举出的三点理由中的前两点,思路并不严密。其一,《西游记》的作者也许不精通佛学,但从小说的情节看,对佛经还是有所涉猎。其二,即便中国所译的印度经论中不涉及《罗摩衍那》和哈奴曼,也不能证明其他有关印度和印度文化的典籍中不存在这类信息。鲁迅的回应,立场固然鲜明,但论证略显随意,用于演讲尚可,不适合写入学术著作。《中国小说史略》未予增补,是正确的选择。同样,胡适所持之"外来说",假设不可谓不大胆,论证却不甚严密,未能在《罗摩衍那》与《西游记》或《大唐三藏取经诗话》甚或《李汤》之间建立事实上的关联,为可能存在的影响关系提供过硬的证据,仅凭作品情节和人物行动上的近似,判断孙悟空的形象来源于哈奴曼,这样的求证不够小心。胡适的思路,用于考察"世代累积型"小说的前世今生是有效的。凭借丰富的史料和细致的论证,还原一部小说由源及流的过程,是胡适"中国章回小说考证"系列论文的突出特点和重要贡献,也更能彰显中国小说史研究的学科归属和学术定位。以胡适、顾颉刚为代表的学人,将中国小说史(包括文学史)视为史学的一个分支。顾颉刚于1947年1月出版《当代中国史学》一书,列专章讨论小说史和戏曲史研究,对胡适和郑振铎予以高度评价,从中可见一斑。[1]胡适在现代中国学术史上的角色,首先是史家,质胜文则史,即便也热衷创作,潜心教学,关注社会,参与政治,史家仍为其底色。百年来的中国小说史研究,"史"的倾向超过"诗"。这并非研究者对"诗"的探索力有不逮,而是由小说史研究的学科归属决定。研究者即便倾心于小说审美价值的追寻,在小说史研究的前提下,也不得不戴着镣铐跳舞,暂时压抑自家对"诗"的渴求、感悟与体察,或者在字里行间小心渗透。但小说人物的原型,本属于文学创作问题。孙悟空的形象或有原型,甚至存在多个原型,但须借助小说家的想象力加以整合,才能塑造出全新的鲜活的人物形象。原型既可以借鉴前人创作,又可能来自历史或现实生活,但绝非两两相加的量的累积。原型之于小说家塑造人物形象,有可能起到触发作用,但有无原型,哪一个是原型,不同原型在人物塑造的过程中所占比例多少,未必是决定性因素,也难以精确计算。胡适采用"世代累积"视角和方法探究孙悟空形象的来源,未必契合。不是说人物原型问题不值得研究,而是单纯采取史学方法无法形成有效的阐释,因为小说家的想象力是难以实证的。所谓"杂取种种人,合成一个"[2],源于鲁迅的小说创作经验,而非学术心得。因此,和胡适相比,鲁迅对探究孙悟空的原型并不十分热衷,在《中国小说史略》中仅有简要论述,面对胡适的质疑,有所答辩,也承载于

---

① 顾颉刚:《当代中国史学》,上海:胜利出版公司1947年1月版,第118页。
② 鲁迅:《且介亭杂文末编·〈出关〉的"关"》,《鲁迅全集》第6卷,北京:人民文学出版社2005年11月版,第538页。

学术演讲的现场发挥之中,没有作为著作的苦心经营。

在学理层面上,鲁迅对孙悟空形象来源的探究,不及胡适系统全面(是否严密周翔尚可进一步讨论),但在文学创作层面上却自有心得。[①]从学术史和思想史视角考察二人在这一问题上的分歧,其意义不在于判断孰是孰非,而在于呈现中国小说史研究的不同立场和方法。秉承史学立场者如胡适,在"史"的探索中兼顾"诗"者如鲁迅,各有侧重,亦各有所长。同时,鲁迅与胡适虽然各持己见,但均能避免言之凿凿,在质疑他人观点时,也不为已甚,尊重并维护对方发言的权利。[②]由此可见,鲁迅与胡适在中国小说史研究中均做到了取彼之长,补己之短,

[①] 鲁迅《且介亭杂文末编·〈出关〉的"关"》中说:"世间进不了小说的人们倒多得很。然而纵使谁整个的进了小说,如果作者手腕高妙,作品久传的话,读者所见的就只是书中人,和这曾经实有的人倒不相干的。例如《红楼梦》里贾宝玉的模特儿是作者自己曹霑,《儒林外史》里马二先生的模特儿是冯执中,现在我们所觉得的却只是贾宝玉和马二先生,只有特种学者如胡适之先生之流,这才把曹霑和冯执中念念不忘的记在心儿里:这就是所谓人生有限,而艺术却较为永久的话罢。"《鲁迅全集》第6卷,北京:人民文学出版社2005年11月版,第538页。这一论断采用杂文笔法,对胡适有所调侃,但能够呈现鲁迅对小说人物原型问题的基本看法,可以作为理解鲁迅与胡适在探究孙悟空形象来源之分歧的一个注脚。

[②] 鲁迅在《中国小说的历史的变迁》中表示:"这是我现在还不能说然否的话。"《鲁迅全集》第9卷,北京:人民文学出版社2005年11月版,第528页。胡适在《〈西游记〉考证》中使用"疑心""假定""也许"等词语,见欧阳哲生编:《胡适文集》第3卷,北京:北京大学出版社1998年11月版,第512—514页。二人均出言审慎,显示出谦逊的态度。

形成学术共同体内部的良性互动。二人在大方向上能够取得共识,在有分歧的问题上能够坚持己见。和而不同的立场,使鲁迅与胡适的中国小说史研究实现了有效的对话。这种真诚而平等的对话关系,是学术共同体所能产生的重要功效,可以使其内部的各成员能够在相互扶植、相互砥砺中促进彼此研究的不断深化,从而进一步稳固了学术共同体。[①]

　　1925年以后,随着中国小说史研究的主要著作的完成,鲁迅与胡适实际的学术交往逐渐减少。彼时中国小说史学已基本建立,在大局已定的情况下,鲁迅与胡适之间不再出现频繁的学术互动,但对彼此的研究成果仍时时关注,甚至跟踪阅读。1934年五、六月间,鲁迅根据胡适新近完成的《〈红楼梦〉考证》(改定稿)及其附录《跋〈《红楼梦》考证〉》《考证〈红楼梦〉的新材料》等(均见亚东图书馆1931年5月版《胡适文选》),修订了《中国小说史略》中的曹雪芹生卒年及相关论述[②],还致信通知

[①] 胡适曾致信邀请鲁迅为"亚东版"古代小说作序,鲁迅复信辞谢。胡适来信今不存,鲁迅复信中说:"——但除了我做序。况且我没有做过序,做起来一定很坏,有《水浒》《红楼》等新序在前,也将使我永远不敢献丑。"从中略知胡适来信内容。鲁迅:《240606　致胡适》,《鲁迅全集》第11卷,北京:人民文学出版社2005年11月版,第451页。但鲁迅还是为"亚东版"古代小说的选目提出建议,推荐了《三侠五义》《西游补》和《海上花列传》三部小说。见鲁迅:《231228　致胡适》《240105　致胡适》,《鲁迅全集》第11卷,北京:人民文学出版社2005年11月版,第439—440、443页。

[②] 参见鲁迅:《340529[②]　致杨霁云》《340531[②]　致杨霁云》《340612　致杨霁云》。在这些通信中,鲁迅提到"前惠函谓曹雪芹卒年,可(转下页)

增田涉据此修改该书日译本中的相关内容①。胡适则在致苏雪林信中为鲁迅辩护："凡论一人，总须持平。爱而知其恶，恶而知其美，方是持平。鲁迅自有它的长处。如他的早年的文学作品，如他的小说史研究，皆是上等工作。"②虽然在政治理念和思想道路上早已分途，但昔日作为学术共同体的默契和情谊仍在。③

这样看来，作为小说史家的鲁迅与胡适，史德更胜于史识。

从思想史视角观照鲁迅与胡适及同时代人开创的中国小说史学，可以得出以下几点结论：其一，中国小说史学兴起于20世纪20年代初，学术起点较低，鲁迅与胡适以超凡的眼光和深厚的学养，得风气之先，建立了中国小说史学的基本格局，学术

（接上页）依胡适所得脂砚斋本改为乾隆二十七年。此事是否已见于胡之论文，本拟面询，而遂忘却，尚希拨冗见示为幸。"并向杨霁云借阅《胡适文选》。《鲁迅全集》第13卷，北京：人民文学出版社2005年11月版，第127、129、148页。

① 鲁迅：《340531（日） 致增田涉》，《鲁迅全集》第14卷，北京：人民文学出版社2005年11月版，第303—304页。

② 胡适：《致苏雪林》（1936年12月14日），见中国社会科学院近代史研究所中华民国史组编：《胡适来往书信选》上卷，北京：中华书局1979年5月版，第339页。

③ 在致台静农信中，鲁迅对胡适的治学方法有较为严苛的评价："恃孤本秘笈，为惊人之具。"应该说，鲁迅对胡适治学的批评，屡杂了学术以外的因素，而且见于私人通信中，虽值得关注，但不宜放大，未必能代表二人在中国小说史研究中的重大分歧。鲁迅：《320815 致台静农》，《鲁迅全集》第12卷，北京：人民文学出版社2005年11月版，第321—322页。

地位得天独厚。其二,中国小说史学的兴起较晚,受到诸多成熟的中外学术传统影响,一方面获得了丰富的学术资源,可以联结文学、史学、哲学、社会学、政治学、民俗学、人类学等不同学科,容纳多重资源,更易于闪展腾挪,大显身手;另一方面也承担着沉重的文化负载,小说史学之重,可以直达经史,肩负新文化的历史使命。其三,中国小说史的兴起过于迅速,也过于顺利,较早确立了学术范式,形成专学,反而可能忽略或压抑其原初的丰富性。是满足于中国小说史学的细密严整,还是保持小说史和小说史家的学术个性,成为后世研究者不得不面对的问题。鲁迅与胡适的中国小说史研究,出现在专学形成以前,《中国小说史略》及相关著作和"中国章回小说考证"系列论文均不是封闭的自足体系,而是面向思想、面向文化开放,其视野、方法和问题意识不能被学术史所完全涵盖或局限,开创期的淋漓生气,使二人不断收获创造的欣喜,在小说史研究中从心所欲,百无禁忌。而在中国小说史研究专学建立之后,变得日益严肃、庄重,对学术规范的执念,也使研究者越发紧张。中国小说史学本该多样、丰富,却被学院派追求规范性和标准化的研究倾向压抑了。面对强调规范、日益整齐的学院体制,在这一体制形成前出现的中国小说史学,既不可能、也不必要遵守所谓规范。专学之建立,全面、系统、精深,却减少了对可能性的追问,强化了对必然性的追求。这种标准化、体系化和均一化的思维方式,可能掩盖中国小说史学多元化的事实,在解决问题的同时也制造了一些问题,成为不得不付出的代价。而鲁迅与胡适以通才之量而治专学,一出手便不同凡响。通过有意识的合作,无意中的共谋,奉献出启发性而非结论性的研究成果,构筑起完整的中国小说史图景,使各类文本和史料都能在其中获得合适的安放,进而重塑中国小说史学的自身结构,使其成为促进思想文化变革的重要推手,才是以鲁迅与胡适为代表的学术共同体追求的目标之所在。

上文对鲁迅与胡适在中国小说史研究领域的学术交往进行了简要的分析。二人通过学术交往与合作,不仅丰富和完善了自家的学术著作,而且影响并召唤了同时代学人积极参与中国小说史学的建构,由此形成了一个学术共同体,使中国小说史学在初兴之时即成果丰厚,影响深远,很快成为显学。以鲁迅与胡适为代表的学术共同体不仅预示了中国小说史研究所能达到的广度和深度,也在一定程度上实现了中国小说史研究所能达到的广度和深度,其价值不在于具体论断的确凿不移,而在于开创了元气淋漓的学术史和思想史的大境界。同时,合作而不趋同,是鲁迅与胡适的中国小说史研究、特别是在良好的学术交往中达成的默契与共识。如同北京时期的《新青年》团体一样,鲁迅与胡适以及同时代学人,由学术共同体进而成为思想共同体,共同致力于新文化建设,这才是现代中国小说史学之兴起的关键价值之所在。

第六章　小说史如何讲授

——现代大学教育与中国小说史学的兴起

在促成中国小说史学之兴起的诸多因素中,除视野开阔、才华卓著的先驱者——如鲁迅与胡适——的大力倡导和苦心经营外,制度的保障也至为关键。20世纪80年代以来,随着福柯、布尔迪厄等后现代主义理论大师的著作在中国的广泛迻译与传播,加之受到港台及海外学界的相关研究的启示,中国内地学人开始关注制度、主要是现代教育制度和学术生产机制对学科建制的作用。[①] 其中,现代大学教育与"文学"学科兴起之

---

① 其中,以福柯《知识考古学》和布尔迪厄《艺术的法则》的影响最为卓著,华勒斯坦等人的著作(如《开放社会科学》《学科·知识·权力》等)也直接促进了中国学术界对相关问题的密切关注。港台地区学人的相关著作,在中国内地出版并引起较大反响的有:王汎森:《中国近代思想与学术的系谱》,石家庄:河北教育出版社2001年11月初版,长春:吉林出版集团2011年1月增订再版;陈以爱:《中国现代学术研究机构的兴起——以北大研究所国学门为中心的探讨》,南昌:江西教育出版社2002年10月版;刘龙心:《学术与制度——学科体制与现代中国史学的建立》,北京:新星出版社2007年8月版。中国内地学人的代表性著(转下页)

关联,尤为引人瞩目,成为学术研究的一大热点。①中国现代大学学制之于"文学"学科之兴起具有毋庸置疑的重要意义,这一论断迄今为止已基本上达成共识。作为文学文类之一的小说,其地位在晚清民初的日渐上升也与中国现代大学教育关系密切。晚清以降,小说逐渐进入教育管理者的视野,这就为其

(接上页)作有:陈平原:《中国现代学术之建立——以章太炎、胡适之为中心》,北京:北京大学出版社1998年2月版;桑兵:《国学与汉学——近代中外学界交往录》,杭州:浙江人民出版社1999年11月版;桑兵:《晚清民国的国学研究》,上海:上海古籍出版社2001年10月版;罗志田:《权势转移——近代中国的思想、社会与学术》,武汉:湖北人民出版社1999年7月版;罗志田主编:《20世纪的中国:学术与社会·史学卷》,济南:山东人民出版社2001年1月版(中国台湾地区学者刘龙心参与了该书部分章节的写作);罗志田:《国家与学术——清季民初关于"国学"的思想论争》,北京:生活·读书·新知三联书店2003年1月版;左玉河:《从四部之学到七科之学——学术分科与近代中国知识系统之构建》,上海:上海书店出版社2004年10月版;左玉河:《移植与转化——中国现代学术机构的建立》,郑州:大象出版社2008年7月版。

① 陈平原的研究在这一领域里可谓着其先鞭,《文学史的形成与建构》(南宁:广西教育出版社1999年3月版)、《中国大学十讲》(上海:复旦大学出版社2002年10月版)等均具有开拓性,《作为学科的文学史》(北京:北京大学出版社2011年2月版)对相关问题有更为系统全面的阐述。海内外学人的代表性著作还有戴燕:《文学史的权力》(北京:北京大学出版社2002年3月版)、陈国球:《文学史书写形态与文化政治》(北京:北京大学出版社2004年3月版)和《文学如何成为知识?——文学批评、文学研究与文学教育》(北京:生活·读书·新知三联书店2013年5月版)、贺昌盛:《晚清民初"文学"学科的学术谱系》(北京:中国社会科学出版社2012年4月版)等。

日后登堂入室,成为教学与研究的对象奠定了基础。蔡元培担任北京大学校长后,正式将小说纳入大学课程体系之中,从而进一步为其文学和文化地位的有效提升提供了制度性的保障。北京大学率先开设小说讲座和小说史课程,成为一个标志性事件。一方面,它促使晚清以降渐受重视的小说文类正式进入现代中国知识与学术生产的机制之中,中国小说史学也由此获得现代学科的专学属性,并由于顺应了新文学倡导者的理念与趣味,吸引更多学人参与其中,逐渐成为显学。另一方面,现代大学通过制度性设计,鼓励教师开设小说史课程,并从事小说史研究,不仅使小说进入最高学府,而且培养了以小说为研究对象的新一代研究者,实现了学术的薪火相传。可见,现代大学制度对中国小说史学之兴起的促成与保障,成为“五四”新文化运动的众多发现和主张如何以制度化的方式得以落实的一个显著案例。本章以民国初年的大学、特别是北京大学的小说教学为考察对象,试图通过还原小说进入大学课堂的过程,揭示现代大学制度与中国小说史学兴起之关系。在具体的分析中,兼及小说史课程与课程之外的学术演讲。前者作为现代学科建制的关键环节,其重要性自不待言;后者则作为小说史课程的延伸和补充,与之共同组成现代中国众声喧哗而又精彩纷呈的小说史课堂,更因此促成相关学术著作在文体上的差异。课程、演讲及相关著作之间的关联和缝隙尤其值得关注。

一

　　新文化运动之后的北京大学，在文学课程设置上较之大学堂章程有相当大的调整和突破，其中最突出的是"中国文学史"和"中国文学"课程的分置。此举使二者的学术分界渐趋明朗，开始形成各自独立的学术视野和理论个性。这两门课程的边界，类似于后来高等院校文学专业的"文学史"和"文学作品选"的区分，前者讲历史演变，提供文学知识和研究思路；后者重艺术分析，培养鉴赏能力和写作水平。课程分置改变了晚清学制中"文学史"概念的混沌局面，使之逐渐摆脱了传统"文章流别"的干扰，理论个性得到更充分的发挥。文学史概念的正本清源是提升其学术价值的基本条件之一。同时，为长期被排除在学术视野之外的小说和戏曲单独设课，不仅有助于为上述文类的价值提升提供制度性的保障，还使具有西学背景的研究者有了用武之地，有助于透过西学视角重新审视和发现传统，对中国文学的规范和秩序进行重建，同时依据自家的研究兴趣与学术水平，对大纲中规定的文学史教学内容及书写形式有所调整和自由发挥，植入研究者本人的学术个性，促进文学史由教科书向个人著作的转化。蔡元培长校时期的北京大学，在为各门课程（尤其是新设置的课程）选择教师时，特别注重其学有所长与术业专攻，延请刘师培讲授中古文学史，周作人讲授欧洲文学史，吴梅讲授戏曲史，鲁迅讲授小说史，俱为一时之选。其中小说史课程的设置,最初由于找不到合适的人选,而暂时搁置。
1920年预备增加小说史课,最初拟请周作人讲授。周作人考
虑到鲁迅更为适合,就向当时的系主任马幼渔推荐。鲁迅于是
受聘北大,开设小说史课,并因此成就了其小说史的撰写。[①]可
见,在北京大学的课程设置和教师遴选中,体现着因人设课、因
课择人的办学理念。这既保证了各门课程的学术水平,又促使
学者将其学术思路与研究成果以文学史的书写方式落实到文
字,公之于世。鲁迅在应聘北大之前,在中国小说史研究领域
浸淫已久,尤其是在古小说的搜集与整理上用力甚深,《古小说
钩沉》可资为证。然而,倘若没有开设小说史课程的经历,鲁迅
有关小说的研究著作,是否还会采用小说史这一撰述方式,则
难以断言。可见,鲁迅应北大之请讲授小说史,为其学术思路
的系统梳理和研究成果的全面展示提供了一个难得的契机,不
仅促成了中国小说史学划时代的名著《中国小说史略》的撰写,
并辑录《小说旧闻钞》《唐宋传奇集》,也开启了小说史学的"鲁
迅时代",并最终奠定了中国小说史学的学科规范与学术品格。
之所以能够取得这样引人瞩目的成就,除鲁迅本人学养深厚和
态度认真等因素外,也和现代大学教育制度和学术生产机制的
逐步确立,特别是小说史课程所设定的研究思路与撰述体例的
促成与规约密切相关。

---

① 周作人:《知堂回想录·一三七·琐屑的因缘》,《知堂回想录》下卷,石
家庄:河北教育出版社2002年1月版,第466—467页。

　　如前文所述,小说进入现代中国的大学课堂,始于1920年。是年8月,时在教育部任职的鲁迅接受北大聘书,讲授中国小说史课程。[①]鲁迅的应聘,促成小说史在中国大学的正式设课,也为北大增添了一门叫好又叫座的课程。不过,在此之前,北京大学已有开设小说课程的计划,但由于缺少适合的人选,而借助国文门研究所小说科的系列演讲。事实上,在小说正式进入大学课堂以前,小说科不仅起到了课程的作用,还作为研究机构,使小说成为学术对象。然而鲁迅的盛名和日后出现的引领学术风尚的北京大学研究所国文门[②],使国文门研究所小说科一直隐而不彰,逐渐消失在历史深处。然而小说科仍有其不容忽视的重要价值。本章首先借助相关史料,追怀小说科的历史,并阐释其教育史与学术史意义。

　　晚清以降,"文学"、特别是小说在大学学制中占据一席之地,经历了一个渐进的过程。清光绪二十八年(1902)由京师大学堂管学大臣张百熙主持拟定的《钦定大学堂章程》为文学设科。但所谓"文学科",包括经学、史学、理学、诸子学、掌故学、

---

① 鲁迅:《日记第九》(一九二〇年),《鲁迅全集》第15卷,北京:人民文学出版社2005年11月版,第408页。

② 由于1917年底成立的北大各科研究所未能取得预想中的成功,蔡元培决定进行改组,并于1922年成立了北京大学研究所国学门,成为中国现代第一个学术研究的专门机构。有关北大研究所国学门的研究,目前最详尽的著作是陈以爱《中国现代学术研究机构的兴起——以北大研究所国学门为中心的探讨》,南昌:百花洲文艺出版社2002年10月版。

词章学、外国语言文字学七类[①]，这与今天作为常识的"文学"
概念相去甚远。次年，由张百熙会同荣庆、张之洞共同拟定的
《奏定大学堂章程》，将经学、史学、理学等分别设门，"中国文学
门"始获独立。在其所设的科目中，包括接近文学史的"历代文
章流别"一科；而在研究法上，则强调了小说等诸文类与古文之
不同。[②]应该说，在清政府制定的大学章程中，能够给"引车卖
浆者流"的小说一线空间，着实不易。当然，《奏定大学堂章程》
对小说只是顺带提及，并未赋予其独立地位。1917年1月蔡元
培正式出任北京大学校长后，小说在中国大学学制中才真正浮
出水面。同年年底发表的《改订文科课程会议纪事》，在中国文
学门（简称国文门）选修课中增设《宋以后小说》一项。[③]这是中
国第一次出现以小说为讲授对象的大学课程，但当时仅仅列入
计划，并未开课。与此同时，蔡元培长校以后，强调以学术研
究作为大学的宗旨和使命："大学者，研究高深学问者也。"[④]并
提倡师生开展共同研究："所谓大学者，非仅为多数学生按时授
课，造成一毕业生之资格而已也，实以为是为共同研究学术之

①《钦定京师大学堂章程》，见舒新城编：《中国近代教育史资料》中册，北
　京：人民教育出版社1981年3月版，第544页。
②《奏定大学堂章程》，见舒新城编：《中国近代教育史资料》中册，北京：人
　民教育出版社1981年3月版，第587—588页。
③《改订文科课程会议纪事》，载《北京大学日刊》第十五号，1917年12月
　2日。
④蔡元培：《就任北京大学校长之演说》，载《东方杂志》第十四卷第四号，
　1917年4月。

机关。"①1917年底,北京大学设立了以文、理、法三科各学门为基础的研究所。②

　　研究所的组织形式在《研究所总章》第一节《组织》中有详细规定:

　　　　第一条　各分科大学中之各门俱得设研究所。例如哲学门研究所及中国文学门研究所之类。

　　　　第二条　研究所以各门"各种"之教员组织之,遇有特别需要得加聘专门学者为研究所教员。

　　　　第三条　各研究所教员中,由校长推一人为研究所主任。

　　　　第四条　每研究所设事务员一人。

　　　　第五条　本校毕业生俱得以自由志愿入研究所,本校高级学生得研究所主任之认可,亦得入研究所。

　　　　第六条　本校毕业生以外,与本校毕业生有同等之程度而志愿入所研究者,经校长及本门研究所主任之认可,亦得入研究所。

---

① 蔡元培:《就任北京大学校长之演说》,载《东方杂志》第十四卷第四号,1917年4月。
② 对此《申报》曾予以报道:"北京大学设立各科研究所,顷已次第成立。文科研究所于昨日在校长室开第一次研究会,学生志愿研究者约四五十人,蔡鹤卿校长、陈仲甫学长及章行严、胡适之、陶孟和、康心孚、陈伯弢诸教授均莅会。"原载《申报》1917年12月8日,见王学珍、郭建荣主编:《北京大学史料》(第二卷1912—1937·二),北京:北京大学出版社2000年12月版,第1365页。

第七条 本国及外国学者志愿共同研究而不能到所者,得为研究所通信员。

……①

此外,研究所各章程还强调教员与教员、教员与研究员,以及研究员与研究员之间的共同研究。尽管实际入所的研究员以北大本科在学的学生为主,但从章程及后来的实际操作看,各科研究所承担起北大最早的研究生教育之职责,也成为中国现代学术研究机构之雏形。

各科各学门研究所均设置若干研究科目,由本门教授担任指导教员。其中,文科国文门研究所最初公布的研究科目和指导教员名单如下:

诂训

陈汉章 田北湖

文字孳乳之研究

黄侃

修词学

田北湖

特别研究问题

宋元通俗文

---

① 《研究所总章》,载《北京大学日刊》第一八二号,1918 年 7 月 16 日。

田北湖[1]

科目较少,教员也仅有三人。稍后,《北京大学日刊》刊出《国文研究所研究科时间表》,对研究科目和指导教员的名单有较大规模的修订增补,详情如下:

科目　　担任教员　会期次数及时间

音韵　　钱玄同　　每月一次第一星期(六)三时至四时　十二月八日

形体　　钱玄同　　每月一次第四星期(六)三时至四时　十二月二十九日

形体　　马夷初　　每月二次第一三星期(一)三时半至四时半　十二月$\frac{三}{十七}$日

诂训　　陈伯弢[2]　每月一次第二星期(六)二时至三时　十二月十五日

诂训　　田湖北[3]　每月一次第一星期(五)三时至四时　十二月七日

---

[1]《国文研究所教员担任科目表》,载《北京大学日刊》第九号,1917年11月25日。王学珍、郭建荣主编《北京大学史料》(第二卷1912—1937)将该表与同年11月28日《北京大学日刊》第十一号刊出的《文科国文门研究所研究员认定科目表(续前)》合二为一,将学生身份的研究员胡鸣盛、黄芬、王肇详、谢基夏、伍一比、陈建勋等六人误归入教员名单,见王学珍、郭建荣主编:《北京大学史料》(第二卷1912—1937·二),北京:北京大学出版社2000年12月版,第1432页。

[2] 即前表中之陈汉章。

[3] 当作"田北湖",原文如此。

　　文字孳乳　黄季刚　　每月一次第三星期(六)三时
至四时　十二月廿二日

　　　文　　　　黄季刚　　每月一次第二星期(六)三时
至四时　十二月十五日

　　　文　　　　刘申叔　　每月一次第四星期(四)三时
至四时　十二月二十七日

　　文学史　　　朱遏先　　每月一次第一星期(三)三时
至四时　十二月五日

　　文学史　　　刘申叔　　每月一次第二星期(四)三时
至四时　十二月十三日

　　文学史　　　吴瞿安

　　文学史　　　刘叔雅　　每月一次第四星期(六)四时
至五时　十二月二十九日

　　　诗　　　　伦哲如　　每月一次第一星期(三)四时
至五时　十二月五日

　　　诗　　　　刘农伯　　每月一次第二星期(三)四时
至五时　十二月十二日

　　　词　　　　伦哲如　　每月一次第三星期(三)四时
至五时　十二月十九日

　　　词　　　　刘农伯　　每月一次第四星期(三)四时
至五时　十二月二十六日

　　　曲　　　　吴瞿安　　每月二次第一二星期(四)四
时至五时　十二月$\frac{六}{二}$十日

　　　小说　　　　刘半农周启明胡适之　　　每月二次第二四星期（五）四时半至五时半　　十二月十二二十八十四①

　　从上表中可知，北京大学国文门研究所在科目设置上涵盖了语言学和文学的诸多分支，语言学领域之音韵、文字（字形字体）、训诂，文学范畴之文学史和诸文类研究等等，均有所涉及。尤其是在文类研究上，于诗文之外，为古代不登大雅之堂的边缘文类——"曲"和"小说"单独设科，眼光独具，这无疑承载着新文化运动兴起后北大校方和国文门诸君的新文学与新教育理想。而对各科目教员的选择，也注重其术有专攻，所列俱为一时之选，堪称当时北京大学国文门教师的最强阵容。同时，部分科目采取不同教员分别指导的形式，"文"由黄侃和刘师培（申叔）分授，"文学史"则由朱希祖（逖先）、刘师培、吴梅（瞿安）和刘文典（叔雅）各自完成，"诗""词"等亦如是。这保证了不同理念和流派的学者都有充分展现其学术观点与特长的舞台，也使学生有更多的选择。各科目中，最值得详细申说的是"小说"一科。与其余诸科目不同，小说科由三位教员共同承担，既不像"文字孳乳"和"曲"科之唱独角戏，也不像"文学史"和"文"科之各领风骚，刘半农、周作人（启明）和胡适这"三驾马车"之所以选择同一科目而又能通力协作，与三人兼具新文学的倡导者和北大国文门之边缘人这一"双重身份"不无关联。作为新文

────────────

①《国文研究所研究科时间表》，载《北京大学日刊》第十六号，1917年12月4日。该表中小说科"会期次数及时间"原缺"日"字。

学倡导者,这好理解。刘半农、周作人和胡适都是《新青年》的
主要撰稿人,对新思想、新文化和新文学的呼唤不遗余力,于诸
文类中高扬小说之价值,亦与新文学之主流观念若合符节,借
助北京大学国文门研究所为小说单独设科之契机,传播自家的
新文学理想,体现在以三人为中心的小说科历次集会之中。而
作为北大国文门的边缘人,导致三人于小说科中聚首,则更值
得关注。刘半农最初由于给《新青年》撰稿,于1917年秋经兼
任该刊主编和北大文科学长的陈独秀推荐,担任北京大学法科
预科教授;在此之前,刘氏曾在上海中华书局任编译员,创作
和翻译过不少言情和侦探小说。[①]这一"鸳鸯蝴蝶派"身份,成
为刘半农屡遭新文化同人责骂的"历史污点"[②];并因难以摆脱
旧上海的文人才子气,以其"浅"而被同人批评[③];加之没有留
学经历,又常为英美派所嘲笑[④]。胡适由于1917年1月在《新青
年》上发表《文学改良刍议》一文而暴得大名,为蔡元培校长礼

[①]《刘半农生平年表(1891—1934)》,见鲍晶编:《刘半农研究资料》,天
津:天津人民出版社1985年2月版,第68—71页。
[②]王森然:《刘复先生评传》,见王森然:《近代名家评传》(二集),北京:生
活·读书·新知三联书店1998年11月版,第385页。
[③]鲁迅:《且介亭杂文·忆刘半农君》,《鲁迅全集》第4卷,北京:人民文学
出版社2005年11月版,第74页。周作人:《知堂回想录·一二五·三
沈二马下》,《知堂回想录》下卷,石家庄:河北教育出版社2002年1月
版,第420页。
[④]周作人:《知堂回想录·一二三·卯字号的名人三》,《知堂回想录》下
卷,石家庄:河北教育出版社2002年1月版,第410页。

聘(其中亦有陈独秀的举荐之功)。[①]不过,同年底《中国哲学史大纲》(上卷)一书尚未出版,缺少旧学师承和根基的胡适还没能在北京大学站稳脚跟。尽管身兼哲学和国文两门教授,在哲学门尚能开设《中国哲学》和《中国哲学史》这类主流课程,在国文门的课程表上却不见其名[②];且由于倡导白话文,不断遭到旧派学人辱骂[③]。与刘、胡两位相比,周作人在北大国文门的地位更为独特。身为浙江人和"章门弟子",周氏在北大的地位本应相当稳固。但周作人却一直有如履薄冰的紧张感。在晚年的回忆中仍强调自家的"附庸"地位:"平心而论,我在北大的确可以算是一个不受欢迎的人,在各方面看来都是如此,所开的功课都是勉强凑数的,在某系中只可算得是个帮闲罢了。"[④]周作人最初得同门朱希祖推荐,本拟到北大讲授希腊文学史和古英文。[⑤]但抵京后与蔡元培见面时,却被邀请担任预科国文课程,周作人感到力不能及,对此敬谢不敏,还险些为此辞教南归,后

①胡颂平编著:《胡适之先生年谱长编初稿(校订版)》(第一册),台北:联经出版事业公司1990年11月版,第295页。

②《文科本科现行课程》,载《北京大学日刊》第十二号,1917年11月29日。

③周作人:《知堂回想录·一五六·北大感旧录二》,《知堂回想录》下卷,石家庄:河北教育出版社2002年1月版,第546—548页。张中行:《红楼点滴》,见陈平原、夏晓虹编:《北大旧事》,北京:生活·读书·新知三联书店1998年1月版,第432页。

④周作人:《知堂回想录·一三七·琐屑的因缘》,《知堂回想录》下卷,石家庄:河北教育出版社2002年1月版,第468页。

⑤周作人:《知堂回想录·一〇四·去乡的途中一》,《知堂回想录》下卷,石家庄:河北教育出版社2002年1月版,第339—340页。

转到北京大学附设的国史编纂处任职①，1917年9月才被聘为国文门教授②。查该年北京大学国文门课程表，周作人承担一年级《欧洲文学史》和二年级《十九世纪欧洲文学史》两门课③，这在当时以"训诂音韵"和"文学考据"为宗尚的北京大学国文门④，的确属于边缘课程。可见，前引周作人的晚年回忆，并非自谦。综上可知，刘半农、周作人和胡适在当时的北大国文门都处于边缘地位，却也因此无需放下身段，即可以选择名师宿儒所不屑为之的小说——以边缘人身份研究、讲授小说这一边缘文类，可谓实至名归。加之三人在进入北大之前都曾致力于小说的翻译和创作⑤，更使他们成为主持国文门研究所小说科的不二人选。

从前引《国文研究所研究科时间表》中不难看出，北大校

---

① 周作人：《知堂回想录·一一〇·北京大学》，《知堂回想录》下卷，石家庄：河北教育出版社2002年1月版，第361—362页。

② 周作人1917年9月4日的日记中有"得大学聘书"的记载，鲁迅博物馆藏：《周作人日记》（影印本）上卷，郑州：大象出版社1996年12月版，第692页。

③ 《文科本科现行课程》，载《北京大学日刊》第十二号，1917年11月29日。

④ 陈以爱：《中国现代学术研究机构的兴起——以北大研究所国学门为中心的探讨》，南昌：百花洲文艺出版社2002年10月版，第15—16页。

⑤ 刘半农于民国初年在上海创作和翻译小说数十种。周作人曾与鲁迅合作，翻译《域外小说集》及哈葛德、柯南道尔等人的小说，并撰写多篇介绍外国小说的文章。胡适早在1906年就曾在上海《竞业旬报》上发表章回小说《真如岛》（未完），在其鼓吹新文学、倡导白话文的著述中也常常以小说为例。

方对研究所颇为重视，不仅安排了强大的师资，而且各科目集会在时间设置上也堪称细致严密，因此引发学生踊跃报名。在1917年11月22日、25日和28日的《北京大学日刊》上，连续三期刊载《文科研究所国文学门研究员认定科目表》，据此统计报名人数共计152人次（北大校方允许学生兼任不同科目的研究员）。不过，各科目的报名人数却极不平均，小说科仅有唐英、唐伟两人报名（两人还兼任其他科目，而且均未参加小说科此后开展的任何一次集会）。与之相比，音韵报名21人、形体15人、训诂13人、文字孳乳之研究22人、文33人、诗13人，报名人数相对较少的曲科也有7人。[①]日后在小说科研究会中出力甚多的傅斯年，最初报名的科目是注音字母之研究、制定标准韵之研究、文、语典编纂法四种。报名人数的相差悬殊，体现出刘师培、黄侃、钱玄同等知名教授的学术威望与号召力，也进一步印证了刘半农、周作人和胡适的边缘地位，当然也和作为边缘文类的小说不受重视有关。尽管如此，国文门研究所各科目的实际开展却并非取决于教员声望的高低和研究员人数的多寡。事实上，多数科目没有依照时间表正常开展研究活动，或者即使开展，也没有得到师生的重视，并留下相关的文字记录，令后人了解其详情，殊为可惜。独小说科有序进行，而且几乎每次

①《文科研究所国文学门研究员认定科目表》，载《北京大学日刊》第六号，1917年11月22日；《国文研究所研究员认定科目表（续前）》，载《北京大学日刊》第九号，1917年11月25日；《文科国文门研究所研究员认定科目表（续前）》，载《北京大学日刊》第十一号，1917年11月28日。

都留下了详细的记录,为今天追怀、重构其过程并阐释其意义
积累了宝贵的材料。小说以外的其他科目没有文字记录,并非
偶然。除参与者的重视程度外,将前引《国文研究所教员担任
科目表》《国文研究所研究科时间表》和同年的北京大学国文门
课程表相对照,就可以发现个中缘由。1917年11月公布的北
大《文科本科现行课程》"中国文学门"课程及任课教师有:

第一年级

中国文学　　　　　　　　　　黄季刚刘申叔

中国古代文学史(上古讫^①建安)　朱遏先

文字学(音韵之部)　　　　　　钱玄同

欧洲文学史　　　　　　　　　周作人

哲学概论　　　　　　　　　　陈百年

英文

第二年级

中国文学　　　　　　　　　　黄季刚刘申叔

中国古代文学史　　　　　　　朱遏先刘申叔

文字学(形体之部)　　　　　　钱玄同

十九世纪欧洲文学史　　　　　周作人

英文

第三年级

中国文学　　　　　　　　　　黄季刚吴瞿安

① 当作"迄",原文如此,下同。

| 中国近代文学史(唐宋讫今) | 吴瞿安 |
| 文字学(训诂之部) | 钱玄同[1] |

不难发现,上表中的课程及任课教师与国文门研究所各科目及指导教师基本重合(将中国文学史和中国文学分别设课,以后者涵盖文、诗、词、曲等各文类,则体现出将"文学史"与"文学"分而治之的教学思路[2])。也就是说,研究所各科目中的绝大多数都可以通过日常教学来完成。在有效完成教学工作的前提下,避免重复性劳动,不重视研究所设置的相关科目的开展,或开展但不予记录,问题不大。但小说在当时并未列入课程表。如前文所述,稍后颁布的《改订文科课程会议纪事》在国文门选修课程中增设《宋以后小说》。但也是"有目而无文",由于缺少合适的教师,未能开设。与之形成鲜明对照的是,"曲"本与小说同属于边缘性文类,但有吴梅这样的曲学大家位列教席,既得以进入课堂,又列为研究科目,受到不少学生的青睐,因而身价倍增[3]。这样看来,国文门研究所小说科就不仅仅是一项研究科目,而担任着一直未能正式开设的小说课程之角色。国文

---

①《文科本科现行课程》,载《北京大学日刊》第十二号,1917年11月29日。

②北京大学《文科国文学门文学教授案》明确规定:"文科国文学门设有'文学史'及'文学'两科,其目的本截然不同,故教授方法不能不有所区别。"载《北京大学日刊》第一百二十六号,1918年5月2日。标点为引者所加。

③陈平原:《知识、技能与情怀——新文化运动时期北大国文系的文学教育》,见陈平原:《作为学科的文学史》,北京:北京大学出版社2011年2月版,第80—81页。

门研究所为小说文类单独设科,延请刘半农、周作人、胡适这三位新文学倡导者主持其事,从中可见北大校方的良苦用心。这恐怕也正是刘、周、胡三人,尤其是前两人——胡适由于兼任北大哲学门研究所教员,指导"中国名学钩沉"等科目①,同时还要在英国文学门开设《英国文学》《亚洲文学名著(英译本)》等课程②,分身乏术——对此倾尽全力,从而使小说科在研究所各科目中开展得最为成功、相关材料也保存得最为完好的原因之一。

二

对北京大学国文门研究所小说科,周作人在其晚年中有较为详细的追忆:

北大那时还于文科之外,还早熟的设立研究所,于六年(一九一七)十二月开始,凡分哲学,中文及英文三门,由教员拟定题目,分教员公同研究及学生研究两种。我于甲种中选择了"改良文字问题",同人有钱玄同马裕藻刘文典三人,却是一直也没有开过研究会,乙种则参加了"文章"类第五的小说组,同人有胡适刘复二人,规定每月二次,于第二第四的星期五举行开会,照例须有一个人讲演。我们

①《哲学门研究所纪事》,载《北京大学日刊》第十二号,1917年11月29日。
②《文科本科现行课程》,载《北京大学日刊》第十二号,1917年11月29日。

的小说组于十二月十四日开始，一共有十次集会，研究员
只有中文系二年级的崔龙文和英文系三年级的袁振英两
人，我记得讲演仅有胡刘二君各讲了一回，是什么题目也
已忘记了，只仿佛记得刘半农所讲是什么"下等小说"，到
了四月十九日这次轮到应该我讲了，我遂写了一篇《日本
近三十年小说之发达》，在那里敷衍的应用。[①]

知堂老人的这段追忆大体无误，特别是以坚持数十年的日记为
蓝本，对时间的记录非常准确，但其中仍有部分细节需要订正：
集会的数量并未达到十次；研究员除崔龙文和袁振英二君外，
还包括后来加入的傅斯年和俞平伯，以及"旁听员"傅缉光一人
（仅参加一次）；讲演也不限于三回。接下来结合《北京大学日
刊》上刊载的相关记录，及《周作人日记》等其他第一手材料，还
原国文门研究所小说科从设立到终止的全过程，以及期间历次
集会之详情。

　　据《周作人日记》记载，1917年11月13日，周氏赴北大研
究所开会，"认定'改良文字问题'及'小说'二项，遇胡适之、刘
半农二君"[②]。这是北大研究所成立之前的一次准备会，会议确
立了国文和哲学门研究所的研究科目。三日后的《北京大学日
刊》第一号刊载题为《有志研究国文哲学者注意》的通告，介绍

---

① 周作人：《知堂回想录·一二七·五四之前》，《知堂回想录》下卷，石家
　庄：河北教育出版社2002年1月版，第427—428页。
② 鲁迅博物馆藏：《周作人日记》（影印本）上卷，郑州：大象出版社1996年
　12月版，第707页。标点为引者所加，下同。

研究所的筹备进度："敬启者:国文哲学门研究所现已组织就
绪,内分研究科及特别研究科两项。研究科及特别研究科目已
由本门各教授分别担任。……"[1]同月30日,周作人又赴北大
开会,并与刘半农拟定小说研究表。[2]

　　经过这一系列的准备工作,1917年12月14日,小说科的
第一次集会按规定如期举行。到会的教员有刘半农和周作人,
研究员有袁振英和崔龙文。集会首先由刘半农发表专题演讲,
倡导以科学方法研究小说,提出以"文情并茂"四字为小说界中
最美满之评语,进而分析小说不受重视的原因,并结合自家七
年来编译小说的经验,探讨如何转变阅读小说的眼光,最后强
调研究小说的科学方法应包括历史和进步两方面,后者尤宜以
西洋小说为宗尚。周作人在随后的发言中提议研究小说当侧
重于进步方面,故研究外国小说当以近代名人著作为主体,19
世纪以前的著作可归入历史范围。周作人的发言,明确了小说
研究和小说史研究的区别。[3]

　　同年12月28日,小说科举行第二次集会。与会的教员不

----

① 《有志研究国文哲学者注意》,载《北京大学日刊》第一号,1917年11月
　16日。标点为引者所加。
② 鲁迅博物馆藏:《周作人日记》(影印本)上卷,郑州:大象出版社1996年
　12月版,第710页。
③ 《文科国文门研究所报告》,载《北京大学日刊》第三十三号,1917年12
　月27日。《周作人日记》1917年12月14日载:"半农来。四时后同往二
　道桥文科研究所。袁、崔二君来会,六时散。"鲁迅博物馆藏:《周作人日
　记》(影印本)上卷,郑州:大象出版社1996年12月版,第713页。

变,研究员则增加了傅斯年。集会首先由周作人演讲,将小说研究分为"过去的小说研究"和"新小说之发展"两大部分,于后者仍大力推举外国小说,强调其"今日所臻之境远非中土所及也";并将中国小说之演进分为野史、闲书和人生文学三个时代。周氏还介绍了自家拟定的研究课题:"拟就古小说中寻求历史的发展""拟研究古小说中之神怪思想"。刘半农随后发言,谈及中文小说之分类(白话之章回小说和短篇之笔记小说)、研究文章之体式(札记或论文),并提出研究所集会不必逐次演讲,宜注重互相讨论、交换研究心得。刘氏也介绍了自家拟定的研究课题:"中国之下等小说此为历史方面者""印度近代小说思想之变迁此为进步方面者"。研究员傅斯年则表示愿意先研究小说之原理,指出"小说事就其制作方面言之,则为术;就其原理方面言之,则为学",并请两位教员推荐相关英文书籍。刘半农还带来英俄法国小说各一种,布置三位研究员分别阅读。①较之两周前的第一次集会,第二次集会的内容更加丰富,也具有更为浓厚的研究讨论气氛。

小说科第三次集会于1918年1月18日举行,与会教员和研究员与第一次相同。此次集会改为专题演讲,由刘半农作,

①《文科国文门研究所报告》(傅斯年记录),载《北京大学日刊》第四十八号,1918年1月17日。《周作人日记》1917年12月28日载:"四时往二道桥,半农亦至。六时散。"12月31日载:"傅斯年君函送研究会记事稿。"鲁迅博物馆藏:《周作人日记》(影印本)上卷,郑州:大象出版社1996年12月版,第716、717页。

题为《通俗小说之积极教训和消极教训》。这是刘氏在新文化运动期间有关小说的著名文字，由于有"详细演辞录存（研究）所中"，因此记录稿颇为简略。刘半农演讲后，与会的两位研究员就研究所中已购中国小说50余种，各认数种作为研究对象。崔龙文选择《小说丛考》《顾氏四十家小说》和《晋唐小说六十种》，袁振英选择《留东外史》《老残游记》和《二十年目睹之怪现状》。[①]二人就古代与近代、文言与白话的不同选择，是否出于教员的特意安排，目前尚无材料可以证明。所谓"演辞"与刘半农后来发表的同题文章是否一致，也难以确证。因此无法判断是刘氏事先写好文章，再照章宣讲；还是先草拟初稿，事后再敷衍成文。《通俗小说之积极教训和消极教训》一文不难获取，故不再记述第三次集会演讲的详细内容。

　　小说科第四次集会举行于同年2月1日，与会教员仍为刘、周两位，研究员则达到四人：傅斯年回归，新增了俞平伯。集会首先由周作人作题为《俄国之问题小说》的演讲，概括"问题小说"的定义和条件、与教训小说和社会小说之区别，并分别介绍了俄国小说家赫尔岑《谁之罪》、车尔尼雪夫斯基《如之何》（即《怎么办》）、托尔斯泰《安娜·卡列尼娜》和陀思妥耶夫斯基《罪与罚》等名著之大意。演讲过后，俞平伯和傅斯年分别认定了

---

① 《文科国文研究所报告》，载《北京大学日刊》第五十一号，1917年1月20日。《周作人日记》1918年1月18日载："往研究所，五时半出，同半农步行至东安门，乘车回。"鲁迅博物馆藏：《周作人日记》（影印本）上卷，郑州：大象出版社1996年12月版，第729页。

自家研究之小说，俞氏为《唐人小说六种》，傅氏为《五代史平话》和《儒林外史》。①仍有文言与白话之分。现存周作人公开发表的文字及未刊稿中均无此同题文章。此前几天的《周作人日记》中也没有撰写相关演讲稿的记载。可见，周作人在演讲之前并未成文，事后也未加以整理。不过在新文化运动期间讲述日后大行其道的问题小说，自是题中应有之义，其发现与引领时代风尚之用心，值得关注。

　　1918年3月1日的《周作人日记》有如下记录："往研究所，胡、袁二君来，未讲演，谈至五时而散。"②似乎小说科于当日举行了一次没有演讲的集会。"胡、袁二君"当为教员胡适和研究员袁振英。查《国文研究所报告》可知，是年3月的两次小说科集会分别安排在15日和29日。可见，这次会谈并非出于北京大学校方或国文门研究所的安排，而是由小说科同人自行拟定。本月15日的集会恰好由胡适演讲，因此这次会谈很可能是为半个月后的集会做准备，不能算作小说科的第五次集会。

　　两周后，小说科第五次集会如期举行。出席教员有胡适和周作人，研究员仍为前次四人。由于《北京大学日刊》误将此

①《文科国文研究所报告》，载《北京大学日刊》第六十三号，1917年2月3日。《周作人日记》1918年2月1日载："同半农至研究所，六时出。"鲁迅博物馆藏：《周作人日记》（影印本）上卷，郑州：大象出版社1996年12月版，第731页。

②鲁迅博物馆藏：《周作人日记》（影印本）上卷，郑州：大象出版社1996年12月版，第736页。

次集会算作"第四次"，因此导致之后两次集会计数的错误。这是胡适唯一一次参加小说科集会，也是唯一一次发表演讲，题目是《短篇小说》。演讲经傅斯年记录成文，连载于1918年3月22至23、25至26日《北京大学日刊》第九十八至一百零一号（24日为星期日，未出刊）。由此可知，胡适事先做了准备，但并未成文。记录稿后经胡适本人改定，以《论短篇小说》为题发表于1918年5月15日《新青年》第四卷第五号。胡适的修改主要在文字表达，文章结构和主要观点没有明显变化。该文已发表，因此不再记述其内容。胡适演讲后，周作人提出了一些不同见解。两人在彼此的辩驳砥砺中深化了自家对短篇小说的看法。①

　　小说科第六次集会也于3月29日如期举行，与会教员为刘半农、周作人，研究员四人不变。由刘氏作题为《中国之下等小说》的演讲。②与《通俗小说之积极教训和消极教训》一样，这也

①《国文研究所小说科第四次会记录》，载《北京大学日刊》第九十八号，1918年3月22日；《国文研究所小说科第四次会记录（续）》，载《北京大学日刊》第九十九号，1918年3月23日；第一百号，1918年3月25日；第一百零一号，1918年3月26日；第一百零二号，1918年3月27日。《周作人日记》1918年3月15日载："至研究所，又回至校，与适之谈，七时返寓。"鲁迅博物馆藏：《周作人日记》（影印本）上卷，郑州：大象出版社1996年12月版，第738页。

②《文科国文门研究所记事》，载《北京大学日刊》第一百一十二号，1918年4月16日；《文科国文门研究所记事》（续），载《北京大学日刊》第一百一十三号，1918年4月17日。《周作人日记》1918年3月29日载："至法科访半农，同至研究所。"鲁迅博物馆藏：《周作人日记》（影印本）上卷，郑州：大象出版社1996年12月版，第741页。

是刘半农在新文化运动期间有关小说的代表性著述。其要点连载于4月16—17日《北京大学日刊》第一百一十二至一百一十三号。定稿则发表于1918年5月21—25、27—31日,6月1、3、4日《北京大学日刊》第一百四十二至一百五十四号。小说科第七次集会,也是现有记录的最后一次集会于同年4月19日举行。出席教员与第六次同,研究员中俞平伯未参加,仅剩余下三人,另新增一名旁听员傅缉光。①集会由周作人作《日本近三十年小说之发达》的专题演讲。可以肯定的是,周作人事先撰写了详尽的演讲稿(决非纲要)。②《文科国文门研究所记事》仅录其要点,全文则发表于1918年5月20—25、27—31日,6月1日《北京大学日刊》第一百四十一至第一百五十二号,又发表于同年7月15日《新青年》第五卷第一号,后收入周氏散文集《艺术与生活》。三次收录,除个别标点略有出入外,整体上无大区别。与刘半农的两篇名作相比,《日本近三十年小说之发达》在当时更为知名,影响也更大,且反复刊载,对其内容亦无须详述。

　　北大国文门研究所小说科的集会,至此中断。虽然5月3

①《文科国文门研究所记事》,载《北京大学日刊》第一百一十七号,1918年4月22日。《周作人日记》1918年4月19日载:"又至研究所,六时了。同半农步行至法科,乘车回。"鲁迅博物馆藏:《周作人日记》(影印本)上卷,郑州:大象出版社1996年12月版,第745页。

②在本月17、18日《周作人日记》中,均有"起讲演稿"的记载。鲁迅博物馆藏:《周作人日记》(影印本)上卷,郑州:大象出版社1996年12月版,第745页。

日和17日,6月14日和28日的集会已列入计划,并多次公布,但始终未见关乎其详情的文字记录。[①]查这四天的《周作人日记》,也没有赴研究所出席集会,或与刘半农、胡适等人会面的记载。[②]因此,在新史料出现之前,可以认定北大国文门研究所小说科集会举行至第七次终止。

　　在以上的追怀中,之所以特别注重一些看似无关紧要的细节——如演讲与相关著述的先后顺序问题,除力图重构历史现场外,还意在凸显现代大学学制之下演讲与著述之间的关联与缝隙。撰著在先演讲在后,抑或演讲在先成文在后,并非无关紧要之事,而是关乎演讲的现场效果和著述的文体选择。撰著在先,固然准备充分,成竹在胸,而且为文也较为谨严,还可以省却记录整理之辛劳,易于发表;但书面撰著毕竟不同于口语讲述,特别是一旦遇到不善于公开演讲的教师(如周作

---

① 《集会一览表》,载《北京大学日刊》第一百二十五号,1918年5月1日;第一百二十六号,1918年5月2日;第一百二十七号,1918年5月3日;第一百三十七号,1918年5月15日;第一百三十八五号,1918年5月16日;第一百三十九号,1918年5月17日;第一百六十一号,1918年6月12日;第一百六十二号,1918年6月13日;第一百七十二号,1918年6月26日;第一百七十三号,1918年6月27日;《国文研究所课程时间表》,载《北京大学日刊》第一百五十一号,1918年5月31日。

② 鲁迅博物馆藏:《周作人日记》(影印本)上卷,郑州:大象出版社1996年12月版,第747、749、755、758页。

人①），很可能照章宣读，课堂效果不佳。成文在后，则可以减少文稿的制约，有利于擅长演讲者（如胡适②）的自由发挥，但又可能易放难收，无法集中地谈论某一话题；记录稿虽然能保留口语色彩及现场感，却又难免汗漫无序之弊，缺乏书面撰著的条理分明、细致谨严，而一经作者修葺改定，固然成文，却又趋于书面化，难以准确地传达出演讲的现场效果。演讲和著作（抑或课堂和书斋、白话和文言、口语和书面语）之罅隙，在参与人数较少且包含师生问答的研究会上尚能得到遮掩，而一旦面临人数众多、规模较大的课堂讲授或公开演讲，就会显露无遗。这一问题，在鲁迅于北京诸高校讲授小说史课程和1924年赴陕西西安暑期学校进行小说史系列演讲，特别是撰著在先的文言讲义《中国小说史略》和成文在后的演讲的白话记录稿《中国小说的历史的变迁》在观点表述与文体选择上的差异中得到了

---

① 周作人不擅演讲，在课堂上常常依照事先写好的讲义宣读。梁实秋在《忆岂明老人》一文中回忆周作人在清华大学的一次演讲："讲题是《日本的小诗》，他坐在讲坛之上，低头伏案照着稿子宣读，而声音细小，坐第一排的人也听不清楚，事后我知道他平常上课也是如此。"见《梁实秋怀人文录》，北京：中国广播电视出版社1991年2月版，第200页。

② 与周作人相比，胡适的演讲水平极高。柳存仁在《北大与北大人》一文中回忆："胡先生在大庭广众间的演讲之好，不在其演讲纲要的清楚，而在他能够尽量的发挥演说家的神态、姿势，和能够使安徽绩溪化的国语尽量的抑扬顿挫。并且因为他是具有纯正的学者气息的一个人，他说话时的语气总是十分的热挚真恳，带有一股自然的傻气，所以特别的能够感动人。"见陈平原、夏晓虹编：《北大旧事》，北京：生活·读书·新知三联书店1998年1月版，第295页。

较为充分的体现。刘半农、周作人、胡适等人的几篇演讲稿日后均以文章的形式公开发表，成为新文化运动期间著名的小说理论文献。可见，小说进入课堂，促成相关著述的问世。通过系列演讲，小说科力图解决"何谓小说"和"怎样研究小说"诸问题。无论是刘半农对小说价值之高举，还是周作人对域外经验的介绍，以及胡适对短篇小说文体概念的界定，都出于其新文学倡导者的理论立场，力图借此确立对小说文类的评判标准，从而为小说获得新文学的身份、进入现代大学学制奠定了理论基础。而诸位教员和研究员的积极参与，也使小说在正式进入大学课堂以前，在师生之间保持了一定的关注度。由小说科集会上的系列演讲到鲁迅开设中国小说史课，小说进入大学课堂经历了系统化和规范化的过程。刘半农、周作人、胡适和鲁迅的先后参与并由此催生相关学术著作的撰写，更体现出制度与人之间相互促进而又相互制约的独特关联。本章即关注制度与人之间的互动关系。蔡元培、陈独秀、胡适、鲁迅、周作人这一代学人，正处于各项制度逐渐生成的过程之中（他们本身也参与了部分制度的设定），制度之于人，尚未构成全面的覆盖和笼罩。加之这一代学人身上往往具有强大的开辟鸿蒙的淋漓元气，没有也不可能接受制度的全面制约。他们与制度之间，更多地体现为一种互动、甚至互惠的关系。而制度在规约人的同时，也会提供若干种可能性，供人选择，这就使人的意义进一步得以凸显。总之，制度造就了人，人同时也造就了制度。

　　以上通过对相关史料的钩沉辨析，追忆、重构了北京大学国文门研究所小说科从设立到终止的全过程，以及期间历次集会的详情，并阐释了其教育史和学术史意义。北大于1917年底设立各科研究所，最初列入计划的研究科目不下百种，其理想不可谓不高远，气魄不可谓不宏大。但在彼时彼地，相对于开展研究生教育和创建中国现代学术研究机构这一系列重大事业而言，此番努力尚属草创，或者说是一次失败的尝试。北大各学门研究所，连同其麾下的诸科目，包括本章力图追怀和阐释的小说科，虽做出种种努力，但均难言成功，并很快烟消云散。由刘半农、周作人和胡适的演讲稿改定而成的几篇文章，虽经刊载而闻名于世，但其之于新文化运动的现实意义远远大于实际的学术价值。傅斯年、俞平伯等人虽然选定了研究对象，但也均未能落实到文字，产生有价值的学术成果。北京大学研究所没有取得成功，个中缘由，并非经费支绌或人才匮乏，而是未逢其时。尽管有校方制定计划、提供资金，师生认真准备、积极参与，但当时北大并不具备支撑起如此规模的学术研究机构的充足条件。①直到四年后的1921年底，蔡元培决定改组研究所，经学校评议会讨论通过了《国立北京大学研究所组织大纲》，并于次年1月创立了中国现代第一个学术研究的专

---

① 陈平原：《北大传统：另一种阐释——以蔡元培与研究所国学门的关系为中心》，见陈平原：《老北大的故事》，南京：江苏文艺出版社1998年3月版，第87—89页。

门机构——北京大学研究所国学门①，从而开启了中国现代学术史上的一段光辉岁月。尽管如此，1917年底设立的北大各科研究所仍有其不容忽视的意义。特别是国文门研究所小说科，在当时北大小说课程的开设尚未找到适合人选的情况下，举区区数人之力，使小说活跃于大学讲堂近半年之久，其筚路蓝缕之功，惨淡经营之志，依然值得后人珍视与称赏。

三

鲁迅自1920年起在大学课堂讲授小说史，直至1926年8月离开北京止，六年中先后在北京大学、北京高等师范学校（后更名北京师范大学）、北京女子高等师范学校（后更名北京女子师范大学）、北京世界语专门学校、北京中国大学文科部等高校任教。小说史虽然只是一门选修课，却成为当时最受学生欢迎的课程之一。鲁迅讲授小说史之所以大受欢迎，除基于其在中国小说史研究领域的深厚积累与非凡造诣外，也和鲁迅擅长讲课密切相关。遗憾的是，当时录音、录像等现代化手段尚未出现，无法完整地记录鲁迅小说史课程的现场效果。幸好有若干当事人的回忆性文字，为追怀与重构鲁迅的小说史课堂提供了可能。

---

① 梁柱：《蔡元培与北京大学》（修订本），北京：北京大学出版社1996年5月版，第62页。

1924年在北京世界语专门学校读书，并与鲁迅过从甚密的荆有麟于1942年撰《鲁迅回忆断片》一书，这样描述鲁迅的授课：

> 记得先生上课时，一进门，声音立刻寂静了，青年们将眼睛死盯住先生，先是一阵微笑，接着先生便念出讲义上的页数，马上开始讲起来，滔滔如瀑布，每一个问题的起源，经过，及先生个人对此的特殊意见。先生又善用幽默的语调，讲不到二十分钟，总会听见一次轰笑，先生有时笑，有时并不笑，仍在继续往下讲。……时间虽然长（先生授课，两小时排在一起继续讲两个钟头，中间不下堂）些，而听的人，却像入了魔一般。随着先生的语句，的思想，走向另一个景界中了。要不是先生为疏散听者的脑筋，突然讲出幽默话来，使大家轰然一笑，恐怕听的人，会忘记了自己是在课堂上的，而先生在中国历史人物中，特别佩服曹操，就都是在讲授时候，以幽默口吻送出的。[①]

可见，内容充实、言语幽默、富于吸引力，是鲁迅授课的主要特点。而连续讲授两个小时而不令听者感到厌烦，更是难得。北京大学法文系学生，曾选修小说史课，并帮助鲁迅印刷讲义的常惠晚年回忆：

> 鲁迅先生讲课，是先把讲义念一遍，如有错字告诉学

---

① 荆有麟：《鲁迅回忆断片·鲁迅教书时》，见鲁迅博物馆鲁迅研究室《鲁迅研究月刊》选编：《鲁迅回忆录》（专著）上卷，北京：北京出版社1999年1月版，第140—141页。

生改正，然后再逐段讲解。先生讲课详细认真，讲义字句不多，先生讲起来援引其他书中有关故事，比喻解释，要让学生对讲的课了解明白。学生问到讲义中的字句情节，先生一定多方讲解，直到学生明白了，先生才满意。先生的比喻，不止用书中字句，有时还在黑板上画画，不够的地方，还要用姿势表示。《中国小说史略》第八篇"唐之传奇文"(上)有"《异梦录》记邢凤梦见美人，示以'弓弯'之舞"，学生对"弓弯"不明白，先生援引了《酉阳杂俎》里的故事："有士人醉卧，见妇人踏歌曰：舞袖弓腰浑忘却，蛾眉空带九秋霜。问如何是弓腰？歌者笑曰：汝不见我做弓腰乎？乃反首髻及地，腰势如规焉。"先生援引了这个故事，大概觉得还不够，于是仰面，弓腰，身子向后仰，身子一弯曲，就晃起来，脚也站立不稳了，这时先生自语："首髻及地，吾不能也。"同学们见他这样负责讲解，都为之感动。课堂上师生之间情感接近，课文内容也有情趣。对先生的讲课认真精神和有风趣的言谈，同学们都喜爱和尊敬。①

在授课过程中热情投入，并注重与学生的互动，这样的课程理所当然地会受到欢迎。曾为北京女子师范大学学生的许广平，在《鲁迅回忆录》一书中披露了鲁迅小说史课程的更多细节，尤其关涉讲义以外的发挥之处：

① 常惠：《回忆鲁迅先生》，见鲁迅博物馆鲁迅研究室编：《鲁迅诞辰百年纪念集》，长沙：湖南人民出版社1981年7月版，第516页。

　　如第四篇《今所见汉人小说》，他明确地指出："现存之所谓汉人小说，盖无一真出于汉人，晋以来，文人方士，皆有伪作，至宋明尚不绝。"大旨不离乎言神仙的东方朔与班固，前者属于写神仙而后者则写历史，但统属于文人所写的一派。《神异经》亦文人作品。而道士的作品之不同处则带有恐吓性。有时一面讲一面又从科学的见地力斥古人的无稽，讲到《南荒经》的蚘虫，至今传说仍存小儿胃中，鲁迅就以医学头脑指出此说属谬，随时实事求是地分析问题。在《西南荒经》上说出讹兽，食其肉，则其人言不诚。鲁迅又从问路说起，说有人走到三岔路口，去问上海人（旧时代），则三个方向的人所说的都不同，那时问路之难，是人所共知的。鲁迅就幽默地说："大约他们都食过讹兽罢！"众大笑。①

这一段回忆文字颇具现场感，开头的引文出自《中国小说史略》，之后则是对这一句话的讲解和发挥，既运用医学常识，又引入社会现象，一收一放，轻健自如，确实体现出高超的讲课艺术。此外，对鲁迅授课的回忆性材料尚多，兹不一一举证。

　　之所以不厌其烦地引用当事人对鲁迅授课的追怀，意在

---

① 许广平：《鲁迅回忆录·三·鲁迅的讲演与讲课》，见鲁迅博物馆鲁迅研究室《鲁迅研究月刊》选编：《鲁迅回忆录》（专著）下卷，北京：北京出版社1999年1月版，第1108页。许广平该书著于20世纪50年代末，虽然受到时代症候的影响，评价鲁迅的政治意义时有过甚其辞之处，但描述鲁迅授课，与他人的回忆相近，可见大体如实，并无增饰。

接近并还原鲁迅的"教学现场"。从中不难发现,尽管三位当事人回忆的立场和姿态各有不同,撰文的时间及其历史背景也存在差异,但对鲁迅授课方式、特点与效果的描述却惊人地一致——既遵循讲义,不致离题万里,又时有精彩的发挥,保持课堂的生动活跃,这无疑是文学课堂的绝佳范例。较之同在北大执教的林损(公铎)和孟森(心史),前者以授课不入正题、反而喜欢骂人著称,后者则每每在课堂上一字不差地照读讲义。①两相对照,鲁迅的授课大受欢迎,除选修者外,还吸引众多旁听者和偷听者②,以至教室常常爆满,并不断触发当事人的追怀与重

①20世纪30年代就读于北大的张中行,晚年撰《红楼点滴》一文,回忆师长:"林公铎(损),人有些才气,读书不少,长于记诵,二十几岁就到北京大学国文系任教授。一个熟于子曰诗云而不识abcd的人,不赞成白话是可以理解的。一次,忘记是讲什么课了,他照例是喝完半瓶葡萄酒,红着面孔走上讲台。张口第一句就责骂胡适怎样不通,因为读不懂古文,所以主张用新式标点。""孟心史(森)先生。专说他的讲课,也是出奇的沉闷。有讲义,学生人手一编。上课钟响后,他走上讲台,手里拿着一本讲义,拇指插在讲义中间。从来不向讲台下看,也许因为看也看不见。应该从哪里念起,是早已准备好,有拇指作记号的,于是翻开就照本慢读。我曾经检验过,耳听目视,果然一字不差。下课钟响了,把讲义合上,拇指仍然插在中间,转身走出,还是不向讲台下看。下一课仍旧如此,真够得上是坚定不移了。"见陈平原、夏晓虹编:《北大旧事》,北京:生活·读书·新知三联书店1998年1月版,第432、435页。
②北大的课堂,素以"来者不拒,去者不追"著称,旁听者的人数有时甚至超过正式在册的学生,其中又有"旁听"和"偷听"之分。曾听过鲁迅小说史课程的孙席珍在《鲁迅先生怎样教导我们的》一文中回忆:"我开始听鲁迅先生讲课,是一九二四年上半年的学期中间,是自由进(转下页)

构,这恐怕不止源于鲁迅生前身后的巨大声誉,其授课内容的丰富充实和教学方式的灵活生动,才是主因。在鲁迅离开北京后,虽有马廉、孙楷第等人先后在北大开设小说史课程,但都难以再现鲁迅授课的精彩效果。

　　不过,尽管能够借助当事人的追怀与重构不断接近鲁迅小说史课程的原貌,但在没有完整详尽的课堂记录的情况下,毕竟无法真正做到还原现场。尽管有用作讲义的《中国小说史略》留存至今,但鲁迅将其作为著作经营的用心,又使之不同于普通的课程讲义或授课实录。在这一背景下,鲁迅1924年西安暑期讲学的记录稿《中国小说的历史的变迁》,就体现出独特的价值。虽然由于课时所限,不得不删繁就简,在内容上与《中国小说史略》有详略之分,但这部由听课人记录、授课人审定的讲稿[1],却成为对鲁迅小说史课程的难得的现场实录,较之当事人的回忆,更准确也更直观地呈现出鲁迅的教学现场。鲁迅在西北大学讲授小说史,计11次12小时,课时不及在北京大学的三分之一。但证之以当事人的回忆,其授课方式和效果却与在

　　(接上页)去听的。象这样的听讲,当时叫做偷听,连旁听也算不上,因为旁听也要经过注册手续,且须得到任课教师的同意。"见鲁迅博物馆鲁迅研究室编:《鲁迅诞辰百年纪念集》,长沙:湖南人民出版社1981年7月版,第86页。

[1]鲁迅的讲演由西北大学学生昝健行、薛效宽记录,经整理后由西北大学出版部寄请鲁迅改订,鲁迅改订后寄回。这在《鲁迅日记》中有详细记载。鲁迅:《日记十三》(一九二四年),《鲁迅全集》第15卷,北京:人民文学出版社2005年11月版,第528页。

北大时相同。

李瘦枝在《"刘记西北大学"的创办与结束》一文中述及鲁迅演讲的现场效果：

> 讲演会场有两处，一是校内大礼堂，一是风雨操场（当时在教育厅院内），鲁迅先生和王桐龄、夏元瑮诸人在大礼堂，刘文海、蒋廷黻等在风雨操场，听众可以自由选择参加。……由于鲁迅先生的讲演内容丰实，见解深刻，特别是他在讲演中的那种昂扬地战斗精神，感染力很强，不多几天礼堂上即座无虚席，及至讲唐宋以后，就有不少人争不到座位站着听讲了。[1]

相比之下，其他几位当事人的回忆，则更侧重于鲁迅的讲授方式。时任西北大学秘书兼讲师、参与暑期讲学的筹备和招待工作的段绍岩回忆："他的仪容严肃，讲话简要而幽默，讲演时如跟自己人谈家常一样的亲切。"[2]另一位当事人、后任易俗社编辑的谢迈千的回忆与此相近："鲁迅先生上堂讲演，总是穿着白小纺大衫，黑布裤，黑皮鞋，仪容非常严肃。讲演之前，只在黑板上写个题目，其余一概口讲，说话非常简要，有时也很幽默，偶而一笑。"陪同鲁迅演讲的刘依仁的追怀则更为详尽："鲁迅

---

① 李瘦枝：《"刘记西北大学"的创办与结束》，原载《陕西文史资料选辑》第三辑，见西北大学鲁迅研究室编：《鲁迅在西安》，西安：西北大学鲁迅研究室资料组1978年印行，第121页。

② 段绍岩：《回忆鲁迅先生在西安》，见西北大学鲁迅研究室编：《鲁迅在西安》，西安：西北大学鲁迅研究室资料组1978年印行，第114页。

先生的讲演,真如他的写文章一样,理论形象化,绝不抽象笼统,举出代表作品,找出恰当例证,具体发挥,没有废话,使听者不厌,并感着确有独到之处。"[1]

上述几段文字,虽不及前引荆有麟、常惠和许广平的回忆文章详细丰赡,但大体一致。可见,鲁迅此次西安讲学,依旧以小说史为题,而且不受课时与场地的局限,授课方式及现场效果与在北京各高校无异。但据现有史料,未见向听众发放讲义的记载。《中国小说的历史的变迁》的存在,成为对此次演讲内容的详细记录,稍可弥补鲁迅在北京各高校授课,有事先编写的讲义而无现场记录的遗憾。更为重要的是,《中国小说的历史的变迁》使用白话记录,与《中国小说史略》之文言述学恰堪对照,二者在观点表述与文体选择上的差异,成为考察课程、演讲与相关著作之关联与缝隙的绝佳范例。

四

1924年夏,鲁迅应国立西北大学之邀,赴西安讲学。自7月7日启程,至8月12日返京,历时一个月零六天(含旅途时日)。鲁迅对此次西安之行并不看重,除在自家的日记中做"流水账"式的简要记述外(鲁迅的日记历来如此),日后在其著述

---

[1] 两段回忆均见单演义:《关于鲁迅的〈中国小说的历史的变迁〉》,见西北大学鲁迅研究室编:《鲁迅在西安》,西安:西北大学鲁迅研究室资料组1978年印行,第38页。

及与友人的通信中也很少提起。^①倒是几位同行者和陕西方面
的接待人员，以及现场聆听鲁迅讲学的几位当事人对此颇为重
视，通过撰写回忆文章，提供了丰富的史料。后世研究者对此
则更为关注，分别通过对这一事件的追怀、重构与阐释，奉献出
不少精彩的学术论断，使"鲁迅在西安"成为一个学界内外竞相
讨论的热门话题。有趣的是，此次暑期讲学由国立西北大学和
陕西省教育厅合办，受邀者为数不少，其中不乏李济、蒋廷黻、
陈钟凡、夏元瑮、吴宓（受约请而未至）等知名学者^②，与鲁迅同
行赴陕的也有十余人之多^③，而其中唯有鲁迅受到密切关注，一
言一行均获得记述、追忆与研究，这显然并非仅仅取决于鲁迅
西安之行自身的重要意义，而是时代症候使然，取决于鲁迅日
后——尤其是新中国成立后——在思想和政治领域中如日中
天的崇高地位。这也使后世对这一事件的记述、追忆与研究普

---

① 鲁迅涉及此次西安之行的著述，主要有杂文《说胡须》和一封致日本友
　人山本初枝的私人通信。《说胡须》探讨中国文化及国民性，西安之行
　只是引发议论的一点由头，并非主旨。书信中虽然披露"关于唐朝的小
　说"这一写作计划的终止，但也未详细记述此次行旅，而且记错了赴西
　安讲学的具体时间。鲁迅：《坟·说胡须》，《鲁迅全集》第1卷，第183—
　187页；《340111（日）致山本初枝》，《鲁迅全集》第14卷，北京：人民文
　学出版社2005年11月版，第278—279页。
② 受邀者名单详见《暑期学校简章》，见西北大学鲁迅研究室编：《鲁迅在西
　安》，西安：西北大学鲁迅研究室资料组1978年印行，第211—214页。
③ 与鲁迅一同赴陕的北京师范大学教授王桐龄在其《陕西旅行记》一书
　中详细记录了同行13人的名单，见西北大学鲁迅研究室编：《鲁迅在西
　安》，西安：西北大学鲁迅研究室资料组1978年印行，第200页。

遍高调,不无政治色彩。①

　　对鲁迅西安之行的记述、追忆与研究,主要集中于三个话题:与军阀的斗争,长篇小说(或剧本)《杨贵妃》之创作计划的终止,以及演讲的记录稿《中国小说的历史的变迁》。相对而言,研究者更为关注前两个话题,对鲁迅此次西安之行的"正业"——讲授"中国小说史"——反而着墨不多。鲁迅赴陕西讲学,选择小说史作题目,自有在北京各高校开设的相关课程以及已正式出版的《中国小说史略》做基础,可谓驾轻就熟,但也不乏周密审慎之处。讲学之余受邀为陕西督军刘镇华的士兵演讲,内容仍是小说史,从中可见一斑。②但是否如论者所言,时时显示出"战士"面目,与军阀及各种恶势力不懈斗争,尚须辨析。突出鲁迅与军阀的斗争,强调其"战士"身份,这在特定历史时期内自是题中应有之义。然而将《中国小说的历史的变迁》中的若干现场发挥之处,也归之为鲁迅的"斗争策略",未免过甚其辞。与之相比,探求《杨贵妃》的构思及其最终未能着笔的原因,更为当事人及后世研究者所津津乐道,也成为鲁迅西安之行中最受关注的话题,近年来仍是新见迭出,其成果数量和质

① 对鲁迅西安之行的记述、追忆与研究,除孙伏园《长安道上》作于1924年8月回京后不久,且主要记述自家观感,对鲁迅只是偶尔提及外,其余大多完成于1936年鲁迅逝世后,而又以1956年鲁迅逝世20周年之际尤为集中,对鲁迅西安之行的政治意义屡有过甚其辞之处。

② 王淡如:《一段回忆——纪念鲁迅先生逝世二十周年》,原载1956年10月9日《西安日报》,见西北大学鲁迅研究室编:《鲁迅在西安》,西安:西北大学鲁迅研究室资料组1978年印行,第118—119页。

量均大大超越对《中国小说的历史的变迁》的研究。①之所以如
此，一方面是由于《中国小说的历史的变迁》记录稿经鲁迅本人
校订后，已落实为文字，辑入《国立西北大学陕西教育厅合办暑
期学校讲演集》(第二集)②，留给研究者驰骋想象的空间远不
及未能问世的《杨贵妃》；另一方面，由于有《中国小说史略》这
部巨著在前，《中国小说的历史的变迁》的研究余地也就相对有
限，即便有研究者述及，也或将《中国小说的历史的变迁》视为
独立于《中国小说史略》之外的另一部小说史研究著作加以表
彰，或将《中国小说的历史的变迁》作为对《中国小说史略》的浓
缩、修正和发展。前者夸大了《中国小说的历史的变迁》的学术
价值，后者则对《中国小说的历史的变迁》自身的独特性缺乏关
注。可见，在涉及鲁迅西安之行的三个话题中，反而是其讲学
及相关记录稿《中国小说的历史的变迁》更有阐释的余地。因

---

① 对未曾着笔的《杨贵妃》及其相关话题的探讨，在鲁迅生前即已出现，
孙伏园、郁达夫等均曾为此撰文；鲁迅逝世后，友人冯雪峰、许寿裳的
回忆，学者林辰、单演义的考察，各抒己见；近年来仍不断有研究者涉
足，如朱正、骆玉明、吴中杰、蒋星煜，日本学者竹村则行等，新见迭出。
2008年，陈平原发表《长安的失落与重建——以鲁迅的旅行及写作为
中心》一文，详细梳理了相关话题的研究史，并从若干新角度入手，进一
步拓展与深化了相关研究，做出了近乎盖棺论定的阐释，载《鲁迅研究
月刊》2008年第10期。
② 这部《国立西北大学陕西教育厅合办暑期学校讲演集》由西北大学出版
部1925年3月印行，但鲁迅始终未收到，《中国小说的历史的变迁》在鲁
迅生前也未辑入其作品集。《中国小说的历史的变迁》在《讲演集》以外
的首次发表，迟至1957年《收获》创刊号。

此,探讨鲁迅的西安之行,在突出"战士"鲁迅和"作家"鲁迅面目的同时,令"学者"鲁迅适时登场,实有必要。事实上,《中国小说史略》与《中国小说的历史的变迁》相比,不仅有详略之分,还有著作与演讲记录稿之别,其主要差异不在观点,而在表述方式。本章即试图从这一角度入手,探讨作为演讲记录稿的《中国小说的历史的变迁》与作为著作的《中国小说史略》之关系,进而凸显课程、演讲及其相关著作之间的关联与缝隙。

　　晚清以降,以北京大学的前身京师大学堂为首,曾有任课教师编写讲义的制度性设计,此举在民国初年虽然有所松动和反复,但仍为不少教师所遵循,并精心撰构,因此促成了多部学术经典著作的问世。[①]鲁迅在应聘北大后,也开始撰写讲义,先以散页的形式于每次课前寄送校方印行,最终集腋成裘,汇集出版。可见,与同时代的许多学术著作一样,《中国小说史略》最初也是作为大学的课程讲义。鲁迅撰写小说史,很大程度上是在大学授课的需要。不过,考虑到鲁迅在离开大学讲坛后仍反复对《中国小说史略》做出修改,亦可见其将《中国小说史略》作为著作经营的用心。[②]同时,鲁迅也非常重视文学史(包括小

---

① 京师大学堂—北京大学关于课程讲义的规定及其调整,参见陈平原:《知识、技能与情怀——新文化运动时期北大国文系的文学教育》(上)之第三部分《从课程讲义到学术著作》,载《北京大学学报》(哲学社会科学版)2009年第6期。

② 《中国小说史略》最初为油印本,共十七篇。后采用铅印,扩充至二十六篇。1923年12月及1924年6月,经修订后由北京大学新潮社出版上、下册本,共二十八篇。此后,又有1925年2月新潮社再版本、(转下页)

说史)的学术职能。1926年在厦门大学中文系讲授中国文学史
期间,曾致信许广平,介绍自己授课和编写讲义的情况:

> 我的功课,大约每周当有六小时,因为语堂希望我多
> 讲,情不可却。其中两点是小说史,无须豫备;两点是专书
> 研究,须豫备;两点是中国文学史,须编讲义。看看这里旧
> 存的讲义,则我随便讲讲就很够了,但我还想认真一点,编
> 成一本较好的文学史。①

这段自述体现出鲁迅对自家著作的学术期待:不仅满足教学需
要,更要在学术上有所创获,希望奉献流传后世的学术经典,而
非只供教学的普通讲义。这使他对小说史的撰写精益求精,即
使在告别大学讲坛之后,仍对《中国小说史略》进行增补修订。
《中国小说史略》成为学术史上的一代名著,除基于作者丰厚的
学术积累外,也和鲁迅严谨、甚至近乎严苛的治学态度有关。

此外,从最初的油印本讲义到正式出版,《中国小说史略》
一直采用文言。对此,鲁迅在该书序言中称:

> 此稿虽专史,亦粗略也。然而有作者,三年前,偶当讲
> 述此史,自虑不善言谈,听者或多不憭,则疏其大要,写印
> 以赋同人;又虑钞者之劳也,乃复缩为文言,省其举例以成

(接上页)1925年9月北新书局合订本,每次出版均有多处修订。鲁迅
告别大学讲坛,定居上海后,仍于1931年9月和1935年6月两次修订
《中国小说史略》。足见其对自家著作的反复经营。
① 鲁迅:《两地书·四一》,《鲁迅全集》第11卷,北京:人民文学出版社
2005年11月版,第119页。

要略,至今用之。^①
・・・・・・・

《中国小说史略》"省其举例"固然属实,而鲁迅将采用文言的原因解释为减轻钞写排印之烦劳,此说则不可轻信^②。众所周知,自新文化运动起,提倡白话、反对文言的立场几乎贯穿了鲁迅的后半生。而对文言文及其倡导者,鲁迅发出过迄今为止最为激烈的声音。^③主要见于其散文和杂文之中。在撰写学术著作——除《中国小说史略》外,还包括《唐宋传奇集》之《稗边小缀》,以及同样曾经作为讲义的《汉文学史纲要》——时则采用文言。因此,鲁迅对文言与白话的取舍,并非出于现实考虑,而主要针对不同的论述对象。在鲁迅的著述中,论述对象与言说方式的"隔"与"不隔",往往通过对文体的不同选择加以呈现。散文抄写记忆,杂文针砭时弊,关注的都是现实。而《中国小说史

---

① 鲁迅:《中国小说史略·序言》,《鲁迅全集》第9卷,北京:人民文学出版社2005年11月版,第4页。着重号为引者所加。以下引用《中国小说史略》原文,均出自这一版本,不再一一注明。

② 强英良先生曾告诉本书作者,民国时期北大讲义,最初多采用油印,即用铁笔在蜡纸上书写,确实颇为"烦劳"。而黄子平先生则告知,鲁迅学术演讲的记录者,多采用速记方式,因此记录稿较之演讲原貌相去不远。在此,特向两位先生致谢。

③ 鲁迅抨击文言文及其倡导者的文字,不乏其例,其中最为激烈的言辞,出自《〈二十四孝图〉》一文:"我总要上下四方寻求,得到一种最黑,最黑,最黑的咒文,先来诅咒一切反对白话,妨害白话者。即使人死了真有灵魂,因这最恶的心,应该堕入地狱,也将决不改悔,总要先来诅咒一切反对白话,妨害白话者。"《鲁迅全集》第2卷,北京:人民文学出版社2005年11月版,第258页。

略》和《汉文学史纲要》等学术著作,面对的则是古代的文学作品,需要在言说方式上与研究对象相体贴,保持二者的整体感。《中国小说史略》采用文言,且文辞渊雅,甚至可以作为美文来加以鉴赏品读,有效地弥合了述学文体与论述对象之间可能存在的区隔与落差。①

　　与《中国小说史略》相比,《中国小说的历史的变迁》作为学术演讲的记录,采用白话,保持了一定的口语色彩和现场感(尤其是开场白和结尾部分),部分内容就是《中国小说史略》的白话版。如第六讲《清小说之四派及其末流》中关于《儒林外史》的论述:

　　　　小说中寓讥讽者,晋唐已有,而在明之人情小说为尤多。在清朝,讽刺小说反少有,有名而几乎是唯一的作品,就是《儒林外史》。《儒林外史》是安徽全椒人吴敬梓做的。敬梓多所见闻,又工于表现,故凡所有叙述,皆能在纸上见其声态;而写儒者之奇形怪状,为独多而独详。当时距明亡没有百年,明季底遗风,尚留存于士流中,八股而外,一无所知,也一无所事。敬梓身为士人,熟悉其中情形,故其暴露丑态,就能格外详细。其书虽是断片的叙述,没有线索,但其变化多而趣味浓,在中国历来作讽刺小说者,再没

────────────────

① 鲁迅对述学文体的选择及其背后的文化立场,参见陈平原:《分裂的趣味与抵抗的立场——鲁迅的述学文体及其接受》,载《文学评论》2005年第5期。

有比他更好的了。①

相关内容在《中国小说史略》中,则表述为:

> 寓讥弹于稗史者,晋唐已有,而明为盛,尤在人情小说
> 中。……迨吴敬梓《儒林外史》出,乃秉持公心,指摘时弊,
> 机锋所向,尤在士林;其文又慼而能谐,婉而多讽:于是说
> 部中乃始有足称讽刺之书。
>
> ……
>
> 吴敬梓著作皆奇数,故《儒林外史》亦一例,为五十五
> 回;其成殆在雍正末,著者方侨居于金陵也。时距明亡未
> 百年,士流盖尚有明季遗风,制艺而外,百不经意,但为矫
> 饰,云希圣贤。敬梓之所描写者即是此曹,既多据自所闻
> 见,而笔又足以达之,故能烛幽索隐,物无遁形,凡官师,儒
> 者,名士,山人,间亦有市井细民,皆现身纸上,声态并作,
> 使彼世相,如在目前,惟全书无主干,仅驱使各种人物,行
> 列而来,事与其来俱起,亦与其去俱讫,虽云长篇,颇同短
> 制;但如集诸碎锦,合为帖子,虽非巨幅,而时见珍异,因亦
> 娱心,使人刮目矣。

两相对照,《中国小说的历史的变迁》中的论述稍显简略,但内
容与《中国小说史略》基本一致,有所区别者只在于表述方式。

---

① 鲁迅:《中国小说的历史的变迁》第六讲《清小说之四派及其末流》,《鲁
迅全集》第9卷,北京:人民文学出版社2005年11月版,第344—345
页,以下引用《中国小说的历史的变迁》原文,均出自这一版本,不再一
一注明。

前者采用白话，并保持口语状态；后者则采用典雅的文言，在述史持论的同时，也体现出对文字的悉心经营——"秉持公心，指摘时弊，机锋所向，尤在士林"，"戚而能谐，婉而多讽"，不仅是对《儒林外史》之讽刺特质的定评，在文字上亦富于美感。通过比较，不难看出鲁迅明确的文体意识：《中国小说的历史的变迁》作为演讲记录，应保持白话讲学的现场效果；《中国小说史略》作为学术著作，在持论谨严的同时，还须在文字上体贴论述对象。二者具有不同的文体归属和学术职能。

　　《中国小说的历史的变迁》中还有一些不见于《中国小说史略》的内容，被研究者视为对后者的修正和补充。①《中国小说的历史的变迁》中不同于《中国小说史略》之处，多数源于白话与文言的表述差异，少数是对《中国小说史略》中论断的延伸，个别为《中国小说的历史的变迁》中所独有且篇幅较长者，主要有以下几处：

　　1.开场白中讨论历史的进化；

　　2.第一讲中提出"诗歌在先，小说在后"的观点；

　　3.第一讲中关于神话可否作为儿童读物的论述；

　　4.第二讲中阐述"万有神教"及其成因；

　　5.第三讲中将张生与崔莺莺的团圆视为"国民性"问题；

　　6.第三讲中就孙悟空的原型与胡适商榷；

---

① 单演义：《鲁迅在西安》第五章《在西安讲演的特色》之三《补充〈史略〉未曾论及的观点和例证》，西安：陕西人民出版社1981年7月版，第46—65页。

7.第四讲中论述唐宋传奇不同的原因。

上述"新见"是否属于鲁迅对《中国小说史略》的修正,尚须辨析。第1条即开场白中对进化论的言说,常为研究者所引用,所谓"从倒行的杂乱的作品里寻出一条进行的线索"一语虽不见于《中国小说史略》,却是鲁迅小说史研究的基本思路。作为系列演讲的开场白,只是将贯穿于《中国小说史略》中的内在学术理路明确说出而已,并非修正或补充。第2至5条,其主要观点及思路均见于鲁迅的杂文之中。杂文可攻其一点,不及其余,也可借题发挥,任意而谈。学术著作则不然,须有理有据,谨慎施为,同时避免枝蔓过多,随意引申,损害著作的整饬严谨。而介于二者之间的演讲,在保持述学之要旨的同时,可以根据现场情况随时延展发挥。因此,这几处"新见"当属于演讲过程中的现场发挥,之所以见于《中国小说的历史的变迁》而不见于《中国小说史略》,恰恰是二者不同的文体归属使然,并非补充。相对而言,第六、七条与小说史研究本身的关联更为紧密。关于孙悟空的原型,鲁迅在《中国小说史略》中提出"无支祁"说。胡适则在《〈西游记〉考证》一文中提出孙悟空形象来源于印度史诗《罗摩衍那》(Rāmāyana)中的神猴哈奴曼(Hanumān)。[①]鲁迅与胡适,分别以《中国小说史略》和"中国章回小说考证"系列论文执中国小说史学之牛耳,但彼时小

①胡适:《〈西游记〉考证》,欧阳哲生编:《胡适文集》第3卷,北京:北京大学出版社1998年11月版,第510—514页。胡适将《罗摩衍那》译为《拉麻传》。

说史学尚处于开创期,新观点、新史料层出不穷。《中国小说史略》初版后不久,鲁迅即收到师友及读者的多封来信,或提供新史料,或对个别论断提出修改意见。①鲁迅对此有接受,也有保留,这是学术研究中的正常现象。关于孙悟空形象的原型,"无支祁"说与"哈奴曼"说均可视为一家之言,并无正误优劣可言。鲁迅在《中国小说的历史的变迁》中介绍了胡适的观点,并加以申说,仍然坚持己见。事实上,这类论述更适合写成专门的答辩文章,而不宜写入小说史著作。否则须答辩反驳处甚多,不免枝枝蔓蔓,造成主次不分,影响小说史的正常论述。而作为演讲,《中国小说的历史的变迁》则不存在这种局限,介绍胡适观点并进行答辩,也属于现场发挥。何况鲁迅仍坚持"无支祁"说,更不能视为对《中国小说史略》的修正。

《中国小说的历史的变迁》第四讲论述唐宋传奇之不同:

> 传奇小说,到唐亡时就绝了。至宋朝,虽然也有作传奇的,但就大不相同。因为唐人大抵描写时事;而宋人则极多讲古事。唐人小说少教训;而宋则多教训。大概唐时讲话自由些,虽写时事,不至于得祸;而宋时则讳忌渐多,所以文人便设法回避,去讲古事。加以宋时理学极盛一时,因之把小说也多理学化了,以为小说非含有教训,便不足道。但文艺之所以为文艺,并不贵在教训,若把小说变

① 鲁迅:《〈中国小说史略〉再版附识》,《鲁迅全集》第8卷,北京:人民文学出版社2005年11月版,第173页。

成修身教科书,还说什么文艺。

这段论述为《中国小说史略》所无,看似属于新见,但前引之许广平回忆中有如下记述:

> 关于传奇,鲁迅批评宋不如唐,其理由有二:(一)多含封建说教语,则不是好的小说,因为文艺作了封建说教的奴隶了;(二)宋传奇又多言古代事,文情不活泼,失于平板,对时事又不敢言,因忌讳太多,不如唐之传奇多谈时事。[①]

两相对照,内容极为相近。据许广平回忆,她选修鲁迅的中国小说史课,讲前三篇时还在使用油光纸临时印的讲义,此后就以北京大学第一院新潮社出版上下卷本《中国小说史略》为课本了。据此推断,时在1924年上半年,略早于鲁迅在西北大学的演讲。由此可见,在赴陕西之前,鲁迅已有上述论断,并非自《中国小说的历史的变迁》始。传奇“宋不如唐”的判断,在《中国小说史略》即已出现,对其原因也有所阐发,但不及《中国小说的历史的变迁》详尽。因此,《中国小说的历史的变迁》中论述唐宋传奇之优劣短长,较之《中国小说史略》只是由略到详而已,并非从无到有的新见。

综上可知,上述《中国小说的历史的变迁》中的所谓“新见”,无一是对《中国小说史略》的修正和补充,仅属于演讲过程

---

① 许广平:《鲁迅回忆录·三·鲁迅的讲演与讲课》,见鲁迅博物馆鲁迅研究室《鲁迅研究月刊》选编:《鲁迅回忆录》(专著)下卷,北京:北京出版社1999年1月版,第1111页。

中的现场发挥。对《中国小说的历史的变迁》这样以学术著作为蓝本的演讲记录而言,基本内容和思路相对固定,现场发挥则可因时因地而异,具有一定的随意性和偶然性,能否视为对《中国小说史略》的修正,不在于其观点的新颖别致,而在于是否适合于著作。鲁迅在西北大学系列演讲,从1924年7月21日起,至29日讫,修订讲稿则在是年9月。此时,《中国小说史略》分别于1923年12月和1924年6月由新潮社出版上下册本。在修订《中国小说的历史的变迁》讲稿并寄还后,《中国小说史略》于1925年2月由新潮社再版。此次再版,除订正初版本中的若干错字外,对小说史论断和材料的修改共有四处,无一涉及出现在这两个版本之间的《中国小说的历史的变迁》中的所谓"修正和补充"。在《中国小说史略》此后的一系列版本中,鲁迅多次进行修订,但《中国小说的历史的变迁》中的"修正和补充"也无一纳入其中。可见,《中国小说史略》之于《中国小说的历史的变迁》,并非增补修订,而是学术著作及以其为蓝本的演讲记录稿之关系。

　　以上讨论了《中国小说的历史的变迁》与《中国小说史略》的学术关联,及其自身的学术意义。在现代中国学术史上,由课堂讲义而成为学术专著甚至学术名著者层出不穷,如刘师培《中国中古文学史》、黄侃《文心雕龙札记》等;以演讲记录稿形式流传后世者也不乏其例,如章太炎《国故论衡》、周作人《中国新文学的源流》等。相对而言,《中国小说的历史的变迁》则自有其独特性。作为一部学术演讲的记录稿,《中国小说的历史的变迁》既有专著《中国小说史略》为蓝本，又以白话书写，保持口语色彩和现场感，从而在课程、演讲及其相关著作的缝隙之间体现出独特的学术价值和文体特征，其突出意义不在于观点的确凿不移，或结构的严谨整饬，而是在政治与学术、演讲与著作、课堂与书斋、白话与文言之间保持"必要的张力"，成为现代中国学术史、教育史和文学史上的一个独特文本。

主要参考文献

（仅收录正式出版的专著、论文集和史料集，未包括期刊论文和学位论文）

基本文献：

《北京大学日刊》，北京：人民出版社1981年影印。

顾颉刚编著：《古史辨》第一册，上海：上海古籍出版社1982年3月版。

顾颉刚：《顾颉刚日记》，台北：联经出版事业股份有限公司2007年5月版。

顾颉刚：《顾颉刚书信集》，北京：中华书局2011年1月版。

郭希汾编译：《中国小说史略》，上海：中国书局1921年5月版。

胡适：《胡适来往书信选》，中国社会科学院近代史研究所中华民国史组编，北京：中华书局1979年5月—1980年8月版。

胡适：《胡适红楼梦研究论述全编》，上海：上海古籍出版社1988年8月版。

胡适：《胡适古典文学研究论集》，上海：上海古籍出版社1988

年8月版。

胡适:《胡适口述自传》,唐德刚译,北京:华文出版社1992年8月版。

胡适:《胡适遗稿及秘藏书信》,耿云志主编,合肥:黄山书社1994年12月版。

胡适:《胡适论学往来书信选》,杜春和、韩荣芳、耿来金编,石家庄:河北人民出版社1998年8月版。

胡适:《胡适文集》,欧阳哲生编,北京:北京大学出版社1998年11月版。

胡适、杨联陞:《论学谈诗二十年——胡适杨联陞往来书札》,合肥:安徽教育出版社2001年8月版。

胡适:《胡适日记全编》,曹伯言整理,合肥:安徽教育出版社2001年10月版。

鲁迅:《鲁迅小说史大略》,单演义标点,西安:陕西人民出版社1981年4月版。

鲁迅:《中国小说史大略》,鲁迅博物馆鲁迅研究室编:《鲁迅研究资料》第17辑,天津:天津人民出版社1986年9月版。

鲁迅:《中国小说史略》,北京:北京大学第一院新潮社1923年12月、1924年6月版。

鲁迅:《中国小说史略》,北京:北京大学第一院新潮社1925年2月版。

鲁迅:《中国小说史略》,北京:北新书局1925年9月版。

鲁迅:《中国小说史略》,上海:北新书局1931年9月版。

鲁迅:《中国小说史略》,上海:北新书局1935年6月版。

鲁迅:《小说旧闻钞》,北京:北新书局1926年8月版。

鲁迅:《小说旧闻钞》,上海:联华书局1935年7月版。

鲁迅、[日]增田涉:《鲁迅增田涉师弟答问集》,[日]伊藤漱平、中岛利郎编,杨国华译,上海:华东师范大学出版社1989年7月版。

鲁迅:《鲁迅辑校古籍手稿》,北京鲁迅博物馆、上海鲁迅纪念馆合编,上海:上海古籍出版社1991年9月版。

鲁迅:《鲁迅辑录古籍丛编》,林辰、王永昌编,北京:人民文学出版社1999年7月版。

鲁迅:《鲁迅全集》,北京:人民文学出版社2005年11月版。

王国维:《宋元戏曲史》,上海:华东师范大学出版社1995年12月版。

[日]盐谷温:《中国文学概论》,陈彬龢译,北平:朴社1926年3月版。

[日]盐谷温:《中国小说概论》,君左译,载《小说月报》第17卷号外《中国文学研究》(下册),上海:商务印书馆1927年6月版。

[日]盐谷温:《中国文学概论讲话》,孙俍工译,上海:开明书店1929年6月版。

俞平伯:《俞平伯论红楼梦》,上海:上海古籍出版社1988年3月版。

俞平伯:《俞平伯全集》,石家庄:花山文艺出版社1997年11

月版。

郑振铎:《郑振铎古典文学论文集》,上海:上海古籍出版社
　　1984年1月版。

郑振铎:《郑振铎全集》,石家庄:花山文艺出版社1998年11
　　月版。

周作人:《周作人日记》(影印本),鲁迅博物馆藏,郑州:大象出
　　版社1996年12月版。

研究文献:

〔美〕乔伊斯·阿普尔比、林恩·亨特、玛格丽特·雅各布:《历
　　史的真相》,刘北成、薛绚译,上海:上海人民出版社2011年9
　　月版。

阿英:《小说闲谈四种》,上海:上海古籍出版社1985年12月版。

白盾主编:《红楼梦研究史论》,天津:天津人民出版社1997年7
　　月版。

鲍晶编:《刘半农研究资料》,天津:天津人民出版社1985年2
　　月版。

北京大学校史研究室编:《北京大学史料》(第一卷),北京:北京
　　大学出版社1993年4月版。

〔英〕凯·贝尔塞等:《重解伟大的传统》,黄伟等译,北京:社会
　　科学文献出版社1999年1月版。

〔日〕柄谷行人:《日本现代文学的起源》(岩波定本),赵京华
　　译,北京:生活·读书·新知三联书店2019年7月版。

〔英〕彼得·伯克《知识社会史》,上卷,陈志宏、王婉旎译;下卷,汪一帆、赵博囡译,杭州:浙江大学出版社2016年11月版。

〔法〕皮埃尔·布迪厄:《艺术的法则——文学场的生成和结构》,刘晖译,北京:中央编译出版社2001年3月版。

储大泓:《读〈中国小说史略〉札记》,上海:上海文艺出版社1981年10月版。

曹伯言、季维龙编著:《胡适年谱》,合肥:安徽教育出版社1986年1月版。

陈伯海:《中国文学史之宏观》,北京:中国社会科学出版社1995年12月版。

陈国球:《文学史书写形态与文化政治》,北京:北京大学出版社2004年3月版。

陈国球:《文学如何成为知识?——文学批评、文学研究与文学教育》,北京:生活·读书·新知三联书店2013年5月版。

陈洪:《中国小说理论史》,合肥:安徽文艺出版社1992年9月版。

陈平原:《陈平原小说史论集》,石家庄:河北人民出版社1997年8月版。

陈平原:《中国现代学术之建立——以章太炎、胡适之为中心》,北京:北京大学出版社1998年2月版。

陈平原:《老北大的故事》,南京:江苏文艺出版社1998年3月版。

陈平原:《文学史的形成与建构》,南宁:广西教育出版社1999

年3月版。

陈平原主编:《中国文学研究现代化进程二编》,北京:北京大学
　　出版社2002年4月版。

陈平原:《中国大学十讲》,上海:复旦大学出版社2002年10
　　月版。

陈平原:《文学的周边》,北京:新世界出版社2004年8月版。

陈平原主编:《现代学术史上的俗文学》,武汉:湖北教育出版社
　　2004年10月版。

陈平原:《作为学科的文学史》,北京:北京大学出版社2011年2
　　月版。

陈平原:《小说史学面面观》,北京:生活·读书·新知三联书店
　　2021年12月版。

陈平原:《有声的中国——演说的魅力及其可能性》,北京:商务
　　印书馆2023年5月版。

陈平原、夏晓虹编:《二十世纪中国小说理论资料》(第一卷),北
　　京:北京大学出版社1989年3月版。

陈平原、夏晓虹编:《北大旧事》,北京:生活·读书·新知三联
　　书店1998年1月版。

陈维昭:《红学通史》,上海:上海人民出版社2005年9月版。

陈曦钟、段江丽、白岚玲:《中国古代小说研究论辩》,南昌:百花
　　洲文艺出版社2006年5月版。

陈以爱:《中国现代学术研究机构的兴起——以北大研究所国
　　学门为中心的探讨》,南昌:江西教育出版社2002年10月版。

陈玉堂：《中国文学史书目提要》，合肥：黄山书社1986年8月版。

程庸祺编著：《亚东图书馆历史寻踪》，合肥：安徽教育出版社2016年4月版。

［美］罗伯特·达恩顿：《启蒙运动的生意》，叶桐、顾杭译，北京：生活·读书·新知三联书店2005年12月版。

戴燕：《文学史的权力》，北京：北京大学出版社2002年3月版。

董乃斌、陈伯海、刘扬忠主编：《中国文学史学史》，石家庄：河北人民出版社2003年1月版。

范烟桥：《中国小说史》，苏州：秋叶社1927年12月版。

方正耀：《中国小说批评史略》，郭豫适审订，北京：中国社会科学出版社1990年7月版。

［法］米歇尔·福柯：《知识考古学》，董树宝译，北京：生活·读书·新知三联书店2020年9月版。

高日晖、洪雁：《水浒传接受史》，济南：齐鲁书社2006年7月版。

［美］格里德：《胡适与中国的文艺复兴》，鲁奇译，南京：江苏人民出版社1993年7月版。

葛兆光：《中国思想史——七世纪前中国的知识、思想与信仰世界》，上海：复旦大学出版社1998年4月版。

耿云志、闻黎明编：《现代学术史上的胡适》，北京：生活·读书·新知三联书店1996年5月版。

耿云志：《胡适年谱》，香港：中华书局香港分局1986年6月版。

耿云志编：《胡适评传》，上海：上海古籍出版社1999年7月版。

顾潮：《历劫终教志不灰——我的父亲顾颉刚》，上海：华东师范大学出版社1997年12月版。

顾颉刚:《当代中国史学》,上海:胜利出版公司1947年1月版。

郭豫适:《红楼研究小史稿》,上海:上海文艺出版社1980年1月版。

郭豫适:《红楼研究小史续稿》,上海:上海文艺出版社1981年8月版。

郝平:《北京大学创办史实考源》,北京:北京大学出版社1998年3月版。

贺昌盛:《晚清民初"文学"学科的学术谱系》,北京:中国社会科学出版社2012年4月版。

胡不归等:《胡适传记三种》,合肥:安徽教育出版社2002年3月版。

胡从经:《中国小说史学史长编》,上海:上海文艺出版社1998年4月版。

胡颂平编著:《胡适之先生年谱长编初稿》(校订版),台北:联经出版事业公司1990年11月版。

［美］华勒斯坦等:《开放社会科学》,刘锋译,北京:生活·读书·新知三联书店1997年4月版。

［美］华勒斯坦等:《学科·知识·权力》,刘健芝等编译,北京:生活·读书·新知三联书店1999年3月版。

［美］海登·怀特:《后现代历史叙事学》,陈永国、张万娟译,北京:中国社会科学出版社2003年6月版。

黄霖:《近代文学批评史》,上海:上海古籍出版社1993年2

月版。

黄霖等:《中国小说研究史》,杭州:浙江古籍出版社2002年7月版。

黄霖、韩同文选注:《中国历代小说论著选》,南昌:江西人民出版社2000年9月版。

季维龙编:《胡适著译系年目录》,合肥:安徽教育出版社1995年8月版。

蒋瑞藻:《小说枝谈》,上海:商务印书馆1931年4月版。

蒋瑞藻:《小说考证》,上海:商务印书馆1935年5月版。

蒋竹山主编:《当代历史学新趋势》,台北:联经出版事业股份有限公司2019年3月版。

孔另境辑录:《中国小说史料》,上海:古典文学出版社1957年5月版。

李庆:《日本汉学史》(第二部),上海:上海外语教育出版社2004年3月版。

李宗刚:《现代教育与鲁迅的文学世界》,北京:人民出版社2021年2月版。

李宗刚:《民国教育体制与中国现代文学》,北京:中国社会科学出版社2021年8月版。

[英]F.R.利维斯:《伟大的传统》,袁伟译,北京:生活·读书·新知三联书店2022年1月版。

林传甲、朱希祖、吴梅著,陈平原编:《早期北大文学史讲义三种》,北京:北京大学出版社2005年9月版。

梁实秋:《梁实秋怀人文录》,北京:中国广播电视出版社1991年2月版。

梁柱:《蔡元培与北京大学》(修订本),北京:北京大学出版社1996年5月版,

林辰:《林辰文集》,王世家校,济南:山东教育出版社2010年6月版。

刘龙心:《学术与制度——学科体制与现代中国史学的建立》,北京:新星出版社2007年8月版。

刘勇强、潘建国、李鹏飞:《古代小说研究十大问题》,北京:北京大学出版社2017年8月版。

鲁迅博物馆鲁迅研究室编:《鲁迅诞辰百年纪念集》,长沙:湖南人民出版社1981年7月版。

鲁迅博物馆鲁迅研究室编:《鲁迅藏书研究》,北京:中国文联出版公司1991年12月版。

鲁迅博物馆鲁迅研究室编:《鲁迅年谱》(增订本),北京:人民文学出版社2000年9月版。

鲁迅博物馆鲁迅研究室《鲁迅研究月刊》编辑部选编:《鲁迅回忆录》专著、散篇,北京:北京出版社1999年1月版。

罗志田:《权势转移——近代中国的思想、社会与学术》,武汉:湖北人民出版社1999年7月版。

罗志田主编:《20世纪的中国:学术与社会·史学卷》,济南:山东人民出版社2001年1月版。

罗志田:《二十世纪的中国思想与学术掠影》,广州:广东教育出

版社2001年4月版。

罗志田:《近代中国史学十论》,上海:复旦大学出版社2003年1月版。

罗志田:《国家与学术——清季民初关于"国学"的思想论争》,北京:生活·读书·新知三联书店2003年1月版。

罗志田:《裂变中的传承——20世纪前期中国的文化与史学》,北京:中华书局2003年5月版。

罗志田:《再造文明之梦——胡适传》(修订本),北京:社会科学文献出版社2015年2月版。

马越编著:《北京大学中文系简史(1910—1998)》,北京:北京大学出版社1998年4月版。

[美]阿兰·梅吉尔著,史蒂文·谢泼德、菲利普·霍恩伯格参著:《历史知识与历史谬误:当代史学实践导论》,黄红霞、赵晗译,赖国栋、黄红霞校,北京大学出版社2019年4月版。

苗怀明:《风起红楼》,北京:中华书局2006年4月版。

苗怀明:《二十世纪中国小说文献学述略》,北京:中华书局2009年4月版。

苗怀明:《红楼梦研究史论集》,沈阳:辽宁人民出版社2019年1月版。

宁宗一主编:《中国小说学通论》,合肥:安徽教育出版社1995年12月版。

欧阳健:《中国小说史略批判》,太原:山西人民出版社2008年1月版。

欧阳哲生选编:《解析胡适》,北京:社会科学文献出版社2000年10月版。

潘建国:《中国古代小说书目研究》,上海:上海古籍出版社2005年10月版。

浦江清:《浦江清文录》,北京:人民文学出版社1958年10月版。

钱钟书:《谈艺录》(补订本),北京:中华书局1984年9月版。

桑兵:《国学与汉学——近代中外学界交往录》,杭州:浙江人民出版社1999年11月版。

桑兵:《晚清民国的国学研究》,上海:上海古籍出版社2001年10月版。

单演义:《鲁迅在西安》,西安:陕西人民出版社1981年7月版。

[美]本杰明·史华慈:《寻求富强:严复与西方》,叶凤美译,南京:江苏人民出版社1989年7月版。

石昌渝:《中国小说源流论》,北京:生活·读书·新知三联书店1994年2月版。

舒新城编:《中国近代教育史资料》,北京:人民教育出版社1981年3月版。

宋广波:《胡适红学年谱》,哈尔滨:黑龙江教育出版社2003年10月版。

苏杰编译:《西方校勘学论著选》,上海:上海人民出版社2009年4月版。

孙昌熙:《鲁迅"小说史学"初探》,济南:山东教育出版社1989年12月版。

主要参考文献 251

孙歌:《历史与人——重新思考普遍性问题》,北京:生活·读书·新知三联书店2018年3月版。

孙郁:《鲁迅与胡适》,沈阳:辽宁人民出版社2000年1月版。

孙玉蓉编纂:《俞平伯年谱》,天津:天津人民出版社2001年1月版。

孙玉蓉:《荣辱毁誉之间——纵谈俞平伯与〈红楼梦〉》,北京:知识产权出版社2019年12月版。

谭帆:《中国小说评点研究》,上海:华东师范大学出版社2001年4月版。

谭正璧:《中国小说发达史》,上海:光明书局1935年8月版。

〔英〕汤因比等:《历史的话语——现代西方历史哲学译文集》,张文杰编,桂林:广西师范大学出版社2002年3月版。

唐德刚:《胡适杂忆》(增订本),上海:华东师范大学出版社1999年1月版。

唐弢等:《鲁迅著作版本丛谈》,北京:书目文献出版社1983年8月版。

陶东风:《文学史哲学》,郑州:河南人民出版社1994年5月版。

〔美〕梯利:《西方哲学史》(增补修订版),葛力译,北京:商务印书馆1995年7月版。

田汝康、金重远选编:《现代西方史学流派文选》,上海:上海人民出版社1982年6月版。

〔美〕伊恩·P·瓦特:《小说的兴起——笛福、理查逊、菲尔丁研究》,高原、董红钧译,北京:生活·读书·新知三联书店

1992年6月版。

汪无奇编著：《亚东六录》，合肥：黄山书社2013年12月版。

汪原放：《回忆亚东图书馆》，上海：学林出版社1983年11月版。

汪原放：《亚东图书馆与陈独秀》，上海：学林出版社2006年2月版。

王得后：《〈两地书〉研究》，天津：天津人民出版社1982年9月版。

王汎森：《中国近代思想与学术的系谱》，石家庄：河北教育出版社2001年11月初版，长春：吉林出版集团2011年1月增订再版。

王汎森：《执拗的低音》，北京：生活·读书·新知三联书店2014年1月版。

王汎森：《天才为何成群地来》，北京：社会科学文献出版社2019年8月版。

王富仁：《中国鲁迅研究的历史与现状》，杭州：浙江人民出版社1999年3月版。

王富仁：《中国文化的守夜人——鲁迅》，北京：人民文学出版社2002年3月版。

王富仁：《鲁迅与顾颉刚》，北京：商务印书馆2018年7月版。

王富仁、赵卓：《突破盲点——世纪末社会思潮与鲁迅》，北京：中国文联出版社2001年10月版。

王学珍、郭建荣主编：《北京大学史料》（第二卷），北京：北京大学出版社2000年12月版。

王瑶主编：《中国文学研究现代化进程》，北京：北京大学出版社

1996年12月版。

［美］韦勒克、沃伦:《文学理论》,刘象愚等译,北京:生活·读书·新知三联书店1984年11月版。

［美］韦勒克:《批评的诸种概念》,丁泓等译,成都:四川文艺出版社1988年1月版。

温庆新:《〈中国小说史略〉研究——以中国小说史学为视野》,北京:九州出版社2017年5月版。

吴俊:《鲁迅评传》,南昌:百花洲文艺出版社1992年8月版。

西北大学鲁迅研究室编:《鲁迅在西安》,西安:西北大学鲁迅研究室资料组1978年印行。

夏晓虹:《觉世与传世——梁启超的文学道路》,上海:上海人民出版社1991年8月版。

萧超然等:《北京大学校史》(修订本),北京:北京大学出版社1988年4月版。

徐雁平:《胡适与整理国故考论——以中国文学史研究为中心》,合肥:安徽教育出版社2003年6月版。

许怀中:《鲁迅与中国古典小说》,西安:陕西人民出版社1982年11月版。

许逸民:《古籍整理释例》(增订本),北京:中华书局2014年7月版。

薛绥之主编:《鲁迅生平史料汇编》,天津:天津人民出版社1981年7月—1986年5月版。

严耕望:《治史三书》,沈阳:辽宁教育出版社1998年3月版。

杨亮功:《早期三十年的教学生活·五四》,合肥:黄山书社
　　2008年1月版。

一粟编:《红楼梦资料汇编》,北京:中华书局1964年1月版。

易竹贤:《新文学天穹两巨星——鲁迅与胡适》,武汉:武汉大学
　　出版社2005年4月版。

[美]余英时:《重寻胡适历程——胡适生平与思想再认识》,桂
　　林:广西师范大学出版社2004年9月版。

[美]余英时:《红楼梦的两个世界》,上海:上海社会科学院出
　　版社2002年2月版。

袁进:《中国小说的近代变革》,北京:中国社会科学出版社
　　1992年6月版。

袁进:《中国文学观念的近代变革》,上海:上海社会科学院出版
　　社1996年10月版。

袁一丹:《另起的新文化运动》,北京:生活·读书·新知三联书
　　店2021年10月版。

元青:《杜威与中国》,北京:人民出版社2001年9月版。

张静庐:《中国小说史大纲》,上海:泰东图书局1920年6月版。

张静庐编:《中国近现代出版史料》,上海:上海书店出版社
　　2003年12月版。

张文江:《渔人之路与问津者之路》(修订版),上海:上海文艺出
　　版社2020年2月版。

赵建忠:《红学流派批评史论》,北京:中华书局2021年10月版。

赵景深:《〈中国小说史略〉旁证》,西安:陕西人民出版社1987

年6月版。

赵英：《籍海探珍——鲁迅整理祖国文化遗产撷华》，北京：中国文史出版社1991年8月版。

中国社会科学院文学研究所鲁迅研究室编：《鲁迅研究学术论著资料汇编(1913—1983)》第1—4卷，北京：中国文联出版公司1985年10月—1987年7月版。

中国艺术研究院红楼梦研究所编：《红楼梦研究稀见资料汇编》，北京：人民文学出版社2006年12月版。

钟敬文著/译：《寻找鲁迅·鲁迅印象》，王得后编，北京：北京出版社2002年1月版。

周勋初：《当代学术研究思辨》，南京：南京大学出版社1993年5月版。

周作人：《知堂回想录》，石家庄：河北教育出版社2002年1月版。

朱有瓛主编：《中国近代学制史料》，上海：华东师范大学出版社1983年12月—1993年6月版。

朱正：《鲁迅手稿管窥》，长沙：湖南人民出版社1981年6月版。

竺洪波：《四百年〈西游记〉学术史》，上海：复旦大学出版社2006年12月版。

左玉河：《从四部之学到七科之学——学术分科与近代中国知识系统之创建》，上海：上海书店出版社2004年10月版。

左玉河：《移植与转化——中国现代学术机构的建立》，郑州：大象出版社2008年7月版。

Laurence A. Schneider: *Ku Chieh-Kang and China's New History*, University of California Press, 1971。

盐谷温述:《支那文學概論講話》, 东京:大日本雄辩会1919年版。

丸尾常喜译注:《中国小說の歷史的変遷》, 东京都:凯风社1987年版。

中岛长文译注:《中国小說史略》, 东京:平凡社1997年版。